古怪的微笑

The Creepy Smile

魯班尺◎著

高寶書版集團

戲非戲　DN102

古怪的微笑

作　　者：魯班尺
總 編 輯：林秀禎
編　　輯：王岑文
出 版 者：英屬維京群島商高寶國際有限公司台灣分公司
Global Group Holdings, Ltd.
地　　址：台北市內湖區洲子街88號3樓
網　　址：gobooks.com.tw
電　　話：(02) 27992788
E-mail：readers@gobooks.com.tw（讀者服務部）
pr@gobooks.com.tw（公關諮詢部）
電　　傳：出版部(02) 27990909　行銷部（02）27993088
郵政劃撥：19394552
戶　　名：英屬維京群島商高寶國際有限公司台灣分公司
發　　行：希代多媒體書版股份有限公司/Printed in Taiwan
初版日期：2009年10月

國家圖書館出版品預行編目資料

古怪的微笑 / 魯班尺著. -- 初版. -- 臺北市：
高寶國際出版：希代多媒體發行, 2009.10
面； 公分. --（戲非戲；DN102）

ISBN 978-986-185-362-8（平裝）

857.7　　98016469

·目 錄·

·目　錄·

第一章　外祖父的遺書

這是一紙封皮泛著黃色黴斑的信，是用過去那種黃裱紙寫的，看起來年代已經十分久遠。

易士奇從不知道母親的針線盒裡有夾層，只曉得那個紫檀木匣是母親最珍惜的嫁妝，從來都不允許他碰的。

「奇兒，你長大了，又當上了教師，要是你外公和你爸爸還活著，該有多好。」母親嘆著氣，幽幽道。

易士奇祖籍山東蓬萊潮水鄉，深圳大學建築系畢業後留校任教，講授建築風水學。他自幼父親早亡，母親含辛茹苦，獨自將他拉拔大。如今自己要長住嶺南了，實在是放心不下，可是母親又抵死不願離開膠東老家。這裡有外公和易士奇爸爸的墳墓，她說。

「這是你外公去世前那個晚上寫給你的信，那時你四歲。」母親小心翼翼地自木匣的夾層中拿出那封信，手指顫抖著打開信。

易士奇接過信，心中忐忑不安。這是他頭一次聽到母親說起外公有遺書給他。

奇兒如面：

當你看到此信的時候，你已經長大成人了，有些事情你也必須知道了。

外公當年是國民革命軍孫殿英部輜重營的士兵，駐紮在河北遵化境內。民國十七年夏天的一個夜晚，韓營長命我們炸開了聖水峪乾隆皇帝陵地宮金剛牆，砸開兩道石門，進去了地宮內。地面上是一尺厚的積水，中間停放著乾隆爺和皇后的雙層大棺槨。在火把亮光下，韓營長指揮我們劈開金色的外槨，裡面堆滿了一軸軸的古字畫，弟兄們大都是目不識丁的老粗，目標只是金銀珠寶，於是就把那些畫統統扔到了水裡。

我擠著從韓營長的腿間摸過去，竟然抓住了乾隆爺的大拇指，手中的感覺冰涼涼的，那是一隻翡翠大扳指，我用力掰了下來。接著我又摸到了乾隆爺的手中，緊攥著的掌心裡捏著三枚銅錢。

大家出來後集合列隊，長官命令所有人不得私藏物品，違者軍法論處。前面的幾個弟兄被搜出藏有珠寶，當場被槍斃了。我看事情不妙，就偷偷把扳指吞進了肚子裡。等查到我時，只有三枚銅錢，引得當官的一陣哄堂大笑，並允許我保留這幾個銅錢。沒想到第三天我屙出翡翠扳指時，才發現扳指內還嵌著乾隆爺的一段指骨。

抗戰爆發後，我開小差回了膠東老家，路過濟南當掉了那枚扳指，換到的錢置了幾畝地並討了老婆，祈望能過個安穩的日子。至於上面所講的事情，我再也沒有告訴過任何人。

奇兒，那段指骨有些古怪，以後如有機會請幫我將其送回乾隆爺陵墓去吧，算是為外公贖罪。再說那三枚乾隆通寶銅錢，你出世那年曾有一個雲遊道士在咱家歇腳時說，此錢有點來歷，是當年上呈乾隆皇帝御覽的雕母樣板錢，堪稱所有乾隆錢的祖宗，不但有收藏價值，而且卜卦極為靈驗。

那個雲遊道士看了你的八字，說你年月日時至陰，三枚銅錢與你相得益彰，並為你更名易士奇，說有師徒之緣，日後如有難處可去終南山找他。他的道號外公忘了，只記住那道士鼻子尖上有一粒朱砂痣。

照顧好你母親。

一九七四年四月初七子時
外公易山絕筆

易士奇默默放下了外公的遺書，沉思良久……

母親攤開枯槁的手掌，掌心裡是一段玉化了的指骨和三枚乾隆通寶銅錢。

易士奇輕輕拈起那段象牙色的指骨，指尖傳來一股若隱若無的清涼肅殺之氣，他知道這就是煞氣，千古帝王的桀煞之氣。

三枚乾隆銅錢入掌的感覺則截然不同，溫暖如沐春風，頓覺心平氣和，心錢相通，靈氣躍躍。

「媽媽，這段骨頭只是人身上一塊普通的指骨，難道還有什麼古怪之處嗎？」易士奇疑問地望著母親。

母親搖搖頭說道：「聽你外公提起過，早些年，夜深人靜的時候，有時骨頭會無緣無故地在匣子裡發出響聲，不過這幾年沒有聽到了。」

不足為信，易士奇想。

自己本身是研究風水方面的學者，靈異現象一般都有其內在的邏輯性，北京的CCTV十頻道科學探索台就經常報導這方面的事件，那個戴眼鏡的主持人李西華就是自己深大時的同學，前一段時間還經常在QQ[1]上聊到這些事呢。

「奇兒，回去深圳後，還是找間佛寺或道觀念念經吧，禮多人不怪嘛。」母親仍坐在炕頭上不停地嘮叨著。

易士奇接過母親縫的小布口袋，把指骨和銅錢裝了進去，放入貼身口袋裡。一個月的假期就要結束了，這次悄悄北上回膠東老家沒跟學校說，也沒開手機，有時無人打擾也的確愜意得很。

次日，他告別了母親，登上了南下的火車。

深圳大學座落於風景秀麗的南山后海灣畔，教育模式相當前衛，教師宿舍條件也很好，易士奇的那套宿舍位於第三層，推開窗戶可以看見深圳灣裡的漁帆點點。

進得門來，第一件事就是打開闊別數日的電腦，然後沖個涼，舒舒服服地坐在椅子上，把手放上了滑鼠……

1 目前中國使用量最大、使用者最多的個人即時通訊軟體。

第二章　電子郵件

易士奇的電子信箱裡有兩封郵件，寄件人都是李西華，科學探索台的主持人，他最要好的同學。

他直接在收件匣視窗打開了第一封郵件，時間是一個月前的九月四日發出的，算下來那時自己剛回到蓬萊老家。他眼睛朝螢幕上看去。

士奇：

與你聯繫不上，只得發郵件給你，盼你儘速聯絡我。我這裡遇上了一個相當棘手的事情，需要你的專業知識相助，我儘可能說得明白一點。

你知道我的老家是在貴州吧，自半年前開始，每個月圓之夜我家的小村裡都會死一個人，而且屍體的表情似笑非笑，極其恐怖，當地公安機關一籌莫展，至今毫無頭緒。人們懷疑是靈異事件，鬼魂所為，我從台裡帶了一個攝製組趕回老家，進行了走訪和拍攝，想從科學上給予解釋，但終究還是一無所獲。

我們小村已經有六戶人家死了人，整個小村總共只有七戶，剩下的一戶就是我家了，而且再有三天就是月圓之夜，知道我為什麼急著找你了吧！

西華　是夜於燈下

易士奇的手慢慢地從滑鼠上滑下來，頭腦中首先想到的是，這是惡作劇嗎？西華本身是一個極其嚴謹的人，也從來不和自己開玩笑的，看來事情有點蹊蹺。他拉開抽屜，取出一根煙點上。他先瞄了眼第二封郵件的發出時間是十月四日，就是昨天，距前面的那封郵件剛好一個月，易士奇鬆了口氣，這至少表明月圓之夜的二十多天後，李西華本人仍安然無恙。

他點開了第二封郵件，驚奇地發現裡面只有兩個字：速來！

這小子搞什麼名堂？易士奇笑笑，找出記載著通訊錄的本子，查到李西華的電話，撥了過去。

李西華的手機關機……

他接下來撥通了北京中央電視台李西華的辦公室電話，是一位口齒清晰的女士接聽。易士奇告訴那位女士，自己是李西華的同學。女士則彬彬有禮地回答，李西華已剛於不久前去世。

李西華死了？電話聽筒裡傳來的話音是確鑿無誤的。

他簡直不敢相信自己的耳朵……

「請你告訴我，他是哪一天去世的？怎麼死的？」易士奇緊張地問道。

「九月七日去世，死因……」電話那頭的女士支吾不語。

「不可能啊，就在昨天他還給我發了電子郵件。」

「你一定是記錯了，李西華確實於九月七日去世，對不起……」北京那頭掛斷了。

易士奇倒吸一口涼氣。

按道理說，西華辦公室裡的同事們是不可能而且也沒有必要扯謊，李西華難道真的死了？可是，昨天的郵件……易士奇皺了皺眉頭，從貼身口袋裡取出那三枚銅錢，乾脆來上一卦吧。

易士奇雖說是研究建築環境和風水術的學者，但是六爻卜卦確是不精，充其量準確程度也就在百分之六、七十的樣子。

民間六爻卜卦以乾隆通寶銅錢為正宗，這回瞧瞧來自乾隆爺墓塚中的雕母錢是否靈驗吧！他取出那三枚銅錢，合於掌中，摒除雜念，心中念叨著李西華生死吉凶，須臾扔出銅錢……

那銅錢甚有靈性，在空中相互碰撞著，發出歡快的悅耳叮咚聲。如此六次，得一《剝》卦，初六動。

卦象即成，易士奇心中已然暗自叫苦，周易六十四卦，唯此卦陰爻實乃大凶。卦辭意思，剝落床體已先由床的最下方床腿部位開始了，其結果必然凶險。

看來西華是凶多吉少矣……

易士奇心想，是該打點行裝前往貴州那個小村莊一趟了。不管吉凶如何，既然老同學以生死相喚，自己則義不容辭，更何況他向來就對此類神秘異常的事件有著與生俱來的濃厚興趣。

接下來的半天時間裡，易士奇馬不停蹄地查閱資料、購買裝備等必須之物。

晚上十點，他登上了開往貴州的列車。

第三章 江湖郎中

經過火車上一夜的顛簸，天亮時分，列車停靠在一個不知名的小站上。易士奇從中鋪上探出頭來，望著車窗外霧氣沼沼，不由得皺了皺眉頭。

新上來的旅客中有一個人引起了他的注意，這是一個很高瘦的男人，苗家纏頭裝束，估計身高可能近兩米，易士奇想。

那男人坐在走道邊的椅子上，頭部輕鬆地超越了中鋪的高度，他的眼睛正平視著易士奇。

易士奇好奇地打量著此人，這人大約六十歲上下，皮膚黝黑、瘦骨嶙峋，長長的馬臉上滿是紫色的痘痘，凸起的眼球白多黑少，那人對易士奇笑笑，露出一口參差不齊的黃牙。

易士奇也禮貌地點點頭，湘黔一帶的人身材都不是很高，此人天生異相，必有所長。

此時，易士奇胸口處覺得有物事微微發熱，他摸了摸，原來是那指骨。奇怪，骨質之物應該是涼性的呀。

易士奇泡了碗速食麵，默默地吃著，心裡老是想著那第二封郵件。

「老闆兒，吃飯想事情會積食呦。」高個兒男人的口音中帶著濃重的方言味。

易士奇愣了愣，隨即善意地一笑，順便和那人聊了起來。

原來那人是一位苗醫，名叫伊古都，常年穿行於湘、黔、滇、藏一帶，屬於赤腳江湖郎中一類。

「你知道有什麼病可令人死時面目表情古怪，好像似笑非笑般？」易士奇隨隨便便問道，他壓根沒指望這個鄉下土醫生能夠回答得出。

「蠱。」伊古都說道。

「什麼？」易士奇口中的麵條幾乎噴了出來。

「癲蠱。」伊古都肯定道。

蠱是人工培養的一種毒蟲，放蠱則是我國古代流傳下來的一種神秘巫術。蠱總共有十一種，蛇蠱、生蛇蠱、陰蛇蠱、蔑片蠱、石頭蠱、泥鰍蠱、中害神、疳蠱、腫蠱、癲蠱和金蠶蠱，其中以金蠶蠱毒性最烈。

「癲蠱是取埋於地下之劇毒蛇菌，於端午日陽氣盛極之時製蠱，這是壯族之蠱，中蠱之人死前面目表情非哭非笑，異常恐怖，而我們苗家則更喜歡金蠶蠱。」伊古都解釋道。

「如何得知病人是否中蠱呢？」易士奇急切地問。

伊古都笑了笑，說道：「大蒜，生食大蒜遇蠱則吐。另外，養蠱人家的牆壁角落絕無蛛網蚊蟲的蹤跡。」

易士奇道：「中蠱後如何醫治？」

「這需要看中的是哪一種蠱，醫法各有不同。但西醫並無醫治之法，因為他們從來不相信有蠱這種東西。」伊古都輕蔑地撇撇嘴。

「伊古都先生，我貴州有一位朋友，按您的描述可能是中了蠱，不知您可否願意隨我走一趟，費用由您說。」易士奇焦急之色溢於言表。

伊古都眼睛一亮，詫異道：「貴州？難道那裡現在還有人在下蠱？好，我跟你去看看。」

易士奇聞言暗喜，遂將李西華的大致情況做一簡單介紹。伊古都也是爽快之人，兩人聊得甚為投機，大有相見恨晚之感，易士奇早已把指骨發熱一事拋到腦後去了。

黃昏時分，他們在一個小站下了火車。

*

烏蒙山西部地區橫貫滇黔兩省，峰巒疊嶂，深川大谷，人煙稀少，這裡基本上還保持著雲貴高原原始的風貌。

出發前在電腦中查得的路線與現實有很大的誤差，這個小車站應該有一條鄉間捷徑通往西華的家鄉山陰村，可是下了車一打聽，竟有四十里的山路。

易士奇嘆了口氣，看來今晚只有在這個小站的候車室裡挨上一宿了，他抱歉地對伊古都聳聳肩。

伊古都笑笑，說道：「我在山裡行走慣了，我們可以找一家農舍，連打尖吃飯帶住宿只須一、二十塊錢。」

那當然好了，農家總是可以吃上熱乎飯菜，而且還能有熱水。

易士奇欣然贊同，一面由背囊裡取出新買的GPS衛星定位儀，輸入座標啟動了系統，有備無患嘛。

天色漸漸暗了下來，兩人沿著老鄉指點的那條小路出發了。須臾月上東山，山間小路清晰可辨，遠處的群山與樹林則朦朦朧朧一片，林間可以看到星星點點的螢火蟲在遊蕩著，偶爾聞得幾聲梟啼。

翻過了一座山頭，月光下隱約是一處水潭，平面如鏡，倒映著一輪皓月。潭邊有間茅舍，月光下幾絲白色的炊煙浮在半空裡，彷彿定格般地一動不動，萬籟俱寂，好靜謐的畫面啊，易士奇自是讚嘆不已。

咦，哪裡似有不對，可一下子又說不上來……

伊古都鼻子朝天嗅嗅，湊近輕聲說道：「易老師，此地有些古怪，今晚一切聽我的，你不要說話。」

易士奇點點頭。兩人敲開了茅舍的房門，一個斑白頭髻的阿婆開門，問明來意，躊躇片刻，最終還是讓他們進去了。

老太婆到堂間準備飯菜，山野荒村無非就是點臘肉燻腸之類，其實反而不錯。

伊古都眼睛四處掃視，壓低聲音說道：「此屋乾淨異常，一塵不染，天棚角上甚至連一根蛛網灰線都沒有，一個老婆婆如何打掃？此處定是藏蠱之所。」

易士奇心中一動，方才在山頭上感到哪裡不對勁，現在他明白了，是聲音，野外的夜晚不可能寂靜得沒有任何聲音的。

自己以前只是從書本中瞭解雲貴一帶古時有放養蠱毒的傳說，眼下看到蠱竟然如此厲害，不但逼走屋內蚊蟲蛛蟻，甚至連周圍曠野蟲鳴皆無，心中不由得打起寒顫。

飯菜端上，白米飯和蒸臘肉燻腸，香氣撲鼻。

伊古都未碰碗筷，眼睛直勾勾地望著老阿婆，口中說道：「請給我們幾頭大蒜。」

那阿婆一愣，臉上似有不快之色，出去堂間端來一簸箕大蒜頭丟在飯桌上轉身而去。伊古都只當不見，捏碎蒜頭放入口中，易士奇依樣也吃了幾枚生大蒜。

飯後洗漱完畢，二人上床就寢。

易士奇看見伊古都自懷中掏出一個小瓷瓶，拔除瓶塞後擱在枕頭邊，然後吹熄了油燈躺下。

*

月色朦朧，窗櫺中透過淡淡的月光，灑在了床上。

易士奇瞪著眼睛望著棚脊，心想在這滇黔大山深處，自己竟然會躺在荒野茅舍之中，氣氛如此詭異，今晚定是個難眠之夜。

身邊的苗醫早已睡著，發出輕微的鼾聲。

易士奇扭頭看了看伊古都枕邊的瓷瓶，裡面裝的是什麼呢？瓷瓶肚大口小，繪有某種圖騰的式樣，裡面也許裝了什麼揮發物質，或許可以驅蟲避邪。

透過窗櫺飄來一絲山林泥土的芬芳，那是大自然的氣息。月光照射下的窗櫺上有一個物體在移動，易士奇定睛細瞧，那是一隻蜘蛛，五彩斑斕的大蜘蛛，足有乒乓球大小。蜘蛛一般無毒，但是色彩鮮豔的蜘蛛卻是劇毒無比。易士奇緊張地盯著那隻毒蛛，看牠究竟想幹什麼。

毒蛛從窗櫺上沿椽子向上爬，最終來到棚頂正對床頭的地方停住了。只見毒蛛倒轉身體，利用屁股上垂下的一根蛛絲，悄無聲息地降落下來。

易士奇大驚，正欲叫喊，忽聞枕邊的瓷瓶裡也有動靜了，他驚訝地發現瓶口探出一個金黃色的小頭來，其形如蠶般，莫非這就是金蠶？

此刻，易士奇胸前的那段指骨又發熱了，似乎感覺到了危險的臨近。

就在毒蛛即將降落到床上的一瞬間，金光一閃，那隻金蠶早已凌空躍起，準確地落在毒蛛的後背上。那毒蛛左右晃動著身軀想甩開金蠶，無奈那金蠶的尖喙已然刺入了毒蛛的後頸。不一會兒，毒蛛長足痙攣抖動起來，身體逐漸萎縮，而金蠶則慢慢鼓脹起來。

最後，那五色毒蛛變成了薄薄的一張皮，靜靜地躺在枕頭邊，而那金蠶則跳回瓷瓶口擠了進去……

真是驚心動魄的一幕，易士奇哪裡還敢再睡覺，他睜著警惕的雙眼一直到雞叫三遍。天終於亮了，伊古都打了個哈欠坐起身來，伸手撚起毒蛛皮看了看，嘴裡滿意地嘀咕了一聲，然後抓起瓷瓶，蓋好瓶塞，揣入懷裡。

「昨晚睡得好嗎？」伊古都關切地問。

易士奇假裝剛剛睡醒，含糊地應了聲。既然伊古都不說，他也還是不要道破的好。

老阿婆走進房門，一眼瞧見毒蛛皮，臉色為之一變。

第四章 山陰村

老阿婆默默地拾起那五色毒蛛皮，陰鷙的目光掃過易士奇臉上，一語雙關道：「唉，小花，明知不敵，何必要去送死呢？」說罷，轉過臉去惡狠狠地瞪了伊古都一眼，轉身出去了。

「我們最好是儘快離開此地。」伊古都小聲急促地說道。

易士奇巴不得早點走，忙收拾好行囊，出門時遞給了老阿婆一張百元大鈔，見她的臉色稍微和緩了些。

山裡的清晨，空氣格外清新，路邊的小草上沾滿了露珠，不一會兒，易士奇的旅遊鞋和褲腿上就都打濕了。

「易老師，知道為什麼我們要急著離開嗎？」伊古都未等易士奇開腔，便又接著道，「昨夜我的金蠶吃了老太婆的五色毒蛛。」

「哦，老婆婆要害我們嗎？什麼金蠶？」易士奇佯裝不知。

「五色毒蛛是中害神蠱蟲，中蠱之人口腥神昏，目見邪鬼影，耳聞邪鬼聲，時刻產生自殺之念頭，十分詭異。但據我推測，昨晚吃飯時，老太婆見我們有所防範，必定猜到乃是同道中人，在未知深淺的情況下，她是絕不可能貿然下蠱的，否則遇到高手反受其害。那五色毒蛛的出現，可能只是她試探我們而已，不料反被金蠶所噬。」伊古都解釋道。

「金蠶究竟是什麼？有如此厲害嗎？」易士奇問道。

伊古都自豪地一笑，道：「苗家金蠶蠱是於端午日午時陽氣最盛之時，將一十二種毒蟲，如毒蛇、蜈蚣、蜥蜴、蚯蚓、毒蛛、蟾蜍等等，一起放在一個甕缸中密封起來，讓牠們自相殘殺，吃來吃去。過那麼一年，最後只剩下一隻，形態顏色都變了，形狀像蠶，皮膚金黃，便是金蠶了。金蠶蠱是天下第一的毒蠱，目前在苗疆，算下來也只有我伊古都會養金蠶了。」

「真是匪夷所思啊！」易士奇嘖嘖稱奇。中國的民間真是無奇不有，自己是研究風水的學者，可對於這些異術確實孤陋寡聞呢。

「山陰村的死人如果是因中蠱，可以化驗得出來嗎？」易士奇想到這，心情又自沉重了起來。

「西醫是檢驗不出來的，我也只能憑經驗推斷，如果人還活著，是可以對證下藥治好的。」伊古都說。

「金蠶蠱也可以治癒嗎？」

「可以。但一定要在屍蟲爬出來之前。」

「屍蟲？」易士奇不解地問道。

「是的，中金蠶蠱的人將死咽最後一口氣之際，其口鼻之中會有上百隻如蟑螂般的黑色屍蟲爭先恐後地逃出來。屍蟲未出時，可用山中火刺蝟入藥治之。」伊古都停頓了一下，似乎不願再講下去。

「原來如此。」易士奇點頭稱道。

雲貴高原山勢險峻，一路上更是不見一個途人，飢腸轆轆的他們，直到傍晚時分，才終於來到了山陰村。

*

烏蒙山西部山區腹地，一望無際的原始密林。

易士奇和伊古都兩人轉過一片雜木林，迎面是兩塊陡峭的石壁，抬頭望去高不可攀，石壁上鐫刻著兩個虯勁有力的兩個大字：山陰。

石壁下僅留有一條一人寬的石縫可容人進出。

易士奇二人在石縫之中迂迴穿行了五六分鐘，走出了一線天。

夕陽西下，金色的餘輝籠罩著的是一個恬靜的小村莊，七幢白牆青磚布瓦的農舍首尾相連、錯落有致。壩子中間是一個深綠色的水潭，潭邊有著幾畦菜地，綠油油的青菜、紅紅的辣椒，幾隻蘆花雞在悠閒地覓著食……

沒有炊煙，不聞犬吠，不見人跡，整個村莊散發著一種詭異……

「奇怪……」易士奇皺了皺眉頭。

「什麼奇怪？」伊古都問道。

易士奇伸手指著那些農舍，思索道：「這幾幢房子竟然是按照北斗七星的方位佈置的，在風水術中稱作『玄武七煞陣』，當初的設計者是想要鎮住什麼呢？」

伊古都搖了搖頭，他對風水學一竅不通。

易士奇的視線越過了村莊，目光停留在北面叢林中，那裡有一條小路，不知通往何處。

「那條才是山陰村的入口。」伊古都肯定道，說罷邁步朝那條小路走去，易士奇匆忙跟上。

叢林中的小路上有輪胎壓過的車轍印，拐過青色的石礪子，前面驀然出現了一個人煙稠密的小鎮。

村莊裡雞鳴狗吠，嘈雜的人聲夾雜著拖拉機的刺耳轟鳴聲，熙熙攘攘，又是一番天地。入得此間，向路人打聽，此地名「山陽鎮」，是黔西烏蒙山自然保護區內的一個貧窮小鎮，方才經過的就是山陰村。山陽鎮有公路直通縣城，他們翻山越嶺而來是走了冤枉路了。

天色已晚，先尋了間客棧住下。然後兩人上街就近找家小酒館坐下，一天滴水未進，趕緊點了幾個小菜，一小壇本地水酒，狼吞虎嚥起來。

酒館老闆娘十分健談，且消息靈通，她不但知道山陰村命案，而且還清楚中央電視台來人的情況。

「唉，那個主持人就是我們這兒出去的名人，那小夥子真是可惜呀。」老闆娘嘖嘖惋惜不已。

「他也死了嗎？」易士奇問。

「死了，一共七個人。聽說公安部都下來人啦。這事奇著呢，七個人都是笑著死的，好恐怖啊。」老闆娘心有餘悸，嗓音微微顫抖。

「死人都下葬了嗎？」伊古都插話道。

「沒有，都在鎮醫院冰著呢。」老闆娘回答。

「那村裡還有人住嗎？」易士奇問。

「哪裡還有人敢住哦，聽說那裡被人下了咒，還要接著死人呢！現在就是大白天也沒人敢進村。」老闆娘道。

結完賬，他們回到了客棧房間。

「晚上我們去山陰村。」易士奇說道。

第五章 金蠶

「子時是一天當中陰氣最盛之時，山陰村如有古怪也是最有可能在這個時辰裡出現。」易士奇一面解釋著，一面繼續收拾他的裝備。

手電筒是必不可少的，紅外線攝影機是專門為晚上行動而買的。儘管〇．〇一流明低照度星光攝影機在價格上便宜許多，最後為保險起見還是選擇了紅外線攝影機，這已經足足耗去了兩個月的薪水。

亥時末，他們悄悄溜出了客棧。

西山峰懸掛著一輪殘月，月光如水，山陰村裡霧靄靄靄，似有陰風習習，令人覺得汗毛直豎。

易士奇白天發現了這個小村莊裡的農舍是按天罡北斗方位佈置的「玄武七煞陣」，遠遠望去，西山下來的第一戶農舍位於七煞陣之首的天樞星位，為陽明之魂，亦稱貪狼，也是該陣的中樞要害之所。

接下來天璿，陰精之神；天機，真人之精；天權，玄冥之魄；玉衡，丹元之靈；開陽，北極之脈。最後的那家農舍占瑤光星位，為第七戶，很可能就是李西華家了，那是天關之門，也就是破軍。

易士奇知道，這「玄武七煞陣」為先秦鬼谷子所創，是中國古時三大困魔陣法之一。只是在這小小的山陰村裡，竟有人佈下此局，當時不知是想要困住什麼？而這些房子看起來較新，建築年代應該不是很久遠。

「我們從天樞開始吧，就是西邊第一戶。」易士奇吩咐道。

他們躡手躡腳地沿山邊潛入西邊的農舍牆下，注意聽了聽，沒有其他動靜，然後摸進了院子裡。

易士奇打開了紅外線攝影機，這是一款被動式紅外設備，不需要紅外燈，而是根據被攝物體微量的紅外輻射成像。

伊古都看看那些設備，搖了搖頭，頗不以為然，自己則自懷中掏出了瓷瓶。只見他小心翼翼地拔出瓶塞，恭恭敬敬地將瓷瓶輕放在地上。

月光下，那金色的蠶慢慢自瓶中探出頭來，四周看了看，然後躍出跳到了地面上……

*

那金蠶伏在院子當中，原先藏匿於牆角和樹枝間的昆蟲們頃刻之間停止了鳴叫，月色融融，萬籟俱寂。

金蠶突然暴跳，竄起丈高，金黃色的身影幾個起伏就已經上了牆頭，然後躍出了牆外……

伊古都大吃一驚，急道：「院外有古怪。」然後匆匆拾起地上的瓷瓶繞道出院門，易士奇抓起攝影機緊緊跟上。

院子大門口外突然亮起兩條光柱直射他們的面部，晃得眼睛都睜不開，隨後耳邊傳來低喝：「站住，不要動！」

易士奇眯著眼睛辨認，總算看清了這是兩個穿著制服的員警。

「我們是派出所的。你們深夜到這裡來幹什麼？」矮胖員警喝問。

「我們……」易士奇語塞。

「走！跟我們回所裡協助調查。」員警口氣強硬，不由分說推推搡搡地將二人帶往鎮公安派出所。

位於鎮中心的公安派出所裡燈火通明，山陰村不明原因死亡案的偵破組就設在這裡，公安部刑偵局和省公安廳刑偵處的專家、市縣公安局的領導深夜仍在會議室裡開會研究案情。

自六個月前發現第一個死者之後，山陰村每月接連死人，而且毫無線索，市縣領導怕引起人們恐慌影響社會穩定，一直對外封鎖消息。直至中央電視台著名主持人李西華成為第七名受害者，公安部直接下來人督辦，這才緊急抽調全省刑偵骨幹成立山陰村偵破組，務必限期破案。

省廳和部裡的痕檢、屍檢專家們也找不到任何有用的線索。

七名死者（五男二女）無任何外傷、中毒或者自殺的痕跡，他們也沒有相似的疾病或共同的不良嗜好。山陰村的飲用水、糧食與蔬菜也都於第一時間進行了化驗，證實完全正常。更讓人不能理解的是死亡的時間和死者的表情。他們每一個人都是死於每月的農曆十五日月圓之夜，而且都是微笑著死去……

這種巧合是毫無道理的，是根本解釋不通的……

目前，所有的可能性都已經找遍，案情仍然毫無進展。

門開了，易士奇和伊古都被帶了進來。

*

屋內香煙繚繞，當報告說有不速之客夜探山陰村，所有的幹警都停止了說話，將目光投向這兩個陌生人。

由於案件一直毫無頭緒，突然發現有人深夜潛往案發現場，大家心中都為之一亮。

易士奇與伊古都被隔離開分別審訊。

易士奇向警官們如實敘述了自己是深圳大學的講師，如何接到以前同學李西華的電子郵件以及得知死訊後趕來一探究竟云云，只是隱瞞了昨晚金蠶與毒蛛一事，因為如非親眼所見，一般人根本是不會相信的。

那位和藹的警官疑惑地問道：「你是說，十月四日李西華還給你發了郵件？你肯定沒有記錯？」

「當然，你們這兒有沒有電腦？打開我的電子信箱馬上就可以看到的。」易士奇回答。

那警官擺擺手，有人捧過來一部筆記電腦，電腦上插著無線網卡，天線豎起。

易士奇熟練地打開電腦，進入自己的網易[2]收件匣。

2 中國的入口網站和網路遊戲公司，總部設於廣州。

員警們先看了李西華的第一封郵件，默然不語，接下來的第二封郵件，只有「速來」兩個字，發出日期是十月四日晚上十點五十九分。

大家面面相覷，這怎麼可能？李西華在此二十多天前就已經死了……

另一間屋子裡，身高兩米的伊古都坐在椅子上，馬臉拉得老長，在那裡反覆重申自己是湘西有名的苗醫，與易老師是在火車上認識的，被邀請前往此地看病，因為易老師的一個朋友可能中了蠱。

員警們都笑了，蠱只是民間的一種迷信傳說，絲毫沒有科學依據，而且誰也沒有親眼見過，尤其根本就摒棄於中國的司法實踐之外。

伊古都也附和傻笑著，他留了個心眼，沒有告訴員警金蠶一事，以免到時被沒收。

「你們可以先回客棧休息，暫時不得離開山陽鎮，需要進一步協助調查。」警官一面讓他們在筆錄上按下指印，一面吩咐道。

「請允許我看一眼我同學李西華的屍體。」易士奇要求道。

「這……」警官猶豫著。

「或許會有什麼新的線索發現呢。」易士奇眨著眼睛誠懇說道。

「那好吧，明天上午先到這兒來，我陪你們去。」那位警官點頭道。

起先的那兩名派出所民警護送他們返回客棧，並一再告誡他們不要亂跑。

「金蠶怎麼辦？」易士奇躺在床上問。

「牠會等著我的。」伊古都打了個哈欠道。

第六章 纖細的小手

次日上午九時，王警官陪著易士奇和伊古都來到了鎮醫院。簡陋的太平間裡靠牆擺著一個溜冰櫃，屋子裡寒氣逼人。

王警官數到第七口櫃子，用力拉出抽屜……

易士奇定睛看去，一具赤裸的、白淨淨的青年男性屍體呈現在眼前，那死屍的臉上透著一種古怪的微笑……

那是李西華，他最有才華的同學，CCTV科學探索台的主持人。

「死者準確的死亡時間是九月七日深夜十二時左右。」王警官站在旁邊介紹道。

那是一種什麼樣的微笑啊？緊閉著的雙唇在嘴角處留有一絲詭異的笑容，臉頰肌肉皮膚竟沒有任何的牽動，易士奇一生之中從來沒有見過這種笑容，不由得起了一身雞皮疙瘩。他輕輕地嘆了口氣，眼睛瞟向伊古都。

伊古都仔細地觀察著，然後問王警官：「我可以看看其他死者嗎？」得到了許可後，他依次拉開其餘的六個冰櫃，四具男屍和兩具女屍的臉上透著同樣的古怪笑容……

「奇怪。」伊古都皺著眉頭自言自語道。

「奇怪什麼？」易士奇問。

「中癲蠱死亡的人似笑非笑，但臉部肌肉收縮，應該露出牙齒的。小時候和我阿爹曾在湘西見過整個寨子的男女老幼死於癲蠱，也是個個露齒的。」伊古都嘟囔著。

易士奇和王警官探頭再看了一遍，果然這七具屍體全部都緊閉著嘴。

「他們是死於一種新的蠱毒，在傳統的十一毒蠱之外，我必須要找到這種蠱蟲，這樣就能追蹤到下蠱之人。」伊古都道。

王警官半信半疑地望著他們，沒有作聲。

「王警官，警方可否讓我們參加這個案件的偵破工作？」易士奇誠懇地提出建議。

「這個我決定不了，需要向上級彙報。」王警官回答。

他們一行回到了鎮派出所，王警官讓他們在外面等，自己先進行彙報。

偵破組的意見是既然目前還未有實質性的進展，在不影響公安部門偵破工作的基礎上，可以允許他們自行做一些調查，但必須隨時向偵破組報告情況。

同時偵破組開始尋找李西華的電腦，究竟是誰發出的第二封郵件？總之他們堅信，死人是絕不可能發郵件的。

走出了派出所，易士奇拉了下伊古都，道：「伊古都，有把握嗎？」

「有。」伊古都詭異地笑了笑。

*

金蠶飛身躍下牆頭，直奔水潭而去。

水潭如鏡子般平靜，一輪明月倒懸，波紋不興，萬籟俱寂。

那金蠶伏在潭邊草叢之中，一聲不吭，靜靜地等待著。

約莫一個時辰左右，潭中平靜的水面上現出幾個小水泡，一絲漪瀾，須臾一個黑色的小腦袋輕輕地露出水面，只見牠警惕地四下傾聽片刻，然後悄無聲息地向岸邊泅來。

牠終於爬上來了。月光下，牠青黑色的身影約有一米多長，頭尾細，中間肚子大，如同紡錘型，頭前面探出的是一個血紅色的大吻，吸盤內有顎，裡面則是兩排粗大的鈍齒板。這是一隻變異的嗜血水蛭，雌雄同體，壽命已達數百年。

金蠶興奮地弓起了身子，蓄勢待發。

月光下的天空，一隻碩大的灰色蝙蝠滑翔著掠過水潭。

一絲雲彩飄了過來，漸漸地遮住了皎潔的月亮，大地朦朧一片。

所有的攻擊行動在這一刻同時開始了。嗜血水蛭青黑色的身影「嗖」地如鬼魅般彈起，血紅色的大吻吸住了蝙蝠的腰身，顎內粗壯的鈍齒板咬住了蝙蝠的肌肉，無數條吸管同時吸進了血、肉和臟器組織……

金光如閃電，瞬間便擊中半空裡的青黑色身影，然後牠們一同跌入了潭邊的草叢中。

雲彩移過，月光如水，一片白茫茫。

金蠶的尖喙早已深深地刺入嗜血水蛭的頸部，那巨大的水蛭蜷曲起來，尾巴掃來掃去，想擊落頸後的金蠶，無奈那金蠶緊緊咬住不放，慢慢地嗜血水蛭麻木僵直了……

這時，傳來了輕微的腳步聲，走到草叢邊停住了，一隻人類纖細的小手輕輕伸了過來，白皙的手指掐住了金蠶並抓起，放入了口中，只聽得「喀嚓」一聲，咬斷了金蠶的脖頸，然後咀嚼幾下，嚥了下去……

*

次日下午時分，伊古都與易士奇來到了水潭邊。

伊古都取出瓷瓶放在地上，口中「咕咕」地輕聲叫著，許久許久，還是見不到金蠶的一絲蹤影。伊古都一面不停地叫著，冷汗慢慢從他的額頭上滲出，面色慘白……

「這是什麼？」那邊傳來易士奇的驚呼聲。

草叢中，一隻青黑色的軟體動物屍體，血紅的吸盤緊緊地吸在一隻巨大蝙蝠的腰間……

伊古都眼神驚恐，他顫抖著手拾起那黏糊糊的青黑色物體，他盯著那屍體後頸部的刺孔上。

「嗜血水蛭！聽得阿爹說過這東西，奇毒無比，藏於深水潭之中，無人可以養其為蠱。我明白了，昨夜金蠶突然暴走，定是感受到了此物，如今牠竟死於金蠶之手，皆因其正在吸食蝙蝠之故，『螳螂捕蟬，黃雀在後』，好一個聰明的金蠶啊！」伊古都惋嘆道。

「那麼金蠶呢？」易士奇問道。

伊古都搖了搖頭。

「我們去哪兒找金蠶？」易士奇道，他心下也喜歡上了那個金色的小東西。

「牠一定是凶多吉少了，否則牠不會離開我的。」伊古都的雙眼中噙著淚花。

易士奇看到伊古都那悲傷的目光，安慰道：「別急，讓我來算算。」說罷，自懷中掏出乾隆雕母銅錢，開始卜卦。

第七章 老蠱婆

易士奇平心靜氣，心與意相通，拋出銅錢，那乾隆雕母發出歡快的叮咚聲，上天下澤，六陽一陰，竟是一《履》卦，六三爻，這唯一的陰爻在動，而所有的陽爻俱寂。

易士奇默默地收起銅錢……

「如何？」伊古都不置可否地望著他。

「象辭說，眼睛快要瞎了，還可以勉強看到一點點，不足以分辨事物。腿跛了，還能勉強走幾步，可是不小心踩到老虎尾巴上，老虎回頭就咬人。大凶。」易士奇勉強說出卦象的意思。

「你自己先回客棧吧，我想一個人等等金蠶。」伊古都陰沉著臉。

易士奇知道他心中不快，於是點點頭，默默地按原路往回走。

東邊雜木林中有人影閃過，易士奇看在眼裡不由得心中一凜，那不是養五色毒蛛的那個老阿婆嗎？她怎麼也到山陰村來了？

易士奇躺在客棧的床上，心中思緒不寧。

老阿婆的突然現身使本來就撲朔迷離的案情帶來了另類的變數，作為一個研究風水和靈異的學者，他不相信這是偶然的，任何出乎意料的情況都有邏輯上的原因。那夜的借宿是臨時決定的，屬於不可預見。伊古都發現農舍清潔得異常，認為此乃養蠱之屋；自己發現房子周圍一段距離內無蟲鳴，從側面證實了伊古都的推測。為謹慎起見，伊古都索要大蒜頭，從老阿婆的臉色上可以看出她已經起了疑心。半夜時分，她放出了五色毒蛛——小花，不料竟為金蠶所噬。早上，當他們離去時，老阿婆說的那句話頗耐人尋味，「小花，明知不敵，何必要去送死呢？」

易士奇反覆琢磨著這句話，按道理，他們臨時借宿且與老阿婆素不相識，而且也預料不到日後會有任何瓜葛，她沒有理由放出毒蛛襲擊他們。但是，毒蛛卻襲擊了，那麼，就只有一種可能，老阿婆知道他們來山陰村的目的，想要阻止他們……

臨離去時的那句雙關語是威脅還是勸誘呢？

看來老阿婆與山陰村一定存在著某種聯繫。

所以，今天看到她出現在山陰村樹林中也就不難解釋了。

易士奇的腦中，這個老蠱婆與山陰村不明原因死亡案之間的關係似乎慢慢地清晰了……

已經很晚了，伊古都還未回來，易士奇正靠在床上吸煙，心裡在反覆揣測著老蠱婆的可疑之處，這時傳來了敲門聲。

門開了，王警官走了進來。

「易先生，打擾了，李西華的家人想見你，我就把她帶來了。」王警官邊說邊讓外面的人進來。

走進來的是一個穿著藍印花布襯衫的細挑俊俏女孩，膚色較白，水靈靈的黑眼睛，臉龐上似有一層細細的汗毛，長得很像前段時期網路上流傳的那個「天仙妹妹[3]」。

易士奇心中一動，都市裡是絕見不到這樣淳樸美麗的女孩的。

「你是易大哥嗎？我是李西華的妹妹，我叫李小華。」女孩說話時臉頰一紅，她的話有著濃厚的當地鄉音，含糊中還略帶沙啞，聽起來十分受用。

易士奇忙道：「是，我是易士奇，李西華是我的同學和好朋友。來得倉促，還未及去妳家中探望。」

女孩眼圈一紅，淚水在眼眶中打著轉，聽得她楚楚說道：「易大哥大概曉得，我家中父母早亡，只有我與哥哥相依為命，說好過了年，哥哥就接我去北京的，誰知道哥哥他……」女孩終於忍不住嗚咽起來。

李西華家中情況，易士奇是知道一些的，也聽西華說到她這個妹妹，人很樸實能幹，只是學業成績一般，無法考上大學。

「別難過了，妳哥哥……」易士奇實在不知如何安慰這個可憐的女孩。

「你們慢慢談吧，我還有事要回所裡。」王警官告辭離去了。

易士奇請李小華坐下，給她斟上了一杯清茶。

「你能講講西華出事的前後情況嗎？我這次來，就是接到了你哥哥的電子郵件趕來的。」易士奇說道。

「我知道，哥哥出事前告訴我了。事情是從半年前村西第一戶老楊家開始的，那天夜裡

3 本名爾瑪依娜，羌族人，二〇〇五年被網友冠以「天仙妹妹」的稱號而出道成為藝人。

楊伯伯突然去世，早上楊伯母不停地大喊大叫，當時人就瘋掉了，鄰居們趕去都嚇得要死，楊伯伯死的那個笑臉實在是太恐怖了。」小華說到這裡不由得渾身發抖。

「別怕，別怕。」易士奇猶豫著伸出手，輕輕地拍著小華的肩膀。

「派出所說從來沒有見過死人有這樣的表情，縣公安局來的法醫認定死因可疑，於是就拉去鎮醫院冰了。可是誰也沒有想到，一個月後，第二家霍嬸嬸又死了，也是那樣笑著死的。後來員警都來了，調查問話，還化驗食物，懷疑是食物中毒。等到第三家李叔叔同樣地死了，大家都害怕了，要求派出所保護，於是民警加強巡邏，白天晚上二十四小時不離人。可是下一個月，第四戶吳老伯夜裡還是笑著死了。

縣公安的局長們都來了，萬叔叔家和郝奶奶家堅決要求搬走，公安局沒有同意，每家都派員警住了進去，說要配合政府抓住兇手，他們是第五戶和第六戶。」小華回憶著，一面微微顫抖。

「下一個月圓之夜，第五戶也發生了同樣情況，員警們沒有發現什麼嗎？」易士奇問道。

「沒有。但是大家都知道，只有農曆十五的夜裡才會死人，而且是從村西按順序過來的，一家一個。」小華說到這裡，打起了寒顫。

易士奇將熱茶水遞到小華手上，她友好地點點頭。

她喝了一口茶，又接著講下去：「萬叔叔死了，郝奶奶讓家裡其他人搬去鎮裡提供的臨時住所，而自己則堅決不肯走。她說自己一大把年紀了，什麼也不在乎，倒要瞧瞧有什麼事能讓鄰居們笑著死去。結果那晚她也笑著死了，不知道她瞧到了什麼？」

「就剩下你們家了。」易士奇說，心裡陣陣寒意。

「是的。鎮上謠言四起，人們都說是山陰村被人下了詛咒，也有人說是鬼魂作怪。這時候，哥哥回來了，還帶來了一個攝製組。哥哥不相信靈異之說，他們到處調查訪問，拍攝紀錄片，還與北京科學院的專家們保持聯繫。」小華談到哥哥，悲愴的臉上現出了一絲笑容。

「你哥哥有什麼發現嗎？」易士奇問。

李小華搖了搖頭道：「不知道，上個月十五的那天夜裡，我堅持陪哥哥在同一個房間裡睡，我又緊張又害怕，哥哥哄著我睡了，就像小時候那樣。等我睜開眼的時候，哥哥已經微笑著死去了……」

兩行淚珠撲簌簌地滾落，小華小心地從懷中掏出一個牛皮紙信封，遞到易士奇的手裡，臉一紅，輕輕說道：「這是哥哥給你的信。」

易士奇吃了一驚，伸手接過信封，低頭看去，信封上印著中央電視台字樣，信封未封口。

他迫不及待地抽出信紙……

士奇：

當你見到這封信時，我已經死了，我知道你一定會趕來的，儘管已是太遲了。

山陰村的不明原因死亡案是我所知道的最為離奇的事件，整個事件從頭至尾透著一股詭異，最讓人匪夷所思的是死亡的規律性，我認為以下幾點十分蹊蹺。

一、死亡時間全都是農曆的十五日，月圓之夜。你知道滿月時的引力不但可以使江海潮汐遠遠超過平時，對人體也會產生很大的影響，因此西方才有狼人在月圓之夜變性一說。

二、死亡是按照房屋排列順序，自西向東而來，次序不會打亂，好像人為操縱一樣令人費解。

三、每家只死一個人。

四、死者都是微笑著死去，這種古怪的微笑在活人臉上從未見過。

五、法醫鑑定所有死者均無外傷或中毒，排除了他殺與自殺的可能性。

士奇，我無法解釋，目前的科學可能也無法解釋。你是研究風水方面的專家，不知道能否可以看出些端倪？

今天就是這個月的農曆十五，山陰村唯一只剩下我們一家了。我謝絕了當地政府領導的好意，決定自己留守在屋內等待。我已經在床邊架設好攝影機和錄音設備，線路連接到西邊隔壁的郝奶奶家，偵破組都埋伏在那裡了。

我是一名新聞工作者，國家電視台科學探索欄目的記者，我決定自己作誘餌，用我的生命來解開山陰村死亡之謎。

我唯一放心不下的就是我的妹妹小華，拜託你照顧了，帶她離開這裡吧，永遠不要回來。

天色漸漸黑了，今晚一切都會水落石出了。

西華　於九月七日夜

易士奇默默看完了西華的信，心中一股熱流湧上。放心吧，西華，我已經大致解開了山陰村的死亡謎團，那就是蠱，一種源自苗疆的中國古老巫術……

「李小華，妳哥哥托我照顧妳，妳願意離開這裡嗎？」易士奇問道。

女孩點點頭。

「妳放心，我一定會解開這個謎團。」易士奇道。

送走女孩，易士奇回到房間心情久未平靜，伊古都仍然還未回來。

第八章　第八名死者

易士奇迷迷糊糊之際，聽到急促的敲門聲，看了看手錶，已經是下半夜了。

打開門，見王警官陰沉著臉走了進來，說道：「發現了第八名死者。」

易士奇吃了一驚，疑問的目光緊盯著王警官。

「是伊古都。」王警官低聲道。

「啊？不會吧？」易士奇跳了起來，這太離譜了，伊古都是自己請來的醫生，和此地無任何關聯啊。

「他是怎麼死的？」易士奇口乾舌燥。

「一樣的，微笑著死去。」王警官苦笑道。

易士奇站起身來，面色鄭重道：「請帶我去現場。」

王警官點點頭，說道：「好吧，我就是來帶你去認屍的。」

天邊圓月西下，清涼如水，淡淡的白色霧氣籠罩著山陰村，幾名偵破組的幹警站在水潭邊。

月光下，伊古都躺在山陰村水潭邊，一條瘦長的腿伸進了潭水裡，張開的雙眼瞪得大大的，小而圓的黑眼球迷惘地望著天空，長滿紫色疙瘩的長臉上，緊閉著的嘴角透出一絲古怪的微笑……

易士奇屈膝跪在屍體旁邊，心中充滿了莫名的悲傷。伊古都，本來不關你的事，是我在火車上硬是把你拖了進來，白白葬送了你的性命啊。你說過，這是一種新的蠱毒，只要找到蠱蟲，就能追蹤到下蠱之人，揭開山陰村死亡之謎。我知道，你放出了金蠶，想要捉住那隻神秘的蠱蟲，可惜功虧一簣啊。我隱約猜得出來，一定是那老蠱婆……

「今天是……」易士奇自言自語。

「農曆十五！」王警官喊了出來。

「啊！」易士奇一聲驚呼，接著戰慄著輕聲道，「是老蠱婆。」

「你說什麼？什麼老蠱婆？你還知道些什麼？」王警官警惕地問道。

「好吧，我懷疑一個人。」易士奇決定將老蠱婆的事情和盤托出。

「馬上和我到偵破組彙報。」王警官急切說道。

*

山陽鎮派出所。會議室裡煙霧繚繞，偵破組的幹警們聽說這個來自深圳大學的講師發現了新的線索，而且基本上已鎖定了兇手，俱是不相信。沒有可能集部、省、市及縣四級公安機關的偵破力量都束手無策的無頭案，會被一個大學風水老師輕而易舉地解開。

「幹警同志們，你們知道蠱這個東西嗎？」易士奇環視了一周，見無人答話，便索性解釋起來。

他把從伊古都那兒聽到的有關蠱的知識重新編排後侃侃而談，然後又將他與伊古都夜宿深山老阿婆家，以及金蠶吸食五色毒蛛一事原原本本地敘述了一遍。

「所以，山陰村至今八名死者極有可能是中了蠱毒。據伊古都生前推測，這是一種新的蠱毒，只要捉住了這種新的蠱蟲，就可以輕而易舉地追蹤到下蠱之人。可惜，伊古都放出追蹤的金蠶失蹤，而他本人也中了同樣的蠱毒死了。

山陰村一帶目前所知只有那個老阿婆會養蠱，而且她今天中午時分在伊古都命案現場附近出現過，這個老蠱婆十之八九就是元兇。」易士奇語氣肯定。

在座的幹警們交頭接耳起來，部裡的一位專家開腔道：「蠱這種東西在史書中確有記載，但在實際上我們從來都沒有遇到過。而且從生物學角度上來說，不同門類科目的毒蟲相互噬咬後，剩下的那隻無非受傷輕或者沒有傷，但怎麼也不可能由此而發生基因變異，蛻變為殺人昆蟲。尤其是能夠按照時間表和農舍的順序去連續殺人，這完全解釋不通。」

員警們紛紛表示贊同，大家七嘴八舌地認為易士奇的分析實在牽強。

「如果有人在每個農曆十五來到山陰村下一次蠱呢？就是在今天，本月的農曆十五日，恰恰發現了老蠱婆出現在山陰村，出現在犯罪現場，這難道是巧合嗎？」易士奇打斷大家的議論。

幹警們一聽都停止了議論，沉思起來。

「可是到目前為止，我們的多次化驗結果均顯示死者無任何中毒的痕跡。」省裡著名的法醫說道。

「西醫根本無法解釋。」易士奇想起了伊古都的話，肯定道。

偵破組組長，縣公安局趙局長發言了：「無論是否所謂的蠱中毒，我看都需要找到那位老阿婆。」

易士奇自口袋之中摸出了李西華的那封信，說道：「這是九月七日晚上，李西華遇害前數小時寫給我的，他說當天曾在房間內架設了錄影設備，難道沒有任何發現嗎？」

趙局長嘆道：「可惜磁帶上什麼圖像和聲音都沒能紀錄下來，只是一片混亂的磁跡線。」

易士奇瞠目，說不出話來。

散會後，易士奇留下與大家一道吃了便當，然後隨一組偵察員駕車連夜繞道前往山中老阿婆家，其他偵察員則由派出所民警帶隊，連夜在山陽鎮範圍內搜尋老阿婆的蹤跡。同時根據伊古都身份證上的位址，通過當地公安機關聯繫上了他的親屬，處理善後事宜。

半夜時分，易士奇他們一組來到了山裡老阿婆的農舍前，大門緊鎖著，阿婆看來還未返回。天亮後，大家兵分兩路，一組繼續在阿婆家守候，一組由易士奇帶路沿山間小道徒步向山陰村方向行進，如途中遇到老阿婆便即刻拘捕，押回山陽鎮。

走在熟悉的、記憶猶新的山間小道上，景色依舊，卻已物是人非，易士奇自是唏噓不已。

一路上未發現老阿婆的蹤跡，傍晚一行人回到了山陽鎮。

推開鎮派出所大門，院子裡站立著一瘦高之人，長長的馬臉上佈滿了紫色的痘痘……

「伊古都！」易士奇驚呼起來。

第九章　冰蛛

那人詫異地望著易士奇……

王警官走上前來，對易士奇微微一笑，道：「這不是伊古都，而是他的父親，伊老爹。」隨後將易士奇引見給老人。

易士奇此時才仔細地看著伊老爹，老人與伊古都極為相像，身材、臉型和眼睛，甚至就連皮膚上的紫色疙瘩都如出一轍。

老人拄著一根竹拐杖，眼眶有些紅腫，他犀利的目光射向了易士奇，口中緩緩說道：「這麼說，是你把古都引到此地來的？」

「是的，萬萬沒想到……」易士奇歉疚地說道。

王警官插話道：「易老師，老爹是伊古都唯一的親人，已經九十高齡了。湖南警方用車直接送來的，也是剛剛到，介紹完情況，正準備去認屍，想請你一塊去。」

易士奇點頭應允。

鎮醫院太平間，燈光明亮，省裡那位著名的法醫也在場。王警官示意易士奇攙扶好伊老爹，自己上前拉開第八只冰棺。

渾身赤裸、面色灰白冒著寒氣的伊古都靜靜地躺在裡面。由於冰棺長度不夠，他的腿部是彎曲著的。

老人顫顫巍巍地上前，伸出枯槁的手輕輕拍打著兒子的臉頰，熱淚滴落在伊古都微笑的臉上……

易士奇緊緊扶住了悲傷的老人。由於自己的緣故，使得這老人喪失了唯一的親人，心中是萬分的愧疚。

這邊，王警官與法醫心中也不是滋味，扭過了臉去。

「不對啊，古都的腦子呢？」老人停止了拍打，自言自語道，神色十分嚴肅。

「什麼？老爹。」王警官不解的詢問道。

「給我看看另外那幾個死人。」老人語氣異常鄭重。

王警官與法醫面面相覷，最後仍按老人的意願拉開了其餘的七只抽屜。

老人走過去，逐個在每一具屍體的臉頰上拍打……

「他們的大腦都沒有了。」老人說道。

＊

大家都怔住了……

法醫顫抖著聲音：「你是說，這些人的大腦，腦子都沒有了？」

「不見了。」老人冷漠地回答。

法醫似有不信，但他屍檢時的確沒有進行過開顱檢查，因為那不屬於正常程序。

王警官皺了皺眉頭，最後還是撥通了偵破組的電話。

不多久，趙局長帶人匆匆趕來了。王警官當下彙報了伊老爹的奇怪發現。

「開顱。」趙局長思忖片刻，命令道。

法醫省去了刮髮的麻煩程序，直接切開了第一個死者楊老伯的額頭，用力掀開天靈蓋……

所有人都呆怔住了，那顱腔內空空如也，楊老伯的腦組織不翼而飛了。

第二個霍嬸嬸、下面李叔叔全都是一模一樣，他們的腦子都沒有了。

「好了，你們繼續工作，我們走。」趙局長眼睛瞥了伊老爹一眼，等下輪到伊古都開顱，老人在場多有不便。

易士奇攙扶著老人走出了鎮醫院，來到空曠的街道上，他深深地呼出了肺中的濁氣，人活著多好啊。

趙局長請老人和易士奇來到一家餐館吃晚飯。

用餐時，老人只是默默地喝了點湯水，一言不發。

伊老爹安排和易士奇住在一起，趙局長特意囑託易士奇照顧好老人。

老人進了房間，依舊默默無語。易士奇知道他心裡難過，於是也就沒有打擾他。兩人就這麼靜靜地待著，許久許久，誰也沒有說話。

「好啦，我們準備出發。」老人突然站立起來，目光炯炯。

易士奇嚇了一跳，驚訝地問：「老爹，去哪兒呀？」

老人露出惡狠狠的目光，一字一板道：「放蠱。」

易士奇心中一凜，頓時生出一股寒氣。

月色迷離，若隱若現，易士奇扶著伊老爹來到了山陰村的水塘邊。

「古都就是死在這裡的嗎?」老人道。

「就是這裡。」易士奇小心翼翼地回答。

老人放下竹杖,自懷中掏出一個青花小瓷瓶,與伊古都那只瓷瓶大小相仿。

「這是苗疆最後的一隻金蠶了,在此瓶中已經幾十年了,今晚是出手的時候了。」老人自言自語說道,同時用他那枯槁的手拽出瓶塞。

陰晦散射的月光下,瓶口處出現了一個金黃色的小腦袋,先是謹慎地四周打量著,然後長吁了一口氣,「呼」地一下跳了出來,敏捷的身影,穩穩地落在地上。此刻,水潭邊原本喧囂的蛙鳴蟲唱頓時肅靜,萬籟俱寂。

「去吧。」老人口裡含含糊糊地又唸了幾句巫咒。

那金蠶先是在原地慢慢地打著圈,然後突然停住了,頭衝著山陰村雜木林方向,似乎感覺到了什麼。

易士奇望著那個方向,月光下的一所房子,此刻看上去顯得有些陰森。那是破軍,玄武七煞陣的第七位,李西華的家。

金光一閃,蠶兒直奔那所房子而去。

易士奇望著老人,老人吃力地拄起了竹杖,由易士奇攙扶著慢慢朝雜木林方向走去。

月光慢慢變得清晰了,陣陣涼風吹過,山陰村朦朧之夜,有一種沁人心髓的寒意。

易士奇與老人躡手躡腳地走到了房子跟前,躲到了一株大樟樹後,放眼望去……

院中的空地上,金黃色的蠶兒蹲伏在地上紋風不動,身子弓起,虎視眈眈,蓄勢待發。

對面丈許遠處,爬著一隻拳頭大小、渾身雪白的蜘蛛,兩隻紅色的眼睛在月光下如同兩粒紅寶石般晶瑩。牠身邊兩尺範圍內的地面上，俱是白霜。

「啊，那是冰蛛！」老人顫抖著道。

＊

「冰蛛？」易士奇第一次聽說這種生物。

老人壓低聲音說道：「我是第二次見到此物，冰蛛產自西域的火焰山，」他望了眼易士奇詫異的神色，接著道，「這沒什麼好奇怪的，五行相生相剋，熱極之所必有寒物相剋。此蛛所結絲網晶瑩剔透，堅韌異常，可捕食天下之毒蟲，不過中原甚為少見，是極為稀罕之物，所以我們苗疆蠱術中並未有此冰蛛蠱，也是取之不易之故。」

「此物敵得過金蠶嗎？」易士奇有些不放心地問。

老人不及答話，緊張的目光直盯著院子裡。

月光下，冰蛛驀地發起了進攻。只見牠突如其來的一個後滾翻，屁股尾部噴射出亮晶晶半透明的一張網，伴隨著一團白氣，迎頭罩向金蠶……

老人抓緊了易士奇的胳膊。

金光一閃，金蠶向左避開兩米來遠，冰網撲空了。此時冰蛛回頭看準金蠶方位，稍微調整了一下角度，又疾射出一張網憑空罩下，接著又是一張。剎那間，冰蛛射出數張冰網，寒霧彌漫，封死了金蠶四周的退路。

此刻，就在這千鈞一髮之際，金光沖天而起，在漫天冰網即將罩下之前，金蠶穿過縫隙，躍出了界外，落在院內一株白果樹下垂的樹葉上。

冰蛛又撲空了，掉轉頭來已不見了金蠶的蹤影，牠連連旋轉，尋找金蠶，卻唯獨沒有向上看。

就在這時，房子裡傳出來怒罵聲：「白白養了你這許多年，竟然還是這麼笨！」話音未落，只見一個老太婆手持一根竹竿氣沖沖地走了出來，未及樹下便竹竿橫掃，「呼」地打向金蠶隱伏著的那根樹枝……

「老蠱婆！」易士奇輕聲驚呼。

就在竹竿擊到樹枝的瞬間，但見金光閃處，那金蠶竟躍上了竹竿並沿竿而下，直奔老蠱婆。老蠱婆大驚，忙撤手扔竿，但為時已晚，金蠶尖利的喙已輕輕地劃破了老蠱婆的手背……

老蠱婆大叫一聲，臉色大變。

那金蠶在半空中一個折轉，又凌空撲下，落在手足無措的冰蛛背上，同時鋒利的尖喙刺入了冰蛛的後頸。

「不可！」伊老爹大叫一聲衝了出去，易士奇隨後緊跟了上去。

老蠱婆見到有人埋伏，一跺腳拔腿就逃，竄到山邊鑽進了雜木林中。

金蠶的尖喙深陷冰蛛頸中結了凍，白色的寒氣已經侵入金蠶體內，金黃色的皮膚染上了一層白霜，渾身瑟瑟發抖。

老人顧不上凍傷，伸手捉住金蠶使力拽下。另一隻手遞至嘴前，張口咬住手背上突起的靜脈血管，用力扯斷，鮮血湧將出來，灑在凍僵了的金蠶身上，同時將冰冷的尖喙塞入自己手背斷裂的血管中……

「老爹，你這是做什麼？」易士奇急呼道。

老人苦笑道：「這金蠶是頭一回遇到冰蛛，不曉得厲害，這至寒之物豈可吸食？最後只能以我的血來救活牠啦，別的都已來不及了。」

「我們趕緊去醫院吧。」易士奇急切道。

「那老太婆太過陰毒。」伊老爹怨道。

「這就是我說起的那個老蠱婆，可惜沒能逮住她。」易士奇惋惜道。

「她逃不掉了，她已經中了金蠶蠱，而且是蠱毒直接入血，活不到天亮了。」老人冷冷地說道。

「我們走吧。」易士奇攙扶著老人向鎮上走去。

＊

冰蛛經受不住金蠶那致命的一刺，金蠶喙中注入的蠱毒已經在分解冰蛛的體內臟器組織。隨著陣陣白色寒霧散去，冰蛛漸漸改變了顏色。由原先的晶瑩透明，逐漸變成了灰白色，那對如寶石般的紅眼睛也褪變為黃褐色，世間罕見的冰蛛死去了。

易士奇攙扶著老人剛剛轉過山腳，就感到老人似有不妥，他渾身打顫，牙齒咯咯作響。老人示意停下來，易士奇扶他斜躺靠在石壁上。

老人喘著氣，看了易士奇一眼，艱難地說道：「易先生，我的年紀太大啦，經受不起這寒毒了，我想在臨死之前拜託你一件事。」

易士奇吃驚道：「馬上就到醫院了，老爹再堅持一下。」

老人苦笑了一下，道：「我自己就是大夫，我知道時間不多了，務必請你答應一個老人最後的請求。」

「好吧，老爹請說。」易士奇點頭道。

老人道：「這隻金蠶已經跟了我五十多年了，如同親生子女一般，我現在將牠托付於你，請你收養牠。」

「可我不知道怎麼飼養啊。」易士奇口中叫道，實際內心卻很是喜歡這個金黃色的小東西，儘管是劇毒的。

「你聽我說，先不要插話，時間無多。我們苗家可以土葬，所以請你將我和伊古都運回湘西苗寨安葬，這次我們那裡公安派出所一同來的人，可以帶你到苗寨。我的家在寨後山頂處，是一所獨立的高腳樓，你可以在我臥榻席子底下找到一本古醫書，書的名字叫《金蠶蠱術方》。裡面講述了收養金蠶的方法和放蠱術以及解蠱毒的藥方，這可能是唯一的存世孤本了，就送與你吧。

我和伊古都就葬在我家屋子後面即可，世間我無親無友，家徒四壁，也從來沒有存下錢，你看有什麼有用的東西就隨便拿吧，最後一把火燒掉那屋子就行了。」老人說罷長吁了一口氣，低頭顫巍巍地掏出那個青花瓷瓶在手中，流淚看著已經恢復氣色的金蠶慢慢爬到了瓷瓶裡。他輕輕蓋上瓶塞，然後鄭重地將瓷瓶遞給易士奇。

易士奇接過瓷瓶，萬分感慨地說道：「老爹，您請放心吧，托付我的事我一定會辦到的。」

老人用盡最後的一點氣力說道：「孩子，你將是這個世上唯一懂得和擁有金蠶的人了。

記住，要有懸壺濟世之心，不可貪圖富貴和金錢，金蠶可害人也可救人，切記。」

天邊飄來黑色的烏雲遮住了月亮，夜空暗淡了下來，易士奇抱起已經斷氣的伊老爹，心情沉重地向鎮內走去。

今後自己的命運可能要有所改變了，他想。

第十章 黑色的屍蟲

深夜中的鎮醫院。易士奇抱著伊老爹的屍體，推開了醫院的大門。

值班的護士吃驚地望著他們，一個值班男醫生走過來，問道：「病人怎麼了？」他看到老人垂著的手背上的血跡。

「已經過世了。」易士奇冷冷地道。

不待值班醫生說話，易士奇便將老人的屍體平躺在走廊的長條椅上，然後掏出手機撥號。

「王警官嗎？伊老爹死了，現在在鎮醫院。」易士奇平靜地說道。

過了一會兒，王警官和趙局長及偵破組其他專家匆匆趕來了。

王警官來到易士奇跟前，皺著眉頭說道：「我說易老師，這是怎麼回事？你到哪兒，死亡就隨你到哪兒？」

易士奇想想也是，伊老爹父子都是死在自己身邊，總之夠晦氣的了。

「伊老爹是怎麼死的？究竟發生了什麼事情？」趙局長陰沉著臉道。

「事情是這樣的，我們回到了客棧後，伊老爹的精神就一直很沉悶。後來他要我陪他去看看伊古都死去的地方，我就陪他去了山陰村的水潭邊。在那裡，我們發現了老蠱婆和她養的蠱蟲——冰蛛。伊老爹身上也帶了隻金蠶，之後兩隻蠱蟲相互撕咬，伊老爹為救身中寒毒的金蠶，咬破了自己手背上的血管，最後體力不支，我抱他來醫院的途中死去了。」易士奇將事情敘述了一遍。

「真的有蟲蟲？那麼老蟲婆和金蠶、冰蛛這兩隻蟲蟲呢？」趙局長半信半疑道。

「兩隻蟲蟲同歸於盡了，牠們的屍體還在李西華家的院子裡。老蟲婆逃走了。」易士奇隱瞞了金蠶藏在自己身上的事實，他想自己應當完成老人的遺願。

趙局長轉身吩咐兩名偵察員去山陰村，取回蟲蟲的屍體，那也是本案重要的證物，儘管有些迷信的成分在裡面。

法醫和其他人送老爹的遺體去太平間檢驗。易士奇抽起了香煙，緩和一下緊張的情緒。這時，一個值班護士從走廊盡頭跌跌撞撞地跑了過來，一面驚慌失色地叫道：「中藥房裡面躺著一個老太婆！」

大家急忙跟著護士來到了中藥房的前面，藥房窗戶的玻璃已經破碎，上面還留有殷紅的血跡。

透過窗戶望去，藥房盛著中藥的匣子都被拉出，各種草藥撒了一地。靠牆的一排藥櫃下面，一個披頭散髮、面目猙獰的老太婆背靠著木櫃坐在地上，兩隻深陷的眼睛如困獸般露著凶光……

「老蟲婆！」易士奇驚奇地叫了起來。

「快！快給我找火刺蝟來……」老蟲婆見到有人來，聲嘶力竭地喊叫著。

「什麼亂七八糟的，她是不是已經瘋了？」趙局長嘟囔道。

「聽伊古都說過，火刺蝟可解金蠶蠱毒。」易士奇向局長解釋道。

「見鬼！這裡哪有什麼火刺蝟，喂，老……太太，山陰村的七個人是妳殺的嗎？」趙局長感覺稱呼她老蠱婆似有不妥，改口為老太太。

「給我火刺蝟！」老蠱婆彷彿聽不見別人的說話，仍舊是一味地叫喊著。

值班醫生打開了藥房門，但無人敢上前。

易士奇推開醫生，走進了藥房內，他來到老蠱婆面前，拿出皮夾，從中抽出一張百元大鈔在老蠱婆眼前晃動著。

老蠱婆停止了叫喊，一雙眼睛盯在鈔票上，似乎在回憶著，突然道：「你是在我家住的那個年輕人。」

「是的，我就是那個晚上借宿的年輕人。妳忘了嗎？妳還放了一個五色蜘蛛來咬我們呢。」易士奇提醒著說道。

「你是說小花嗎？是牠自己要去你們房間的，我一見就知道你們也是養蠱的，而且你們又是前往山陰村，那個村子發生的事誰不知道？我放出小花只是來試探一下。沒想到那個苗疆裝扮的大個子竟然藏有金蠶，都怪我太大意，要是放出冰蛛就好了。可憐的小花，明知不敵還去送死……」老蠱婆說著竟然落下了幾滴眼淚。

＊

「問她和山陰村死人事件之間的關係。」趙局長在窗戶外邊提醒易士奇。

「妳為什麼躲藏在李西華家裡？」易士奇還是按照自己的思路盤問下去。

「躲藏？那是我的家，我為什麼要躲藏？」老蠱婆冷笑道。

「……妳為什麼要殺死李西華？」易士奇不想與其糾纏，趕緊切入正題。

「胡說！那是我的兒子啊。」老蠱婆憤怒了。

「妳兒子？」易士奇怔住了。

「我那苦命的兒子啊……」老蠱婆嚎啕大哭起來。

這突如其來的情況根本始料未及，趙局長與王警官面面相覷。

這時老蠱婆猛烈地咳起嗽來，腹部激烈地起伏，她的目光中已經沒有了戾氣，而是呈現出人之將死前的那種絕望與垂憐。

老蠱婆困難地向易士奇伸出手，目光中閃過一絲求生的渴望，易士奇心中陡地生出憐憫之意，也伸出手來握住了老蠱婆的手。

那手柔若無骨，纖瘦光滑細嫩，易士奇感覺這哪裡是一個老態龍鍾的婆婆，倒渾似少婦之手。

老蠱婆的手緊緊地抓住易士奇，一聲怪叫，張開嘴巴，咳出來了一隻黑色如蟑螂般的蟲子，落到了易士奇的脖頸上……

「屍蟲！」易士奇大驚，忙甩脫老蠱婆的手，回手抓起那長有黑亮硬殼的昆蟲扔了出去。

這時從老蠱婆的口中、鼻孔裡爭先恐後地湧出上百隻蟑螂般黑色的蟲子……

易士奇已然不及躲避，但奇怪的是，那群黑色昆蟲竟繞過了他向門口快速衝去。

門外的趙局長等人大驚失色，撒腿就跑，那片黑壓壓的屍蟲緊追在身後，無數條腿在走廊的水泥地上劃出刺耳的嘎嘎聲。

眾人衝到了大門外，那群恐怖的黑色屍蟲隨即也衝出大門，然後迅速地消失在大街上。

易士奇明白了，伊古都曾經說過，中金蠶蠱之人臨死之際吐最後一口氣前，會有上百隻黑色的屍蟲從口鼻中逃出。回過頭來再看老蠱婆，只見她瞪著恐怖的眼睛，嘴巴張得大大的，已經氣絕身亡。

易士奇默默地轉身離開醫院，走到了大街上。山區深夜的空氣無比清新涼爽，他深深地呼吸著，思緒有些紊亂，看來需要從頭好好想一想了。

老蠱婆是李西華的母親？這太離奇了。李西華從來沒有提到過他還有這樣一個母親在世，他妹妹小華也說自小父母雙亡，兄妹倆相依為命。

但是老蠱婆臨死之前的真情剖白也不像是說謊啊，如果老蠱婆真的是李西華的母親，那麼李西華和他的妹妹就是說了謊話，他們家裡或許有什麼秘密不為外人道。還有，母親一般是不可能下手毒死自己親生兒子的，難道兇手另有其人？

這他媽的究竟是怎麼一回事？

第十一章 千里趕屍

有人從身後拍了拍易士奇的肩膀，易士奇回頭望去，是王警官。

「易老師，剛才太可怕了，那些是什麼鬼東西？幸虧跑得快。趙局長請你回偵破組談一談，順便做個筆錄。」

易士奇跟隨著回到了派出所。

會議室裡，部、省廳的專家也在場，氣氛沉重。

「易老師，請你再把伊老爹死亡的前後過程說一次給大家聽。」趙局長首先發話。

易士奇只得將今天晚上發生的事情再重新敘述了一遍，眾人聽了均感到匪夷所思。

「老蠱婆自稱是李西華的母親，你們知道這個情況嗎？」易士奇問道。

王警官道：「這個情況不清楚。從戶籍上查看，除李西華當年念大學時遷出戶口外，登記的就只有李小華一個人。其父母可能早亡，戶口很早以前就已經註銷了。」

「這個需要再仔細查一查。」趙局長插話道，隨後問易士奇，「伊老爹臨死前有沒有說什麼？」

「有。他臨終囑託我將他和伊古都的遺體運回湘西苗寨安葬，並說政策規定他們可以土葬。」易士奇說道。

「這個嘛，恐怕不行。」趙局長囁嚅道。

「伊老爹說遺體直接運回，苗寨裡的人就不會跑來山陽鎮鬧事了。」易士奇見情形不妙，就撿政府的要害處胡謅了幾句。

「啊，我們需要研究一下。」趙局長果然上當了。

這時，負責前往山陰村取證物的偵察員們返回了，燈光下的塑膠證物袋裡赫然塞著一隻碩大的灰白色冰蛛。

「只找到這個灰白蜘蛛，未發現所謂金蠶的屍體。」偵察員彙報說。眾人齊上來圍觀，俱是嘖嘖稱奇。

趙局長望了望易士奇，易士奇聳聳肩，道：「也許被什麼動物叼走或是吃了。」

王警官送易士奇出來時，夜已三更，小鎮的居民都已沉入夢鄉。

「易老師，我們調查過了，十月四日的電子郵件是李小華發的，李西華的電腦在她手裡。」王警官說道。

「哦，是這樣，我明白了。」易士奇鬆了口氣。

回到了客棧，易士奇和衣躺在床上，從懷中掏出瓷瓶放在枕邊。他明白了，那些黑色的屍蟲是由於懼怕自己懷揣的金蠶，所以才繞過他而行，這金蠶救了自己。

想想，還是打開自己的背囊，摸出件襯衣包好瓷瓶藏進去，再從背囊夾層中拿出乾隆指骨和銅錢。指骨微微有些發燙，與在火車上初見伊古都時一樣。

我懂了，乾隆爺指骨上殘留的磁場在遇到毒物或危險時會有一定的反應，這可能就是千古帝王的殺氣了，易士奇想。

連日來的緊張和勞累使易士奇昏昏沉沉地睡了過去，直到第二天日上三竿方才醒來。他到街上胡亂吃了些早點，然後來到了派出所。

王警官告訴他，領導已經同意將伊老爹父子的遺體運回湘西苗寨安葬，由送老爹來的當地警員負責押送。易士奇可以自行租用兩只冰棺盛殮遺體，並根據老人遺願，負責一路護送到家。

「什麼時候啟程？」易士奇問。

「越快越好，湘西苗寨那邊目前還不知道。」王警官道。

易士奇點點頭，接過由貴州警方開具的伊老爹父子的死亡證明，心中別是一番滋味。

＊

「第二封郵件是妳發的？」易士奇盯著小華的眼睛。

小華臉一紅，低下了頭。易士奇發現女孩的脖頸處也是一抹紅暈。

「哥哥說過，如他有不測，易大哥會來照顧我的。」小華有些羞怯地瞄了易士奇一眼，又接著道，「哥哥去世一個月了，見你還沒來，大前天晚上我就按照哥哥上一封郵件的地址給你發了郵件。易大哥，你是不是不高興？」

易士奇望著這個純真可愛的女孩，心裡湧起一陣暖意：「沒有，我很高興。放心吧，小華，我要帶妳離開這裡，到廣東去，妳還沒有看過大海吧？」

女孩明亮的眼睛似乎憧憬著未來，她囁嚅道：「我能工作嗎？」

「當然。可是妳不想上學嗎？我可以讓妳進我們學校讀大學，哪一個系都沒問題。」易士奇鼓勵道。

「不，我想掙錢，掙許多錢，這樣才好補貼你的家用。」小華認真地說。

易士奇心中一熱，真是個傻丫頭。這時，一個念頭驀地湧上來：我今生可以娶她為妻。

「易大哥，你臉怎麼這麼紅？」小華詫異地望著易士奇。

「哦，我明天就要送伊老爹父子遺體返回湘西苗寨，妳願意和我一同走嗎？」易士奇期望地看著她。

「我想等哥哥的遺體火化，我此生要永遠帶著哥哥的骨灰，我不想他太孤單。」女孩幽幽道，幾滴淚水落下。

「好吧，我會速去速回，也就是幾天時間，妳先收拾好要帶走的東西，等著我好嗎？」易士奇道。

小華含淚點了點頭。

次日清晨，易士奇乘坐在一輛東風貨車的駕駛艙裡，車廂內載著盛有伊老爹父子遺體的兩只冰棺，前面由湖南的那輛警車開道，一路沿著崇山峻嶺奔往湘西。

*

出烏蒙山區後一直東行，進入湖南渡沅水過鳳凰古城，傍晚時分終於來到了麻陽苗族自治縣境內。汽車穿行於湘西山區的盤山公路，這裡山深林密，人煙稀少，道路崎嶇。約莫又行走了兩個時辰左右，他們來到了一座峽谷之中，遠處傳來了陣陣的蘆笙曲，山間可以望見有火把的亮光。

前面的警車停了下來，一位警員走過來告知，前面的壩子就是要去的苗寨了。今晚碰巧趕上苗家的蘆笙節，此地的苗家在這個節日祭祀祖先，各村各寨的姑娘們都會盛裝，佩戴銀花銀飾，小夥子和蘆笙手們都各自帶著蘆笙，男女青年各自圍成圓圈，在寨內的壩子上吹笙跳舞，大概會持續四五天時間。進入壩子時，村長或族長可能會提出一些問題，因此要有所準備。

易士奇允諾所有問題由他來應付，事已至此，一切只能聽天由命了。

汽車徐徐駛進了壩子，熱鬧的人群靜默了下來，好奇的山民慢慢圍了上來。

易士奇跳下車，與那兩名警員向迎上來的村長走去。警員們先向面色黝黑的老村長說明情況，眾人的目光都射向了易士奇。

「先把伊老爹父子抬下來。」老村長吩咐道。

七八個小夥子跳上車，小心翼翼地抬下那兩只冰棺，透過有機玻璃棺蓋，看得見伊老爹和伊古都靜靜地躺在裡面，易士奇心中一陣莫名的酸楚。

「聽說伊老爹生前留有遺言？」村長盯著易士奇問道。

易士奇點了點頭，心情沉重地說道：「老爹是在我懷裡去世的，他囑託我將他和伊古都的遺體送回苗寨，安葬在他家高腳樓的房後，然後燒掉房子。」

村長面色略微和悅些，道：「嗯，老爹以前是有說過的。」

旁邊一個人稱族長的黑瘦老人慢吞吞地說道：「老爹父子是怎麼死的？」面現疑色。

「中蠱。」易士奇道。

「老爹是我苗疆第一高手，怎麼會輕易中蠱？恐其中必有隱情吧。」族長沉下臉來。

易士奇便將如何與伊古都在火車上相識，前往山陰村治蠱毒，伊老爹如何為救金蠶而身中冰蛛寒毒身亡一事原原本本地敘述了一遍，最後加上了老蠱婆如何死於金蠶蠱的情節。

「那麼金蠶呢？」族長目光陰鷙。

「與冰蛛同歸於盡了。」易士奇心想伊老爹把金蠶託付給他，而未讓其轉交族人，必有一定的道理，因此還是隱瞞下來為好。

「無論如何，伊古都父子的死起因都是由我而起，我願意承擔安葬的所有費用。同時，為了向苗寨表示歉意，我願意為寨子提供五萬塊錢，幫助那些失學的孩子們。我是一個大學老師，經濟上也不十分富裕，這是我的一點心意，希望你們一定要收下。」易士奇誠懇地表示。

人群中一陣騷動，五萬塊畢竟不是小數目，尤其是在這貧困山區裡。

村長臉上露出了笑容，代表全寨表示感謝，並邀請易士奇參加晚上的篝火晚會。

易士奇婉言謝絕了，告訴村長他決定按照自己老家的風俗，今天夜裡為伊老爹父子守靈，並請村長派人抬棺上山。

村長痛快地照辦，並吩咐叫人備上些酒菜送上山，供易士奇飲用，同時在伊老爹家屋子前生起篝火。山裡夜晚天氣寒冷，他告訴易士奇。

易士奇鬆了一口氣，接下來按老爹的遺願就要開始尋找那本曠世奇書《金蠶蠱術方》了。

第十二章　古鏡

伊老爹的家位於寨子後山上，屋子後面是一片黑松林，前後沒有人家，孤零零的。

冰棺並排停放在高腳樓下，屋前的空地上燃起了篝火，酒菜擺在地桌上，族長特意前來陪酒，其他人準備好後就興沖沖下山參加蘆笙晚會去了。

湘西人喜食辣，就連水酒也烈，喝了不多久，老族長已經面色通紅了。易士奇本身是山東大漢，酒量自是不凡，但是心中有事，也只能淺酌而止。

「易老師，你以前對蠱有研究嗎？」族長漫不經心地問道。

「沒有。」易士奇老老實實地回答。

族長陰沉地笑了笑，抓起了一塊滴著汁水的肥厚鱔魚段塞入口中，說道：「伊老爹是一個極古怪的人，你瞧他把房子建在這偏僻的山頂就應該看出來了。」

易士奇沒有作聲，他估測族長今晚陪酒一定是有什麼用意。

老族長接著說：「老爹父子很孤僻，和寨裡人很少來往，大家曉得他家裡養蠱，也都儘量有意避開，所以他家的事一般人都不太瞭解。咦，你怎麼不吃鱔魚？這可是天然的呢。」他邊說邊夾了塊鱔魚頭遞了過來。

易士奇嚐了嚐，果然味道鮮美，內地市場裡鱔魚的味道則差了許多。

「這魚可是來之不易呢，我們這裡還保留著祖先水葬的風俗，人死裝殮後，將棺木鑿些小洞沉入山後湖中，讓小魚入棺啃食屍身，以屍養魚。等過三個月再撈起棺木打開，裡面全是又肥又大的鱔魚，煮出來的湯味道異常鮮美。寨裡人們把棺材裡的魚撈起來吃掉，人骨則丟回水中。」老族長笑著說。

易士奇胃裡突泛一陣噁心，強忍著才沒有嘔吐出來。

「伊老爹遺言入土安葬，而不願水葬，這就是他的怪癖之處。」老族長搖著頭說。

你們才是怪癖呢，易士奇心中道。

「自古湘西苗家蠱毒為女人所獨有，傳女不傳男，伊老爹年輕時有過奇遇，竟成了我苗疆第一蠱毒高手，可惜父子倆就這麼死了，實在令人嘆息呀。他臨死前，沒有再說些別的什麼嗎？」老族長目光炯炯。

「什麼？」易士奇問。

「僕思鬼。」老族長的雙眼透出一股寒氣。

「什麼？」易士奇沒有聽懂。

「哈哈，沒什麼。老爹為什麼要你燒掉他的房子？」老族長岔開話頭。

「大概是想徹底清除蠱這種東西吧。」易士奇猜測著回答。

老族長站起身來，表示山下蘆笙篝火晚會他須參加，就此告辭，然後匆匆下山。

夜已深，月如鉤，山風料峭，清淡的月光下，兩具孤零零的冰棺，遠處黑松林裡幾聲梟啼……

易士奇深吸了一口氣，拾起根火把走到冰棺前，透過有機玻璃蓋，看到伊老爹安詳的面容，心裡默默祈禱：老爹，安息吧，我會完成你的意願的。他靜默了片刻，然後毅然地向黑漆漆的高腳樓走去。

苗家的高腳樓底層是十餘根圓木柱子，苗疆山深林密，自古多豺狼虎豹，如此建房可防野獸侵襲。通過一窄樓梯登上二樓，那裡是苗家生活起居的所在。

易士奇小心翼翼地登上樓梯，來到了樓上，借著火把的亮光，他看到這是間很大的堂屋，中間鋪了塊大石板，上面凌空吊著一隻燒水的鐵壺。屋子正中的木柱子上懸掛著一盞油燈，老爹的房子連電都沒有，難怪滿屋子見不到一台電器。

易士奇點燃了油燈，熄掉火把放在石板上，然後開始尋找老爹的臥榻。屋子裡乾淨之極，抬頭望去，四壁不見一縷蛛絲灰塵，看來養蠱人家的確是潔淨異常。西牆角的地上鋪著一張大大的竹蓆，他走了過去，輕輕掀起來，那裡果然擱著一本薄薄的線裝書。

那是一本陳舊的古書，紙張的顏色發黃暗淡，手寫的字跡古樸陰柔，似出自女人之手。扉頁上幾個大字：《金蠶蠱術方》。

易士奇翻開封面，見裡面開篇是清秀雋麗的小字：

苗之蠱毒，至為可畏，其放蠱也，不必專用食物，凡嘘之以氣，視之以目，皆能傳其毒於人，用食物者，蠱之下乘者也。金蠶蠱屈如指環，食故緋錦，如蠶之食葉，故稱食錦蟲。每至金日，則蠱神下糞如白鳥矢，刮取以毒人也。

易士奇先將書揣入懷裡，回去後再慢慢研究。然後四處走動，老爹說了無論任何物件隨他選取，所以看看老爹是否有什麼收藏。裡裡外外看了一遍，除了必須的生活用品外，並沒有發現什麼有價值之物，唯有入門口上方懸著一面滿是灰塵的銅鏡，可能還算是件古董。屋子的其他地方整潔之極，唯有此銅鏡垢如錢厚，甚是奇怪。於是他摘下那面碗口大小的銅鏡揣入懷中，以後回到深圳再找專家鑑定，他想。

吹熄了油燈，走下樓梯，回到了篝火旁，身子頓時暖和起來。山裡的秋夜確實有些寒氣襲人，抬頭仰望夜空，三星西沉，怕是有三更了吧。

他邊翻動著篝火，添上幾段粗樹枝，這也不知是什麼木頭，燃燒時散發出一股淡淡的脂香。

回想起近來發生在自己身邊的這些事情，究竟是人為的？還是自然現象？山陰村的房屋為什麼會排成玄武七煞陣，它到底想困住什麼呢？老蠱婆如果真的是李西華的母親，那麼她怎麼會毒殺自己的兒子呢？如此說來，山陰村的蠱毒不是老蠱婆所下的。還有一個佐證，伊老爹身中冰蛛寒毒，死時並未露出古怪的笑容，這說明其他的死者不是為冰蛛蠱所殺。或許還有一個自始至終未露面的兇手，而山陰村的玄武七煞陣要困住的，也許就是這個隱藏極深的幕後人物。

找到當初設計這個玄武七煞陣的人，就會知道他想困住的是什麼東西了，看山陰村的房子不算太舊，找到此人應該不會太難。

還有，李西華的攝製組都是專業的，怎麼拍出來的是空的呢？

總之，山陰村死亡事件絕不會那麼簡單。那個幕後黑手不但心狠手辣，而且老謀深算，看來要格外注意防範了，弄不好自己會成為下一個受害者。

對了，死者的腦子哪兒去了？這又是一個謎。

雞叫了三遍，東方已顯出晨曦，山下寨子裡升起裊裊炊煙，新的一天開始了。

第十三章　苗疆相士

清晨，村長派人送來了早飯，那是苗族傳統的食品——黃粑。是用黃糖和糯米做成，然後用竹葉包裹，經一天一夜的微火蒸煮，清香自然、色澤金黃。易士奇吃了兩個，果然甜香無比，透著一股田園自然氣息。回想起昨夜所食的鱔魚，不由得臉上露出苦笑。

依照苗家習俗，伊老爹父子須於第三天方得下葬，如此說來，易士奇至少今夜還得守靈。也好，今天白天先去鎮上領錢，答應村民的贊助費總要說話算數。

村裡人用摩托車送易士奇到鎮裡，那是典型的南方山區小鎮，房屋依山就勢，白牆灰瓦，屋簷下掛滿了紅辣椒。街頭巷尾的牆腳下蹲著些纏頭的苗家老人們，一邊抽著水煙一邊聊著天，倒也悠閒。

銀行櫃檯前，易士奇用金融卡提了五萬元現金，好在這些年在深圳經常幫人相宅看風水，多了一些灰色收入[4]，日子還過得去。

「我們苗家有很靈驗的相士，易老師要不要去瞧瞧？」村裡那人道。

「是嗎？很靈驗，是面相、手相還是四柱六爻？」易士奇饒有興趣，他還從來沒有見過苗疆的相士呢。

4　灰色收入是指介於合法收入與非法收入之間的非正當收入。

他們來到臨街一所不起眼的老房子裡。

那相士原來是個瞎子，聽到腳步聲知道有生意上門了。他從來都不會先開口問來人話的，這樣方顯得莫測高深。

「知道『僕思鬼』嗎？」來人的第一句話。

易士奇看到瞎子渾身一顫。「知道嗎？」易士奇又追問了一句。

「先生所說的是蠱鬼，藥鬼附身，人鬼難分，也叫草鬼，此鬼煞是兇狠。」瞎子神情緊張地說。他轉動著眼白，緊接著問道，「先生可是外鄉人？」

「是的。」口音不同嘛，誰都能猜得到，易士奇心中道。

「先生身上可是帶有蠱蟲？」那人道。

「……」易士奇吃了一驚。

「此蠱甚烈，莫不是金蠶蠱？」那人默然道。

「……」易士奇說不出話來。

「先生是外鄉人，不知苗疆毒蠱的厲害，苗蠱是本族自古以來最神秘的黑巫術，向來只在女人之間流傳。解放以後，這種巫術越來越難以見到了。若男人習得此術或收養蠱蟲，必遭蠱毒反噬，死於非命，尤甚著，金蠶蠱，死狀慘不堪言。」那瞎子解釋道。

「請問大師，為何認為我身上帶有金蠶蠱呢？我只是昨日才來到苗疆，也並未接觸任何女人。」易士奇心中暗自佩服，那伊老爹父子不就正死於非命嗎？苗疆果然藏龍臥虎啊，倒是不可小覷了，忙改口稱大師。

「先生此言謬矣，我看你與金蠶之蠱早有接觸，絕非兩日，是也不是？若我看錯，先生只管走人，分文不取。」相士冷笑道。

易士奇心中一凜，此相士果然非同凡響，實乃高人啊。

「大師所言極是，我於數日前確實曾與金蠶有過數面之緣，而且並非一隻，不過牠們已經和牠們的主人一同死啦。敢問大師，我既未習過蠱術又未養過蠱蟲，不過一大學老師而已，只是和金蠶及其主人相處數日，難道也會殃及？」易士奇心下頗為擔心。

大師微微冷笑道：「先生可否告訴在下實情，也好為你選擇一條消災避禍之道。」

易士奇正準備和盤托出，腦筋一轉，卻伸手摸出銅錢來，哈哈一笑，說道：「大師見笑了，本人對六爻略有研究，今天就此一併向大師請教。」話未落音，乾隆錢已出手，叮噹清越之音驟響，卦象已成。

艮卦，易經第五十二卦，五爻老陰動。

易士奇心中一動，暗道，六五，艮其輔，言有序，悔亡。意思很明白，抑止於口不隨便說，悔恨自然會消失。

我該相信誰呢？信大師的就要和盤托出，金蠶之事不能再隱瞞了，但如此一來只怕有違老爹囑託。信乾隆雕母錢，那錢畢竟在乾隆爺手心裡攥了百多年，前兩次卜卦不也都準了？易士奇終下決心，這回還是相信乾隆爺吧。

＊

「大師，此番來到苗疆，見識到大師這樣出神入化的相術實乃榮幸。大師雙眼雖有殘疾，但是料事如神，以我所見，大師若不是當今隱居世上的梅花易術高人，就是人們所傳說中的天眼通了。」易士奇誠懇地說道。

大師臉微微一紅：「先生過獎了。」

「有一事想請教大師，何種蠱毒可使人死時的表情似笑非笑，雙唇緊閉？」易士奇問。

「這個嘛，容我想一想，聽說中癲蠱之人死時面露笑容。」大師回答道。

「可是據說中癲蠱而死的人，其面目雖有笑容，但雙唇張開露齒，不知是否這樣？」

「可能吧。」大師含糊道。

「大師所說的蠱鬼，也就是僕思鬼，能多解釋一些嗎？」易士奇還是想多瞭解關於僕思鬼的情況，他對昨晚老族長的提問還是難以釋懷，總是感覺怪怪的。

「以前苗蠱極為隱秘，依血緣祖傳，母親傳女兒，不傳男人的，一般也絕不讓外人知道。自古以來，蠱婆如被人們發現，會被處以火刑，那時候，苗疆每年都有幾個女巫被活活燒死。苗疆養天下第一毒的金蠶蠱的女巫被稱為僕思鬼，巫術高深，陰險殘暴，壽命極長，喜歡夜間害人。」大師道。

「原來如此，大師，現在苗疆還有女巫嗎？」易士奇好奇地問。

「文革後期就已經沒有了。先生，你還是不想告訴我實情嗎？我可以幫你，否則你於近日內將有大凶之禍降臨。」大師誠懇地最後詢問道。

易士奇收好銅錢，卦象還是不說的好，他輕輕坦然一笑，站起來道：「人生由命，無須強求。大師乃世外高人，豈能勘不破？這裡是一千塊錢，多謝大師指點，在下告辭了。」

大師嘆了口氣，只得任由他離開。

易士奇坐上摩托車，一路逕自返回苗寨去了。

那相士的裡間房窗戶前，有一個人負手站立著，陰沉著臉，默默地望著遠去的易士奇背影……

那是老族長。

第十四章 僕思鬼

易士奇回到苗寨，受到隆重的款待，晚宴極其豐盛，其中不乏山珍海味，自然也少不了那肥大的鱔魚。席間易士奇捐獻了五萬元善款，贏得一片掌聲。

晚餐過後，村長特意安排了兩名面目姣好的苗女來請易士奇參加蘆笙晚會，被他婉言謝絕了，他摸了摸懷中的瓷瓶和銅鏡，執意要返回山上守靈。

是夜，萬里無雲，風清氣朗，一輪殘月如鉤。

易士奇半躺在竹椅上，遙望著星空，想到了母親，想到了學校、課堂，還有烏蒙山裡那純真的女孩……是啊，自己年齡也不小了，也該要娶親成家了……在深圳灣畔的教師宿舍樓裡，窗外是漁火點點，小華笑靨如花，含情脈脈，身上散發著山裡姑娘獨有的自然芬芳的氣息……

那是一種獨特的氣味，帶有泥土及植物根鬚的氣息……此時，胸口處乾隆爺的指骨開始發燙……

易士奇嗅著味道扭過頭來，月光下，一個披長髮、面色慘白的女人站在身後咫尺處……

易士奇驚跳了起來，顫抖著聲音問道：「妳是誰？」

那女人眼睛瞟向冰棺冷冷道：「是你把他們送回來的？」

「是。」易士奇感覺到寒氣撲面。

「都郎，這次你終於趕回來了。」女人幽幽道，似有無限哀怨。

易士奇好奇的問道：「這位大姐，您說的都郎是伊古都嗎？」

「胡說！我說的是我的降都，伊古都的老爹。」女人怒道。

「啊，老爹都已經九十歲了，而您……」易士奇更加驚訝。

「唉，瞧你千里送回都郎的份上，我就告訴你吧，我是都郎的妻子……」女人仰望殘月長嘆一聲。

「可是怎麼看，您也不像古稀之人呀。」易士奇疑惑道。

「因為我服下悶蠱的那年只得二十五歲。」她望了一眼目瞪口呆的易士奇，又接著說下去，「我本是蠱女，那年都郎帶著他幾個月大生病的兒子伊古都逃難途徑我家，我見他父子可憐便收留了他們。後來我和都郎好了，成親後我們的日子過得很安穩溫暖。直到那一年，大軍打過來了，就是現在的解放軍，都郎不放心說要回老家看看，我要他們三個月一定要回來。我日盼夜盼了三個月，到期的那天正午他們並沒有回來，我以為都郎變了心死在異鄉。」

「即使變心也不一定會死呀？」易士奇道。

「因為都郎臨走時，我給他下了悶蠱。那是用同一窩三隻以上的乳燕，把牠們浸入水中溺死，如果其中有抱成一團而死的，就是雌雄一對的。把這對乳燕用慢火焙乾，研成粉末，用牠們那種至死都糾纏在一起的雌雄體粉末下蠱，就是悶蠱。我下的是三個月期限的悶蠱，如到時不服解藥則必死無疑。傍晚我下山，看見都郎倒在山道邊，身旁放著一根拐杖還有坐在一邊發呆的伊古都……原來我的都郎是在回來的路上摔斷了腿，他拄著拐杖日夜兼程還是沒來得及趕到，是我害死了他。悲傷欲絕的我背回都郎的屍體，放在床上，然後自己服下了全部的悶蠱……」女人平靜地述說著。

「可是伊老爹……」易士奇辯解道。

「是啊，他第二天活過來了，可我卻變成了蠱鬼。」她慘然道。

「蠱鬼？妳是僕思鬼！苗疆的女巫！」易士奇驚呼道。

＊

女人慢慢走向冰棺，掀開棺蓋，顫抖著雙手輕輕地摩挲著伊老爹的面龐，口中喃喃道：「都郎，五十多年了，只有在你死後，我才能與你肌膚相親。這些年來，夜夜只能與你遙遙相望，你還在恨我嗎？還是不肯原諒我嗎？」

易士奇輕輕走上前來：「前輩，難道後來你們沒有在一起嗎？」

「我製作的悶蠱在一對雛燕上出了差錯，改變了藥效，都郎活過來了，我卻藥鬼附身，人鬼不分，只能在殘月之夜子時中出來。這數十年的痛苦又有誰知道？」那女人神色甚是淒絕。

「前輩，老爹臨死前將金蠶交給了我，並要我前來取得《金蠶蠱術方》，我還是還給前輩吧，這兒還有面古銅鏡。」易士奇說道。

「不必了，你就按照都郎的意思辦吧。至於那面銅鏡，那是漢代苗疆黑巫師傳下來的神獸鏡，你收下吧，其效用日後自知。年輕人，你叫什麼名字？」她問道。

「易士奇，我是一個大學老師。」

「好，易士奇，告訴我，是什麼人膽敢用火焰山冰蛛傷了我的都郎？」她冷冰冰地追問道，雙目陰氣逼人。

「是烏蒙山的一個老蠱婆，她和冰蛛一同死在老爹的金蠶蠱之下。」易士奇回答道。

淡淡的月光下，那女人孤單的身影，這美豔淒絕的悲傷故事，令人扼腕嘆惜。

「前輩，您可知道，究竟有哪一種毒蠱可使人死亡時面帶微笑？而且沒有了腦子？」易士奇問道。

「你說的是伊古都吧。以我看來，很像滇南哀牢山花腰傣秘傳的哀牢五毒蛭所為。這是一種有別於我們苗疆的蠱毒，雖不及苗家金蠶蠱毒性猛烈，但卻十分怪異。五毒蛭喜食人畜的腦漿，使人將死之時產生苦怒哀愁喜五種表情，那五種毒發作到最後是喜，面露笑容而死。」那女人解釋給易士奇聽。

易士奇知道，哀牢山位於滇南，是雲南高原和橫斷山脈兩大地貌區的分界線。此山起於大理，止於紅河州，長近千公里，海拔一般都在二、三千米以上，山深林密，棲息有綠孔雀、灰葉猴、長臂猿等珍稀動物，並聚居著哈尼族、彝族及傣族等多個少數民族。

可是，山陰村的人家與雲南哀牢山的花腰傣有什麼關係呢？有什麼原因促使花腰傣竟使用五毒蛭下蠱？看來，應當重新調查山陰村七戶人家的歷史淵源了。

*

「易士奇，天亮以後，都郎父子就要下葬了，隨後你按照都郎的意思點火燒掉房屋，然後趁著混亂悄悄離開苗區，不要與任何人打招呼。記住，無論如何要在天黑之前離開湘西大苗山。還有，我的名字叫春花，你叫我春花婆婆就可以了。以後在外，千萬莫要再提起『僕思鬼』和『苗疆女巫』了。」春花婆婆叮囑道。

「我記住了，春花婆婆。」易士奇應允道，同時心中感到一絲不安，他又接著追問道，「婆婆的意思是要我偷偷溜下山，難道寨裡有人對我有所不利？」

春花婆婆冷笑一聲，道：「寨子裡覬覦那本《金蠶蠱術方》已經幾十年了，若不是我在此屋子內下了蠱，毒瞎了幾個賊人的眼睛，這間房子還不早就被他們翻個底朝天？寨子裡的那些人知道了厲害，再也無人敢走進這屋子一步。都郎父子死時只有你在身邊，他們是絕不會輕易放過你的。不過，好在你有金蠶在身，他們有所忌憚也不敢輕舉妄動，只是他們並不知道你實際上根本還不會使用。」

「原來如此，我自當小心。婆婆，哪一天我若碰上五毒蛭或其他毒蠱，有什麼方法來防範呢？」易士奇想，要繼續調查下去，自保是非常關鍵的。

「毒蠱種類繁多，下蠱方式千奇百怪，你是防不勝防的。唯有一點，只要隨身帶著金蠶，你就百蠱不侵，因為金蠶是天下第一毒蠱蟲。但是金蠶怕頭如鼠的火刺蝟，一定要避開才是。還有，如碰上口吐黑煙的癩蛤蟆蠱也要千萬小心，萬不可吸入黑煙。」春花婆婆叮嚀道。

易士奇見婆婆對他頗多善意呵護，不由得心存感激，他由衷地說道：「婆婆，以後還能再見到您嗎？」

此刻子時將過，春花婆婆仰臉瞭望星空，長嘆一聲道：「都郎既去，我又挨得幾時？後生好自為之吧。」然後白衣飄逸，悄然而去。

易士奇也是獨自嘆息，人生不如意雖十之八九，但是像春花婆婆這樣痴情如斯，實屬世上罕見啊！縱然執手卻不能偕老……唉，人說苗女多情，敢愛敢恨，看來果真不假。

第十五章　沖出大苗山

苗寨的風俗，凡兇殺、自縊、難產死的人一般用杉木皮抬去寨內專門地點火化，而且不留骨灰。伊老爹父子雖可歸類於兇殺，但因老爹是全寨年齡最長的，而且留有遺言，因此他們父子倆也就破格土葬了。

其實，易士奇心下明白，寨裡人知道老爹父子養蠱，誰都不願意靠得太近，怕沾上什麼蠱毒之類的。至於沉棺水葬，恐怕今後則無人敢食鱔魚了。

葬禮還在進行當中，除了村長和幾個青壯漢子外，還有一個穿著古怪、頭戴面具的巫師在場。隨著巫師敲鑼念咒唱經聲，那幾個壯漢直接將冰棺放入了墓穴裡，然後迅速地添土，村裡並未準備棺木。易士奇苦笑一下，回到山陽鎮又要賠冰棺錢了。

老爹父子的墓碑也很簡陋，僅有名字而已。易士奇鄭重地下拜，心中別是一番滋味。

那幾個壯漢又點燃了火把，然後遠遠地向屋子裡拋了進去。不一會兒，木和竹子搭建的房子濃煙四處冒起，熊熊烈火燃燒了起來。

易士奇悄悄跟村長打了個招呼，說要去解手，便快步走去灌木叢後。回頭一望，卻見山下急匆匆走上來數人，當中的一人被攙領著，正是小鎮上的算命相士，相士的身後跟著幾名身背弩弓的黑衣人。

這時，那手舞足蹈的巫師摘下了面具，原來竟是老族長。

易士奇見情況不妙，一頭栽進了林中，匆忙快步向那片黑松林的深處跑去。

這是一片茂密的原始松林，林間的地上落滿了鬆軟的松針和已經乾癟了的松塔，偶爾有幾隻松鼠在松枝上跳躍著，一面衝著易士奇這個不速之客吱吱地叫著。

易士奇本是一個業餘野外探險者，野外生存經驗豐富，在他的背包客圈子裡小有名氣。他根據經驗，判斷好方向便不停地走下去。

十多分鐘後，他聽到身後遠處傳來了狗吠聲，知道老族長他們追上來了。易士奇奔跑起來，但他也知道，他想擺脫掉已是不太可能的了。

他停了下來，前面是松林的盡頭，而下面則是陡峭的懸崖，宛如刀劈斧斫的峭壁足有百丈深，一條彎彎曲曲的溪流在谷底蜿蜒流淌著。

這裡是湘西地區一處典型的丹霞地貌，松林左側是石灰岩山體，頗為陡峭，難以攀爬。山體下面有一凹陷的山洞，易士奇不待多想，便直直跑了過去。

這時，狗吠已近，回頭看去，見一隻巨大兇惡的牛頭犬齜著尖利的牙齒撲了過來……

*

易士奇見勢不妙，自己又手無寸鐵，焦急萬分之中，渾身上下摸去，手指碰到了瓷瓶。他靈機一動，金蠶！

易士奇忙取出瓷瓶，拔出瓶塞放在自己身前的地上。快點快點！他心中焦急地呼喚著……

牛頭犬咆哮的吼聲越來越近，充血的眼睛通紅……

瓷瓶口始終未見金蠶探頭出來，易士奇心中涼了，莫不是金蠶傷得過重爬不起來了？冷汗霎時從額頭上冒了出來。

眼瞅著那兇惡的牛頭犬跳起撲咬過來……

就在這千鈞一髮之際，金光一閃，那熟悉的黃色身影自瓷瓶中射出，金蠶凌空躍起，劃出一道美麗的弧線……

這牛頭犬只覺眼睛一花，額頭一涼，那金蠶的利喙早已刺入寸許。牛頭犬哀嚎一聲，滿地打滾，身子顫抖數下便不動了。

易士奇怔在原地，只見金蠶吃力地跳下狗頭，緩慢地向瓶子爬去……易士奇心中一熱，那蠶兒是拚了性命來救自己啊。他趕忙抓起瓶子，將瓶口輕輕地放在金蠶的前面，看著金蠶虛弱地一步步挪了進去。

易士奇終於躲進了山洞。

洞外傳來了一陣紛亂的腳步聲，老族長帶著人圍住了洞口。有兩個彪悍的黑衣人端著弩弓就要進洞，被老族長喝止住：「慢！」他找了根樹枝，蹲到牛頭犬的屍體旁，輕輕地扒拉著，最後看到了額頭上的刺孔。

「這是金蠶！大家不可上前。」老族長急忙叫道。

易士奇躲在山洞口一塊凸起的大石後面，外面的說話聲聽得真切。心道，看來他們十分忌憚金蠶，暫時不會貿然衝入洞內。可是金蠶寒毒雖解，身子甚是虛弱，照方才的樣子看來，牠絕對難以再次出擊的。

「易老師，我們知道你藏在山洞裡，只要你交出金蠶和那本書，我們恭送你回去，絕不為難你。」老族長喊道。

易士奇屏住呼吸沒有回答。

「易先生，還記得本大師嗎？昨天我已經預測到了你今日之災，可惜你當時不信本人所言，錯過了化解的機會。當下你如依族長所言，還可安然無恙，若是執迷，恐有血光之災，那時本大師也無能為力了。」那相士勸慰道。

易士奇想，如不答話，他們必然要進來看個究竟，到時金蠶無法相助，豈非坐以待斃？想到此，他清了清喉嚨，朗聲道：「大師乃世外高人，怎麼也捲入了這世俗之爭？莫不是昨日大師早已與他們串通，騙騙易某而已？不錯，金蠶確實在此，不過易某想要知道，金蠶乃老爹之物，你們要金蠶意欲何為？」

確定了易士奇在洞中，外面一陣騷動，幾個黑衣人的弩弓對準了洞口。

外面傳來老族長的話音：「易老師，你是外鄉人，不知道金蠶蠱對我湘西苗人的意義。這金蠶蠱為天下第一毒蠱，自古以來就是我苗人所獨有的，正因為如此，其他各族才不致小覷我們。可是不瞞你說，目前苗疆已經無人懂得養此金蠶蠱了，伊老爹父子一死，便要失傳。我們不忍心苗家這一獨門技藝在我們手裡斷送，所以才設法請易老師交出金蠶和書，何況這本身就是我們苗家的東西。」

此番話說得也不無道理，但老爹為何不願將金蠶蠱傳於苗寨呢？幾十年來，這些人為何偷偷上山妄圖盜取呢？假如像老族長說得這麼光明磊落，何不大大方方地由村長出面向自己索取？反而是攜帶弩弓，放出惡犬來追殺自己？這裡面肯定還是有什麼不可告人的秘密。

「老族長，請恕易某無禮，我想問大師一個問題，請問大師的眼睛是如何失明的？是否為蠱毒所傷？」易士奇朗聲問道。

大師接言道：「易先生所言不錯，正是蠱毒所傷。」

「下蠱之人是否就是苗疆女巫？」易士奇又問道。

「……」

第十六章 沅水之畔

易士奇明白了，這位算命相士就是企圖夜盜蠱書而被春花婆婆毒瞎的賊人之一。

「老族長，你們所言事出突然，容我仔細考慮一下，給我點時間如何？」易士奇知道這些人來意不善，自己要嘛投降，要嘛就得另尋出路。

「好吧，易老師乃是識時務者，我們就在這裡等。」老族長滿意的聲音。他知道，這個青年人別無出路。

易士奇輕輕地向洞內移動，洞內漆黑一片，不知道裡面還有多深。他摸出打火機，打著了火，借著微弱的光亮向洞內摸去。

這是一座溶洞，由於千百年來的剝蝕，石灰岩的山體內部形成了許多孔洞，石鐘乳和石筍形狀千奇百怪，甚至暗河縱橫，別有一番天地。他感到洞內是在向下傾斜，越往下走越是濕熱。他把打火機調節至最小檔，走了估計不到半個時辰，打火機的氣體還是耗完了，眼前頓時漆黑一片。

沒有光亮，在這溶洞中寸步也不敢向前，很容易就會被那些石鐘乳或石筍碰傷，此刻後悔未帶來他那個高性能手電筒。原想趁著老族長他們還未發現，在洞中行走得越遠越安全，現在可是麻煩了。

洞口處，人們等得不耐煩了，最後老族長向內喊了幾番話，始終不見回音。

「那些漢人是很狡猾的，應該派人進去瞧瞧。」大師疑慮道。

「這洞是一個死洞，沒有第二條出路，鄉里想要開發旅遊，我曾陪他們進去考察過。不過，還是進去看看吧。」老族長邊說邊揮了下手，那邊兩個黑衣苗家壯漢手持弩弓，謹慎地摸進山洞。不一會兒，他們出來報告，易士奇不見了。

「我們就在這兒守著，不怕他不出來，若兩天還不出來，我們去給他收屍去，反正我們要的是金蠶和書。」老族長恨恨道。

易士奇心灰意冷地坐在地上，自言自語道：「這洞裡應該沒有無線信號吧。」他伸手去摸手機。他穿的是那種戶外旅行服，裡外到處都是口袋。指骨、銅錢、瓷瓶、銅鏡和書分別裝在內裡大小不同的口袋裡，其中那本書還特意用塑膠袋包好。

掏出手機一開電源……哈哈，顯示幕的亮光勉強可以照亮，太好啦。只可惜電池容量不足，沒辦法，事不宜遲，易士奇抖擻精神繼續上路。

洞穴時窄時寬，潮濕悶熱，易士奇感到汗流浹背，莫不是這山中有火山，或許也會像《地心遊記》裡的主人公那樣隨火山噴發而沖到外面呢，他想。

手機的電終於用完，洞裡重新陷入了黑暗，伸手不見五指。

人類的視覺真差勁……深圳大學著名風水講師死於湘西溶洞，給同學們個驚喜，易士奇坐在堅硬的石頭地上苦笑著。

小華，他想起了烏蒙山裡那個純真的女孩。那女孩還在翹首企盼，盼望著他去把她領出深山，帶到他的那個世界裡去……

不行，我得回去投降，我有小華，還有媽媽，我不能不明不白地死在這黑漆漆的洞穴中。他爬了起來，雙手摸著石壁向原路返回。

不知過了多久，前方仍是漆黑一片，他拼命叫喊，除了洞壁的反射聲外，沒有任何其他回音……他迷路了。

易士奇知道別無他法了，只有繼續向前走，否則就是死路一條。

他疲憊不堪地走著走著，突然腳下一空，整個人已墜下，還未等明白過來，「撲通」一聲，感覺到渾身徹骨的一涼，他已經落入了一條暗河之中。

易士奇鼻子一麻，嗆了兩口水，不待多想，身下的水流推著他向前飄去，此刻只有聽天由命了，他雙手抱住腦袋隨牠去了……

*

易士奇在暗河中不由自主地隨波逐流，有時河道孔穴太窄小，他整個人被上面的石壁擠壓在水中，有好幾次幾乎再也憋不住氣了，又浮上頭來，趕緊狂吸一陣空氣，他感到自己這樣堅持不了多久了。

突然眼前一亮，刺眼的陽光，渾身被水緊緊包裹著的壓力驀地消失了，整個人在急速地下墜。又是「撲通」一聲，易士奇一頭栽進了一個深水潭。

他在水中猛蹬幾下，終於浮出了水面。他睜開眼睛，原來那暗河沖出了山體，變為一道瀑布瀉下，據水潭僅數丈高，易士奇得救了。

他奮力游到潭邊，疲憊地爬上了岸，深深地呼吸著山谷中清新的空氣，瞇著眼睛看了看太陽，大概已是下午時分。

這是一條人煙罕至的峽谷，瀑布嘩嘩地注入水潭，濺起團團水霧，折射出一道絢麗的彩虹。潭中溢出的水流向峽谷口，那有著茂密的灌木林，生長著紫色和黃色的小花朵。

易士奇除下濕透的衣褲，攤曬在潭邊的大石頭上，全身脫得一絲不掛，陽光暖洋洋地撒在裸露的皮膚上，真是無比的愜意。他翻開衣內口袋，取出他那些寶貝，攤曬在石頭上，那本《金蠶蠱術方》由於有塑膠袋包裹著，因而未曾打濕，其他的指骨、銅錢、銅鏡則已經濕了。

易士奇輕輕地掏出瓷瓶，小心翼翼地拔出瓶塞，放倒瓶口。他擔心金蠶的身體狀況，如果沒有牠的捨命相救，自己可能早已被那隻兇惡的牛頭犬撕碎了。

金蠶沒有出來……

易士奇心下焦急，晃動著瓶子慢慢地向外倒，金蠶終於爬出來了，看起來身子似乎越發虛弱了，原本金黃色的皮膚已經十分暗淡。儘管如此，牠伏在石頭上，那兩隻黑圓的小眼睛還是對易士奇友善地眨了眨……

易士奇心中一酸。

他想起伊古都曾說過，金蠶很通人性，主人講的話牠也大致聽得懂，而且極愛整潔和衛生。伊老爹父子都拿金蠶當作自己的子女般看待，伊老爹寧可自己受寒毒而死，也要咬破血管救金蠶。人世間，如果不是親生的骨血，誰能夠做得到？

他想起了《金蠶蠱術方》，那書上一定有救治金蠶的辦法。他揭開塑膠袋，拿書出來，開始翻閱起來。在書中第十一篇章《救傷篇》裡，易士奇找到了如下記載：金蠶傷後體虛意倦，無法進食毒蟲。其主，婦餵食以乳，男餵食以精，三日可癒。

按書上所說，金蠶蠱並非如傳說中那樣只有婦人才能養，現在金蠶已經非常虛弱，欲救其命看來只有餵食「非乳即精」了。乳指婦人之奶水，精肯定就是男人的精液了。好吧，金蠶捨命相救之恩豈可不報？況且只是損失點精液而已，又不是像伊老爹般咬斷血管。想到此，心情豁然開朗。

他抬起頭來，山谷裡靜悄悄的，杳無人跡。事不宜遲，他本身就年輕力壯，又是未婚之身，所以弄出點精液來也是方便之極。不一會兒，但見易士奇大喝一聲，手掌心裡赫然多出來一攤乳白色的精液。他將精液小心地遞到金蠶嘴邊，那金蠶聞到氣味後，渾身打了個機伶，伸出尖喙吸食起來。須臾，已吸食得乾乾淨淨，然後抬頭感激地望著易士奇……

易士奇此刻驚訝地發現，金蠶皮膚的灰暗顏色正在逐步褪去，重新恢復了金黃的顏色。

上億條生命啊，易士奇想。

第十七章　誤入武陵源

深山峽谷中太陽落山早，易士奇抬頭望瞭望天空，日頭已近山峰。他穿好了衣服，收拾妥當所有東西，沿著溪流向谷口快步走去。

穿過一大片的灌木林，驚起了一群鷓鴣，牠們一邊咕咕叫著遠去了。峽谷裡沒有小路，因此不時需要涉水，接近峽谷口時，溪水深了許多。

谷口外是另一條寬闊的大峽谷，在峽谷中間奔流著一條大河，方才的溪水只是這條河小小的支流。湘西山區的河水十分清澈，但水流卻也湍急，耳邊俱是激流撞擊石灘的嘩嘩聲。易士奇抬頭望，對面高聳孤兀的石峰上挺立著幾棵蒼松，有兩隻蒼鷹盤旋其上。峰下是一大片原始次生林遮天蔽日，其中不乏生長有水杉、銀杏和珙桐。此時，夕陽下青幽幽的山谷中生出了淡淡紫煙，慢慢升騰為雲霧飄緲於峰巒疊翠間，如同一幅淡墨山水畫。

易士奇不由得一陣感嘆，這湘西原始之地竟有如此的美景，看來越是無人煙的地方，景色越是奇秀。

遠處傳來幽長蒼涼的號子聲，易士奇舉目遙望，那是上游漂流下來的竹排，有船夫立於上撐筏。於是他走到了淺灘處揮手示意。

湘人率直且樂於助人，他們把易士奇拽上了竹排。

易士奇告訴他們，自己是徒步探險者，迷了路，裝備也弄掉了，十分狼狽，請船夫將他帶出谷去。

放排的船夫告訴他，這是沅水。沅水從貴州發源進入湘西，一路上巫水、舞水、辰水、酉水不斷匯入沅水，最後入洞庭湖。

「我見此地奇峰異石，突兀聳立，溪繞雲谷，絕壁生煙，端的是景色古樸奇秀，真想不到如此深山之中，竟藏有這樣的去處。」易士奇感慨道。

那船夫笑將起來，說道：「一看您就是文人，講話文謅謅的，可惜竟然不識武陵源。」

「這就是武陵源？當年大畫家吳冠中偶然行至武陵源，為其山水所傾倒，發出『明珠遺落深山』之感嘆，莫非就是此處？」易士奇驚訝道。

易士奇立於竹排之上，見那兩岸塊塊梯田、一間間房舍星星點點地點綴於青山綠水間。綠樹四合，青磚灰瓦，炊煙裊裊，數隻長著儲水囊、羽毛豔麗的雉雞正在溪邊痛飲，一幅原始蒼茫，自然平和之色，一切煩惱拋諸腦後。想不到一番落難，竟然誤入武陵源，若是有朝一日，自己執小華之手，隱居此山水之間偕老，豈不快哉？

*

夕陽西下，天色漸暗，前方右岸似是一個大墟鎮。船夫說，此鎮名叫太平鎮，有公路通往雲貴等地。

易士奇告別熱心的船夫，登上岸來，鎮上熙熙攘攘十分熱鬧，沿江岸是一排裝修得古色古香的飯館，他信步走了過去。已經一天多粒米未進，腹中甚感飢餓，隨便走入了一家，揀了個靠窗的位置坐了下來。

面。

「老闆，要不要嚐嚐本地特有的直口鯪和銀魚？很好吃呢。」湖南妹子服務生笑容滿

易士奇便點了沅江特產的這兩種魚，同時詢問長途客運站和班次的情況。

「先生去哪兒？這兒沒有夜班車。」鄰座一位學者模樣的老先生操著一口標準的京腔接話道。

易士奇說準備西去貴州，那老者告訴他每日只有一班，上午九時發車，今天是走不成了，只有住下了。

邊吃邊聊，原來那老先生姓蘭，是中國科學院動物研究所研究員，在武陵源一帶原始森林中進行國家863生物多樣性保護課題研究，至今已經年餘。

「武陵源最多的是獼猴，山澗溪流裡也有數量可觀的大鯢，就是娃娃魚。森林深處可能還存在一些至今我們可能還不知道的昆蟲物種，真是個動植物寶庫啊。」蘭教授充滿激情地說道。

「蘭教授，您知道有一種昆蟲叫做五毒蛭的嗎？」易士奇問道。

「五毒蛭？你說的是環節動物門下蛭綱裡的一種螞蝗吧？這一綱動物大多棲息在淡水中，也有生活在潮濕的草地和森林裡的旱螞蝗。目前已知的蛭綱動物大致有五百多種，頭部有吸盤，大部分都是吸血或吸體液的外寄生者。」蘭教授說道。

「是產於雲南哀牢山中的『哀牢五毒蛭』。」易士奇補充道。

蘭教授想了想，道：「據我所知，雲南南部一直到印度支那的某些地方，山間小路旁的灌草叢中埋伏著無數危險的旱螞蝗，牠們嗜血成性，專門襲擊過往行人和牲畜。這些螞蝗像

二至三釐米長的鐵釘那樣細長，隱藏在灌草枝葉中，不易發覺，每當有人畜靠近時，牠們就會沾附在身上，鑽入衣內吸吮肌膚下的鮮血。由於牠能分泌一種特殊的溶血物質，不僅使受害者毫無痛感，而且傷口流血不止，十分可怕。哀牢山正是位於這一區域。」

「牠們吸食人腦嗎？」易士奇接著問。

「牠們的軀體是不能夠穿透人體皮膚的。但我知道，牛如果吃進沾有旱螞蝗的青草，數月後就會發瘋死亡。臨床解剖可以發現牛的大腦中繁殖有大量的小螞蝗，這些螞蝗的後代瘋狂地吞噬牛的腦組織，最終導致牛的死亡，當今醫學也是束手無策的。」蘭教授解釋道。

「如果人吃進了旱螞蝗，那或許也會同樣跑到腦子裡去吧？」易士奇提出假設道。

「也許……」蘭教授猶豫道。

第十八章　重返山陰村

易士奇向蘭教授講述了山陰村七名死者的情況，大腦都不見了，而且臉上都掛著古怪的微笑。他聽人說有可能為雲南哀牢山區的五毒蛭所害，五種毒素導致瀕死之人產生苦怒哀愁喜五種表情。

「世上竟有這事？簡直匪夷所思！如果真的是如你所說，這可是一個難得的研究課題呀。」蘭教授半信半疑道。

「千真萬確。」易士奇鄭重說道。

蘭教授端起酒盅一飲而盡。

「還有，還有那像蟑螂一般的……黑亮亮的屍蟲。」易士奇喃喃道。

「屍蟲？」蘭教授似有不解。

「就是中金蠶蠱的人於垂死之際由口鼻中逃出來的數百隻黑色屍蟲，長的很像蟑螂，爬得飛快。」易士奇心有餘悸地說。

「哈哈哈，」蘭教授笑了起來，「金蠶蠱那只是一種迷信的傳說，過去在滇湘一帶的苗疆，窮山惡水，瘴氣傳染病流行，勞動人民在自然界的鬥爭過程中處於劣勢，於是幻想出一些神秘的東西來崇拜和精神上的恐嚇。試問，有誰真正見過所謂的『金蠶』？易老師怎麼輕信這種無稽之談？」

易士奇摸了摸懷中的瓷瓶，淡淡一笑，說道：「烏蒙山山陽鎮醫院的醫生護士，公安局局長和眾多警官都看過那一群屍蟲，這些屍蟲都是從一個老太婆的嘴和鼻子裡跑出來的。」

「這……那些屍蟲現在在哪兒？」蘭教授半信半疑道。

「山陽鎮的街上。」

「如果能捉到一隻，那就值得研究了。如果真的如此，從人體內部組織裡孕育出來，一個新的物種，那可是本世紀生物學上的一個重大發現呢。」蘭教授臉色憋得通紅，自言自語道。

「明天，我與你同行。」蘭教授端起酒杯又是一飲而盡。

*

次日清晨，易士奇來到了長途汽車站，老遠就發現了依約前來的蘭教授。教授白色西裝筆挺，架著眼鏡，繫著一條猩紅領帶，手裡拎著一只黃色牛皮箱。

「教授今天穿得這麼漂亮。」易士奇讚嘆不已。

「六十多歲啦，再不穿就沒有時間了。」教授笑道。

兩人吃了些早點後，登上前往貴州的班車。客車經湘西懷化東行進入貴州境內，過黔東走貴陽，黃昏前到達黔西烏蒙山區，大約晚上七八點鐘，他們終於回到了山陽鎮。

易士奇帶著蘭教授直接來到了山陽鎮派出所。

幾天不見，王警官明顯地瘦了一圈，眼眶發黑。易士奇介紹了蘭教授，不久，趙局長就趕來了。

「你們真的看過屍蟲？」蘭教授開門見山地問道。

「是的，我們都看見了，黑色的，蟑螂般大小，當牠們一齊湧出死者口鼻時，非常恐怖。」趙局長斬釘截鐵地說道。

另一邊桌上，易士奇向王警官簡單彙報了一下湘西之行的過程，他沒有提及苗疆女巫和自己死裡逃生的經歷。

「任務完成得很好，沒有引起少數民族老百姓的不滿，辛苦啦。」王警官讚揚有加。

「有沒有辦法捉到幾隻屍蟲回來？如見活體，這可是了不起的科學發現啊。」蘭教授期盼的目光。

大家除了搖搖頭外就是默不作聲。

「當時我們都嚇得往外跑，那些屍蟲們在後面追，出了大門，牠們就一哄而散了。」王警官聳聳肩道。

「能不能雇用老百姓來找，我可以向院裡申請經費。」蘭教授詢問道。

「找屍蟲？不，那樣容易引起老百姓的恐慌。」趙局長否定道。

「那就說是找類似蟑螂的一種昆蟲好啦，每找到一隻獎勵一百元。」蘭教授鍥而不捨地加上一句，「不但為國家做了貢獻，而且也許可以從中找到新的破案線索。」

「那就試試看。」趙局長說道。

易士奇領著蘭教授住進了上次的那家客棧，拿到鑰匙一看，還是以前的那間客房，蘭教授皮箱往床上一扔，那張床正是伊古都睡過的。

燈熄了，蘭教授興奮莫名，仍舊喋喋不休。

易士奇則躺在床上，也是翻來覆去，他在胡思亂想著小華。

半夜時分，易士奇偷偷溜進了洗手間，並反扣好門。不一會兒，聽得裡面一聲輕喝，他在給金蠶餵食……

＊

山陰村的不明原因死亡案發案至今已經七個月了，可是仍舊是一頭霧水，沒有什麼進展，偵破組雖然焦急，但也一籌莫展。

派出所已經派出警員陪同蘭教授雇請民工清挖污水道、垃圾堆等衛生死角來尋找屍蟲，易士奇則來到了小華的臨時住所。

這是鎮上為山陰村七戶人家準備的臨時住所，是一排紅磚瓦房。李家的大嬸告訴易士奇，不知為什麼，小華這幾天每天早晨出去，直到晚上才回來，白天從不在家。

「她能去哪兒呢？」易士奇問。

「車站。」大嬸說。

易士奇明白了，不由得心裡一熱，真是山裡的傻丫頭。

遠遠的望見車站前的小山坡上，小華倚坐在一株白果樹下，默默地凝視著公路的盡頭……

小華聽到身後的腳步聲，輕輕地回過頭來。

「易大哥！」女孩驚呼起來，霎時眼圈紅了，晶瑩的淚珠在長長的睫毛下打著轉。

易士奇心內一酸，說道：「我回來了。」

山裡的女孩性情直率，但又靦腆，此刻的小華低下頭來，一臉的羞怯之色。

易士奇很想將她摟進懷裡，但是不敢，他怕褻瀆了女孩那顆純真的心。

「我們離開烏蒙山吧。」易士奇說。

女孩點點頭。

鎮派出所會議室裡。

「你要走？」王警官詫異地說道。

「是的，我也想通了，山陰村的案子有你們公安在辦，我們老百姓也幫不上什麼大忙，況且學校裡的假也不能超過太多了。還有，西華委託我照顧他的妹妹，我要帶她回深圳了。」易士奇道。

「你們什麼時候走？」王警官惋惜地問道。

「明天。」易士奇回答。

晚上，易士奇在小酒館裡宴請蘭教授和王警官，小華坐在易士奇身邊。

酒過三巡，菜過五味，蘭教授把盞說道：「易老師，太可惜啦，你要是晚個幾天再走，說不定我已經捉住屍蟲了，我要把你的名字也署名在發現論文上，這屬於我們兩人共同的榮譽。」

易士奇笑了，端起酒杯說道：「不必啦，您就在這慢慢捉吧，有志者事竟成，預祝教授成功。對啦，今天收穫如何？」

「今天老百姓捉了數百隻的地鱉和蜚蠊，他們稱茶婆子和偷油婆，實際上就是昆蟲綱蜚蠊目裡的蟑螂。沒想到這座小鎮蟑螂的品種還挺齊全的呢，不但有德國小蠊和美洲大蠊，而且還有幾隻黑胸大蠊呢。」蘭教授笑道。

「這種生物真討厭，蘭教授，不知用什麼辦法來清除牠們？」王警官皺著眉頭。

「一隻成熟的雌蟑螂一年可繁殖近萬隻後代，牠們忍飢耐渴，可以一個月不喝水，三個月不吃東西，而且蟑螂在沒有頭的情況下仍然可以存活一周。在惡劣的環境條件下，無食又無水時，蟑螂間會立即發生互相殘食的現象，大吃小，強吃弱。近年來人們生活條件不斷提高，蟑螂的生活條件也越來越好，比如德國小蠊愛吃發酵的食品和飲料，尤其喜愛喝啤酒。」蘭教授如數家珍般地細說一番。

「屍蟲侵入到蜚蠊的領地，不知會怎樣？」易士奇突然想到這個問題。

蘭教授臉上的笑容凝固起來，嚴肅道：「這正是我所擔心的，萬一善於啃噬人體內臟的屍蟲與繁殖力超強的蟑螂結合在一起，產生基因突變，出現一種新的物種，那可是太恐怖了。牠們可能趁你熟睡的時候，鑽入你的鼻孔，吃掉內臟，人類根本無法預防也無處可逃。」

小華聽到這兒，擔心地望著易士奇說：「易大哥，那些屍蟲真的這麼可怕嗎？」

「是的。」易士奇表情異常嚴肅。

第十九章　恐怖的小手

半夜時分，客棧的洗手間。

易士奇剛剛給金蠶餵完食，望著身體已基本痊癒的金蠶，心中暖洋洋的，甚至產生了一絲母愛。

「蠶兒，你能找得到前次老蠱婆口鼻中跑出來的那些黑色屍蟲嗎？」易士奇親切地問道。

金蠶眨眨眼睛。

「蠶兒，找到後立刻殺死牠們，一個不留！」易士奇惡狠狠地說道。

金蠶又眨眨眼睛。

易士奇裝好瓷瓶出來，見蘭教授鼾聲如雷，便悄悄溜出客棧，來到大街上。

夜晚的街上空蕩蕩的，一個人也見不到。易士奇輕輕掏出瓷瓶，拉出瓶塞。

金光閃處，金蠶已經落在地上，四下裡張望一圈。

「走吧，去找牠們。」易士奇命令道。

金蠶「嗖」地一下蹦了出去，像青蛙但比青蛙更輕盈，易士奇沿著街道緊緊地跟隨著。

金蠶轉過兩個街口，前面就是鎮醫院。易士奇悄悄地跟著走進了醫院，沿著樹叢來到了後院，那裡有一個生滿鏽斑的鐵皮垃圾箱。

金蠶跳到垃圾箱前不走了，回過頭朝易士奇眨了眨眼。易士奇打量著這個垃圾箱，它有一米多高，兩米多寬，在地面處有一個翻蓋，可以用鐵掀進行清理裝運。

屍蟲就在這裡了，易士奇深吸了口氣，一擺手，但見金光一閃，那蠶兒早已迫不及待地從翻蓋的縫隙處鑽了進去。

易士奇聽到垃圾箱裡一陣吵鬧聲，像有無數肢節動物在扒撓鐵皮箱，發出刺耳的刮削聲，那厚重的鐵箱竟然也輕微地晃動起來……

那混亂的聲音漸漸平息下來，最後歸於沉寂。金光晃動，那金蠶已經凱旋而歸，站在易士奇面前。

「裡面的屍蟲都幹掉了？」易士奇問道。

金蠶眨了眨眼睛。

「很好，我們回去吧。」金蠶又鑽入了瓷瓶，易士奇揣好悄悄返回客棧。

腳步聲漸漸遠去。這時，由樹上跳下一隻碩大的屍蟲，油亮的甲殼，健壯的肢節，敏捷的觸鬚，肥胖的腹部，狡猾的眼睛，這是雌性屍后。

這雌性屍后異常狡猾機警，牠聽到易士奇的腳步聲感覺到來者不善，於是搶先一步爬上了樹，眼瞅著屍蟲和一些蟑螂們被金蠶一一殺害，卻也無能為力。

易士奇他們走遠後，屍后此刻才敢跳下樹來。上百隻屍蟲，最後只有牠倖存了下來。

正當牠慶幸之際，一隻纖細的人類小手悄無聲息地伸了過來，輕輕地掐住了雌性屍后，塞進口中，「咯嚓」一聲咬斷了牠的身體，嚥了下去……

＊

次日上午，山陽鎮車站。易士奇和李小華攜帶著簡單的行囊就要出發了。

小華望著自己出生和成長的烏蒙山區，心中戀戀不捨，但一想到能夠去到自己一直憧憬的山外世界，心情既難過又興奮。既然哥哥把她託付給了易大哥，她相信易大哥是個好人，是個值得信賴的人。

王警官和蘭教授來為他們送行，蘭教授抓住小華，以長輩的口吻叮嚀囑咐了一番。另一邊，易士奇正與王警官交談著。

「此案實在怪異，疑點多卻找不到有用的線索，這樣下去，此案恐怕只能擱置起來了。」王警官愁眉苦臉。

「未必。有兩三個疑點是偵破組忽略了的，也許是他們不屑一顧。」易士奇道。

「哪兩三個疑點？快說給我聽聽。」王警官顯得興致勃勃。

「第一，山陰村的七棟房子是按照鬼谷子玄武七煞陣的方位排列的，這些房子新舊程度相同，很可能是同一時間建築的，是什麼人規劃設計的？山陰村原址是做什麼的？

第二，山陰村七戶人家以及七名死者以前有什麼關聯？有什麼共同點？如曾經共同去過某個地方，或者共同在一個地方工作過等等，要向前追溯，至少要追溯到山陰村建房之前的一段時間。

第三，老蠱婆臨死前曾說過她是李西華的母親，為什麼李西華和李小華都閉口不談此事，是不知道呢？還是難於啟齒或者另有苦衷？上次在派出所我曾提到此事，應當深入調查。小華這裡，我會找合適的機會問她的。」易士奇告訴王警官自己心中的疑問。

王警官沉默不語，許久，抬起頭說道：「易老師，非常感謝，我會私下去調查的，有什麼結果，我會打電話通知你的。」

易士奇告訴王警官，自己的手機在湘西搞丟了，只有將深圳大學宿舍的電話號碼先記下來，待回去重新換過手機再告知他新號碼。他沒有說那手機實際上是落入武陵源山中的暗河裡了。

蘭教授走過來緊緊地握住易士奇的手，竟一時語塞，眼眶濕潤，儘管相識只有短短數日，卻也將易士奇奉為知己，實乃性情中人。

易士奇心中有些愧意，只是不便說出那些屍蟲的下落，恐涉及到金蠶一事。好在屍蟲已全部死亡，不足為害了，只是蘭教授空忙一場，有些於心不忍。

時間到了，易士奇與小華登上了長途班車。遠遠的，蘭教授還在那裡揮著手。

小華抑制不住興奮的心情，紅著臉問易士奇：「深圳離這兒遠嗎？」

「我們去哀牢山。」易士奇說道。

第二十章　茶馬客棧

滇西，歷史上曾經有過一個古老而神秘的國度——哀牢古國，大約形成於西元前三百多年的戰國，於西元六十九年，歸附東漢。哀牢古國疆域十分遼闊，東起洱海之濱，西止於伊洛佤底江，南達今西雙版納南境，北抵喜瑪拉雅山南麓。

時至今日，哀牢古國的一支後裔仍然生活在哀牢山脈深處茫茫千里的原始森林裡，他們就是花腰傣，一個神秘的、與外世隔絕的民族。

哀牢山橫跨熱帶和亞熱帶，原始森林中有一條南北動物遷徙的秘密通道，距此通道東面僅數百米處，就是聞名於世的古茶馬西道。

古茶馬道上，高大的桫欏樹下有一家木製二層樓的簡樸客棧，一塊厚厚的樹皮掛在店門口，上面寫著「茶馬客棧」。樓上設有單間客房，樓下則是一排通鋪，不分男女，如作家艾蕪小說《南行記》中的車馬店般。

黃昏時，易士奇與小華風塵僕僕地來到了這裡。

客棧老闆是一個上了年紀的老爹，名字叫岩坎，老人家夥同他的孫女，兩人共同打理這家客棧。

易士奇要了木樓上的兩間客房，和小華各自安頓下來。

一股脂香味飄了過來，岩坎老爹正在火盆上烤肉，那肉流著油吱吱作響，香氣撲鼻，令人垂涎欲滴。

老爹告訴易士奇這是黃麂肉，今天的晚餐。易士奇望著老爹被篝火映紅的古銅色臉龐，那悠閒自得的神情，心想這樣的日子到也是愜意得很，勝過都市裡那種行屍走肉般的刻板生活。

老爹的孫女在灶前添柴做飯，大約有二十多歲，卻是清麗無比，皮膚白得出奇，大大的眼睛，長長的睫毛，見到易士奇傻傻一笑。

「從她爹娘去世那天起就變成這樣了，總是傻笑。唉，苦命的孩子。」老爹說。

「可能是受了某種精神刺激，沒去醫院檢查嗎？」易士奇同情地問道。

「去了，沒有用。先生，如果夜裡聽見伊水叫喊請不要在意，她半夜經常犯病。」老爹憂心道。

「好的。」易士奇允道。

「老爹，儂做什麼好吃的啦，香噴噴的，阿拉老遠就聞到了？」客棧外面走進來一個高䠷白皙，十分時髦的女孩，上著紅色的夾克衫，下面牛仔褲登山鞋。

「咦，有新客人啦，自我介紹一下，我叫陳圓，上海人，職業是網路鬼故事寫手，網名『左岸小蜜』。」女孩十分開朗前衛。

「我叫易士奇，是老師，在深圳大學工作。」易士奇顯然沉穩許多。

「教什麼的?不會是文學吧。」陳圓笑嘻嘻地問。

「建築風水。」易士奇回答道。

「哇，好酷!拜託易老師教我一點風水方面的知識，我要寫進書裡去。」陳圓一臉的興奮之色。

樓梯上傳來腳步聲，現出小華的身影。

「哇，好似天仙妹妹，真的好像哦。」陳圓又叫喊了起來。

誰也沒有留意到，火灶旁邊的伊水，那惡毒的眼神緊緊地盯著小華……

＊

哀牢山的夜晚，空氣清新涼爽，遠遠聽得見山頂的林濤聲。院子裡，篝火映紅了圍坐一圈的人們快意的臉龐，大家吃著聊著笑著，老爹和易士奇撕著焦黃燙手的黃麂肉，沾著鹽巴，就著傣家米酒，邊喝邊聊，愜意之極。

陳圓拉著小華胡吹一氣，只有岩坎老爹的傻孫女伊水默默地在一旁低頭吃著，跟誰也不搭話。

岩坎老爹是花腰傣族人，世代居住在哀牢山中。年輕時是個有名的獵手，這些年，野生動物越來越少，國家也頒佈了動物保護法令，加之年齡已有八十歲了，就開了個小客棧，與伊水相依為命。老人最放心不下的就是自己死後，無人照顧他的孫女。

「聽人說，哀牢山旱螞蝗很多，去野外時要非常當心。」易士奇向老爹打聽。

「噢，那些螞蝗神不知鬼不覺地襲擊人，最好是在山裡行走時紮上褲腳，手臉塗上防蟲液。」老爹說。

「有一種叫做『五毒蛭』的聽說過嗎？」易士奇問道。

「你也知道『五毒蛭』？」老爹臉上閃過一絲驚奇，隨即陰沉下來。

易士奇看在眼裡，口中道：「是從一本醫書中讀到的。」

老爹默默地喝酒，似乎有意避諱，易士奇見狀便不再問下去了。

晚餐後，大家準備安歇，上海姑娘陳圓也住在樓上，緊靠著小華的房間，易士奇把邊挨著樓梯的房間。

易士奇看小華也累了，便要她早點休息，替她關好房門後便回到自己的房間。易士奇喝了點米酒有些興奮，一點倦意也沒有，他吹熄了油燈，躺在床上翻來覆去睡不著。

皎潔的月光透過窗子射進來，倒映著斑駁的樹影。

他掏出那面古青銅鏡來，發現上面的灰垢經武陵源暗河的水浸泡過後，部分已經脫落，露出裡面光滑的青銅面。易士奇索性掏出紙巾來擦。一會兒，銅面已經晶瑩如鏡了，月光投射在鏡面上，隱約看得見有一圈類似甲骨文的字跡。

春花婆婆說過，這是一面漢代苗疆黑巫師的神獸鏡，這些古怪的文字也可能是一種古老的巫咒。自己從事風水研究多年，知道在道家傳承之中，青銅鏡列於所有法器之中的第一位。

東晉道人葛洪所著《抱朴子》書中說：天下萬物變老後，時間一長久，就會有靈性和神通。牠們的精魄會化成人形，祟人、迷惑人，但牠們惟獨不能在青銅鏡中改變真形，鏡子一照便原形畢露，所以道家稱青銅鏡為「照妖鏡」。

佛教則稱之為「業鏡」，謂諸天上、人間、地獄中照攝眾生善惡的鏡子。佛教認為，在「天道」的眾生，壽命長，享福多，然而一旦「天福」享盡，免不了要進惡道受苦。因此，以「業鏡」來顯示出生死輪迴的種種「業相」，包括地獄的苦相和天上的天相。

易士奇邊把玩著銅鏡，一面胡思亂想……

「啊……」一聲淒厲的慘叫聲撕裂了寧靜的夜空。

第二十一章 神秘的儀式

易士奇猛地打了個機靈，那淒慘的叫聲是女人的聲音，那種絕望與痛苦讓人膽寒，他聽出來，叫聲是從後窗外那片茂密的樹林中傳出來的。

易士奇跳下床披上衣服，來到小華的房門口，他輕輕敲了敲木門：「小華，妳沒事吧？」

「我沒事，那是什麼聲音？」小華說道。

易士奇放下心來，還未答話，「砰」的一聲，陳圓的房門彈開了，那個網路鬼故事寫手上海姑娘蹦了出來。

「太恐怖了！完美的叫聲，撕裂了夜空、破碎了靈魂，不行，我要去看看。」陳圓披頭散髮，一臉的興奮，急急忙忙地就往樓下衝。

易士奇阻攔不及，也緊忙跟了上去。

樓下大堂的後門洞開，一條小路通向樹林的深處。

就在這時，他們聽到樹林裡面發出一連串怪異的笑聲，那刺耳的笑聲令人毛骨悚然。

陳圓一下怔住，渾身打顫，雙手扯住易士奇的胳膊，邁不動腳步了。

「妳在這兒等我一下，我去看看就來。」易士奇拍拍女孩的肩膀，然後沿小路向林子深處走去，身後傳來喘息聲和腳步聲，是陳圓又跟上來了。

易士奇知道慘叫聲可能是伊水，岩坎老爹白天時曾告訴過他，伊水經常會在深夜裡犯病。但那奇怪可怖的笑聲卻實在令人迷惑不解，因為那明明是男人的笑聲！

月光下，林間的一塊空地上，一個一絲不掛的女人正在跳舞……

那舞蹈甚是怪異，女人的雙手高舉至頂，雙腳似乎黏在地上，身體以不可思議的角度一曲一伸著，向空中不同方向探著，其身體之柔軟，曲線之流暢，簡直是生平之僅見。

那女人慢慢轉過身來，清涼的月光灑在她那修長的身材，白皙的皮膚，渾圓的臀部，微微翹起的雙乳……她是伊水。

易士奇驚呆了，他從不曾見過赤裸的女人，更不曾見過如此美麗的身體和那詭異的舞蹈，就像一個白色的幽靈……

一隻冰冷的槍口伸了過來，抵在易士奇的脖頸上，一聲低沉的責喝聲在耳邊響起：「你們！」

易士奇慢慢轉過頭來，是岩坎老爹端著獵槍指著他，身邊的陳圓瞠目結舌，早已說不出話來了。

易士奇面紅耳赤，自己瞥見了人家未婚而且還有病的孫女裸體，實在是羞愧至極。

沒有任何理由來辯解……

他慢慢從口袋裡摸出銅鏡……

*

岩坎老爹警惕地望著易士奇，盯著他的手慢慢取出銅鏡，輕輕舉起銅鏡，轉動著銅鏡對準了伊水……

月光下舞蹈著的伊水身影映射在青銅鏡上，她舞動著的肢體明顯地慢了下來，越來越慢，最後手臂放下完全停止了。

伊水開口說話了，發出的卻是男聲：「苗疆素與花腰傣井水不犯河水，今日竟來挑釁，卻是為何？」

老爹的槍口放下了，陳圓瞪大了眼睛緊張萬分。

伊水仰面望著月亮，慢慢地跪下，明亮的月光照在她白皙光滑的後背上……

易士奇胸前的乾隆指骨又開始發熱了。

青銅鏡面上，反射著伊水潔白的軀體，上面顯現出一個黑灰色的暗影，黑色的影子邊緣有些模糊。但看得出來，那是寄生於女孩體內的外來物。

那黑色的物質逐漸凝聚，面積越來越小，顏色越來越深，最後不動了。隨即皮膚上滲出來一團黑乎乎的軟體生物，那東西伸長了軀體，烏黑的脊背，身子約一尺多長，腹部有五色條紋，兩隻小眼睛綠瑩瑩的。

「五毒蛭！」老爹驚呼。

易士奇起初的想法只是碰碰運氣，他認為伊水怪異的舞蹈不像是精神受了刺激的表現，那怪異的動作倒很像是蘭教授所說的哀牢山旱螞蝗在等待獵物經過時，吸盤向空中探尋的模樣。由此，他聯想到伊水是中邪，或是被下了巫咒，儘管這些還不為當今科學所證實，但仍舊值得冒險一試。

果然，五毒蛭現身了，這傢伙有多厲害還不知道，無論如何先下手為強，不能等到牠先發起進攻。

易士奇左手持鏡，右手入懷掏出瓷瓶，用牙齒咬下瓶塞，將瓷瓶放在地上。

岩坎老爹和陳圓痴痴地看著，不知所謂。

須臾，瓶口露出來了那金黃色的小腦袋，四周看了看，瞬間便鎖定住站立在伊水後背上坦露著花紋的五毒蛭。

月光下，只見金光與黑光同時迸射，糾纏扭打在一起。一個是哀牢山惡靈，一個是天下第一毒蟲，哀牢山中月下的這一番殊死搏鬥，直看得人膽戰心驚。金蠶體小靈活，動作迅速，尖利的毒喙每每從不可思議的方向襲來；五毒蛭腳跟穩穩地黏在地上，身軀柔若無骨，碩大的吸盤像一面盾牌左遮右擋，應對自如。

金蠶到底不愧為天下第一蠱蟲，機敏老道，牠看準了五毒蛭身軀龐大、轉動欠靈活的弱點，便貼著地皮滾了過去。那毒蛭彎下腰來抵擋，不料金蠶一個後空翻躍起在空中，逆著月光閃電般地撲下，銳利的尖喙刺向毒蛭的後頸。此刻，五毒蛭想要完全避開已然不及。但見牠以腳為軸，整個身體貼著地表畫了個圓圈，要害的後頸避開了，可是一隻眼睛卻被金蠶的尖喙刺瞎了。

五毒蛭暴跳起來，借著樹枝的彈力掠過樹梢遠遠地去了。

金蠶氣喘吁吁地望著易士奇眨了眨眼睛，表示贏得了勝利，金光閃處，牠重又鑽進了瓷瓶裡。

此刻銅鏡裡的伊水身體潔淨如玉，白璧無瑕。

「爺爺。」伊水雙臂捂住前胸，羞怯至極地說了話。

「伊水！」岩坎老爹多少年來第一次聽到孫女開口說話，喜極而泣，脫下身上的長衫，包裹在孫女的身上。

「快來感謝妳的救命恩公。」老爹拉著伊水來到易士奇跟前道謝。

易士奇忙道：「不客氣，老爹快帶伊水回去吧，當心受涼。」

這時，那網路鬼故事寫手上海姑娘陳圓才透過氣來，睜大眼睛驚訝地看著易士奇，彷彿發現新大陸般。

一株高大的桫欏樹後面，小華默默地看著這一切。

第二十二章　哀牢山之夜

岩坎老爹重新燃起了火盆，端來了酒菜，定要與恩公徹夜長談。

哀牢山的月色淡淡如水，林間瀰漫著白色霧氣。

「那白霧就是瘴氣，過去中原人南行到我們這裡，十人倒有九個回不去了。」老爹望著遠處月光下的密林，眼神中透出一絲迷離。

「為什麼？」易士奇頗為好奇地問道。

老爹呷了口酒，道：「大部分中了瘴氣而死，活下來的都定居在哀牢山和西雙版納了。因為傣族的姑娘，她們太美了，沒有人會捨得離去的，沒有。」

「傣族姑娘真的是那麼美麗嗎？」易士奇道。

「是啊，她們吃苦耐勞，溫情脈脈，熱愛自然，心地善良，如果愛上一個人永不會變心，不渝到死。」老爹的嗓音有些顫抖，眼眶濕潤了。

老爹又端起酒壺喝了一口，接著說道：「當年我就是因為伊曼而留下來了。」

「老爹，您不是花腰傣？」易士奇詫異道。

老爹苦笑一下：「我是漢人，老家河北滄州。易老師，知道長城抗戰嗎？一九三三年春天，嗯，忘不了那日子啊，三月十一日，二十九軍一〇九旅大刀隊夜襲喜峰口，斬殺日寇首級五百餘，當時大刀隊的長官就是我們的旅長趙登禹，我是副隊長。那天晚上，真是鬼哭狼嚎，血流成河啊。」

「老爹原來是宋哲元部下啊。」易士奇感嘆之餘，心生崇敬。

「我重傷後再也沒能回去部隊了。後來我加入了一支馬幫，販賣些茶葉和鹽巴，往返於川滇，直到有一天遇到了伊曼。」老爹說到伊曼時，眼中閃過了一絲深情。

易士奇為老爹斟滿了酒。

「那次販鹽由川入滇，穿過哀牢山去往西雙版納最南邊的猛臘。哀牢山區雨季道路泥濘難行，林中瘴氣重，馬幫中已有幾個人死去了。恰巧我的舊傷又犯了，現在這裡還有一顆日軍的子彈呢。」老爹指了指胸口，接著道，「這一天，我發燒說胡話，再也走不動了，馬幫就把我放在山中一個獵戶的門前，又繼續前行。如果我命大，數月後他們返回時會帶走我。」

「那是伊曼的家？」易士奇問道。

老爹沒有回話，眼神迷惘，他已經深深地陷入了過去的記憶……

＊

老爹醒來時，聽得外間屋有說話聲。

「阿爹，還是讓我去吧。」一個女孩子的說話聲。

「不行，外面下著雨，峭壁很滑，弄不好就摔下山谷了。」這是一個蒼老的男人在說話，似乎是那女孩子的父親。

「阿爹，再不採回透骨草來，他就沒命啦。」女孩焦急的聲音。

「唉，阿爹實在是擔心你啊，萬一遇上五毒蛭可如何是好？可恨阿爹的這條腿……」那男人的說話聲。

這是老爹第一次聽到五毒蛭這個名字。

「阿爹，放心吧，我會小心的。」女孩推門出去了。

老爹再次醒來時，已經是幾天後了。

「阿爹，他醒啦。」女孩歡快的聲音。

他知道了女孩叫伊曼，十六歲，是花腰傣。她阿爹打獵時摔斷了腿，父女倆在這山中相依為命。

「你是怎麼中的槍傷？」伊曼的阿爹問。

「東洋人。」老爹如實回答。

伊曼阿爹沒有再問了。

老爹身體一天天康復了，伊曼每天都打些山雞野兔之類的回來燉給他吃，年輕人身子骨結實再加上營養，舊傷基本上已經痊癒了。

「你要走了？馬幫明天就要回經這裡了。」伊曼幽幽道。

次日清晨，伊曼一早就跑出去了。

她阿爹唉聲嘆氣。

「我不走了。」老爹平靜地告訴馬幫把頭，他們會意地笑了，扔下一些米和鹽巴，繼續前行。

婚禮很簡陋，一家三人圍坐篝火旁，喝著自釀的米酒，吃著老爹打來的鹿肉，他已經是一個熟練的獵手了，並起了一個傣族的名字：岩坎。婚後的生活平淡而美滿，不久，有了一個兒子，取名叫岩虎。

岩虎十八歲那年，伊曼的阿爹去世了。

岩虎生就得高大英俊，皮膚也較本地土著人白許多，可能是因為老爹是中原人的緣故。一天，岩虎帶了一個漂亮的花腰傣姑娘回來，那姑娘生得很美，模樣就像伊水。姑娘姓刀，名字叫蘭兒，是花腰傣首領的女兒。岩虎請求爹爹前去首領家提親，老爹和伊曼見那女孩聰明伶俐，舉止溫文爾雅，心下自是喜歡。伊曼取出當年老爹贈與她的那件紫檀翡翠珍珠匣作為提親聘禮，那匣子上鑲滿了珍珠和寶石，匣內則是一隻粗糙的骨頭做的碗。伊曼感覺這碗實在不配那匣子，便取出骨碗，只將那匣子作為聘禮。

花腰傣首領對岩虎甚為滿意，也收下了聘禮，並定下了娶親的日期。

就在迎娶刀蘭兒的當天，花腰傣族裡的巫師出手阻攔了。

*

巫師出面阻攔，告訴頭人，岩虎其父岩坎實乃一來歷不明的漢人，首領之女嫁給漢人，是會給全族帶來災難的，況且本族年輕英俊的青年不少，巫師自己的兒子岩黑就已經愛慕蘭兒多年。

首領無奈，只有相勸蘭兒，不料蘭兒非岩虎不嫁，以死相拒。首領膝下只得一女，不忍相逼，便順了蘭兒。

蘭兒此時已有了身孕，不久產下一個女嬰，即是伊水。

巫師的兒子岩黑仍不死心，依舊糾纏蘭兒。伊水兩歲那年，岩虎忍無可忍，與岩黑決鬥，一箭射瞎了岩黑雙目。這次結下了深仇，沒想到那巫師竟使用花腰傣歷代秘而不傳的五毒蛭來下蠱，岩虎被毒蛭噬咬，痛苦地死去，蘭兒愛夫心切竟自殺身亡。首領大怒，率人追殺巫師父子，於哀牢山黑水潭邊與巫師同歸於盡，事後唯獨不見岩黑屍體。

一年後，終日懷念兒子的伊曼因憂傷過度也死去了，老爹背著三歲的伊水離開了這傷心之地，來到茶馬古道上以客棧為生撫養伊水，至今已經十八個春秋了。

＊

「如此說來，伊水當年就被巫師父子下了蠱，使她變得又傻又痴。」易士奇聽完了老爹的身世，不由得嗟吁感嘆，亦深感伊水的不幸遭遇。

「今晚多虧恩公出手，伊水終於得救了。若是岩虎、蘭兒和伊曼泉下有知，不知該如何感激啊。」岩坎老爹老淚縱橫，泣不成聲。

「老爹，先不要這樣，那五毒蛭目前只是受傷逃走，巫師的兒子岩黑可能還沒有死，也許是他在幕後搞鬼，要想伊水徹底平安無事，就必須要找到岩黑，消滅毒蛭。」易士奇思忖道。

「那就仰仗恩公了。」老爹感激涕零。

「方才老爹說那珠寶匣之中裝的是一隻骨頭做的碗，甚是奇怪，不知老爹從何得來？」易士奇問道。

老爹臉一紅，猶豫片刻，說道：「不瞞恩公說，那是我當年在孫殿英部從軍時由乾隆帝裕陵中所得，想想心中實在慚愧。」

「老爹漢人時貴姓？」易士奇問道。

「免貴姓韓……」

「你是韓營長！」易士奇叫道。

第二十三章　嘎巴拉

老爹臉色變得煞白，顫抖著問：「恩公，你怎麼會知道？」

易士奇笑了，說道：「韓營長，還認得這個嗎？」邊說邊從口袋裡掏出來那三枚乾隆通寶雕母錢。

老爹接過銅錢沉思著，最後還是搖了搖頭。

「一九二八年，國民革命軍孫殿英部駐紮河北遵化，同時炸開乾隆皇帝的裕陵和慈禧太后的定東陵，當時你韓營長帶著輜重營士兵進入了裕陵地宮。」易士奇道。

「不錯。」老爹點點頭。

「可惜那些古字畫，都被你的士兵踩到了水裡，你們劈開了棺槨，把乾隆爺和皇后的陪葬品劫掠一空。那時在你身後有一個山東籍士兵摸到了三枚銅錢，還被你們嘲笑一番，還記得嗎？」易士奇接著道。

「哦，我想起來了，那山東兵叫易山，我們大家嘲笑他只識得銅板，不值半吊錢。」老爹回憶起那時的情形，不禁苦笑。

「那是我外公。」易士奇說道。

「啊，那你外公現在還好嗎？都已經六十多年啦。」老爹感慨道。

「去世多年了。」易士奇道。

「對了，老爹，您說的那只骨碗還在嗎？」易士奇猜那碗的來歷一定不尋常，否則不會放在鑲滿珠寶的紫檀匣子裡。

「在，我一直沒敢丟掉，那畢竟是來自乾隆爺的東西。」老爹走進屋內，不一會兒，捧出來一個布包，打開後，裡面是一隻黃褐色做工粗糙的骨質碗。易士奇把碗翻過來掉過去地看，也沒什麼特別之處，連一個字都沒有。

就在這時，易士奇胸口處的乾隆爺指骨又熱了。

奇怪，這碗該不會有什麼危險啊。

「嘎巴拉，這碗是『嘎巴拉』。」身後傳來女子的輕嘆。

易士奇和老爹大驚，急視之，月光下的門後轉出一披頭散髮的女人，這是那個網路鬼故事寫手，上海姑娘陳圓。

陳圓款款近前，臉上依稀得見淚痕，她輕輕道：「對不起，我都聽到了，沒想到在這哀牢山深秋的夜晚，聽到了如此纏綿悱惻、摧心裂肺的愛情故事，美豔淒絕，太讓人感動了。」

易士奇與老爹面面相覷，說不出話來。

「這是一個典型的、帶有異族情調的愛情悲劇，劇中主人翁……」陳圓恢復了常態，侃侃而談。

易士奇打斷了她的話：「什麼叫『嘎巴拉』？」

陳圓輕顰一笑，道：「我在網路鬼故事裡泡了三四年，什麼神呀鬼呀法器呀等等知道的不少，這只骨碗可是大有來頭啊。它是藏密之中最神秘、最詭異也最恐怖的法器，它是由密宗得大成就者的頭骨做成的。」

老爹和易士奇均大吃一驚。

「這麼說，『嘎巴拉』本身一定具有某種神通。嘎巴拉既然在乾隆地宮中出現，可以斷定它至少應該是在乾隆年間以前製作和面世的，而且乾隆死後的數百年再也沒有在世上出現過。如果能夠查到藏傳佛教的一些文獻資料，或許可以看出些端倪。」易士奇分析著，同時望著陳圓。

「讓我在網路上瞎編可以，但你要問我『嘎巴拉』真實的神通和出處，我可答不上來。」陳圓不好意思道。

天亮了，東方已現出晨曦。

「老爹，我想請您帶我去黑水潭。」易士奇對老爹說。

「好吧，我領你去，不過要多加小心。」老爹叮囑道。

「我也要去。」陳圓披頭散髮，摩拳擦掌。

「不行，萬一五毒蛭在那兒，那可太危險了。」易士奇斷然拒絕。

早餐後，易士奇要小華、陳圓留下來陪伊水，自己和老爹前往黑水潭。老爹背著獵槍，掛上彎刀，帶上了些乾糧和水，山裡的水容易被一種山鼠的尿液所污染，他說。易士奇只是帶著攝影機、GPS衛星定位儀和手電筒，這回可要記取武陵源山洞裡的教訓了。

他們先沿著茶馬西道向哀牢山深處行進，在一條湍急的溪水前拐向密林深處的一條小路。

「紮上褲腳和袖口。」老爹已經準備了布帶子，並替易士奇紮好，「哀牢山林子裡的旱螞蝗凶得很。」他說。

「老爹，花腰傣族中只有巫師一人會養五毒蛭蠱嗎？」易士奇問道。

「嗯，花腰傣只有巫師可以養，這是自古以來的族規，就連族長也不能涉足。族裡一般的山民誰都不願去碰那有毒的東西，據說養蠱之人最後都不得好死。」老爹解釋道。

易士奇摸了摸懷中的金蠶，默不作聲。

「我們走的這條路是哀牢山毒獸遷徙的小路。不過，這個季節沒有事，很少見到牠們。」老爹邊說著邊用手指彈掉已經偷偷爬上身來的旱螞蝗。

易士奇低頭仔細一看，自己的兩條褲腿上已經爬上來數十條紫紅色如火柴棍般的旱螞蝗，趕緊連揪帶扯地扔到了地上，厭惡地用鞋後跟來蹍。

就這麼翻山越嶺一路行進著，中午時分，他們來到了一座長滿灌木的山頭上，一面休息，一面吃點乾糧。

「穿過山谷間的那片黑松林，就是黑水潭了。」老爹手指著山下遠處連綿起伏的松林說道。

「如果巫師的兒子岩黑還活著，那五毒蛭肯定要回到他那裡療傷，他們有可能在黑水潭嗎？」易士奇猜測著。

「當年巫師父子就藏匿在黑水潭，經過那一役之後，人們忌諱提及黑水潭，據我所知，以後這一帶再也沒有人來過了，他早已被人們遺忘了。」老爹回憶道。

「我們走吧，看看那裡究竟有什麼。」易士奇起身道。

第二十四章　地穴

他們朝山下走去。老爹端起了獵槍，子彈推上膛，氣氛緊張了起來。

易士奇一邊走一邊觀察著。開始見到的是鬆散的黑松樹，漸漸密集起來，最後已是黑壓壓的一片了。他們穿行於茂密的林間，腳下踩著柔軟的、枯死的松針，一股潮濕發黴的氣味瀰漫其間。

兩個時辰後，透過林梢撒落著斑駁的夕陽，天色已近黃昏。

前面來到了一個巨大的石塊前，石塊上佈滿了青苔。在它的身後，是一座小小的湖泊，湖裡的水呈黑色。老爹走上前，小心地擦去青苔，露出些古老的象形文字，那些文字如甲骨文般渾似蝌蚪狀。

「這就是黑水潭了。」老爹指著這座黑色的湖小聲道。

易士奇走到潭邊，湖水的顏色細看卻是深墨綠色，如死一般的靜寂，不知這潭究竟有多深。

「當年追殺巫師的時候，我也在場，巫師放出五毒蛭來噬咬，族裡死了十幾個人，族長也被那毒蛭咬中喉嚨身亡。根據族長的遺言，所有死亡的人統統沉入黑水潭，不准帶回寨子裡，以防蛭毒波及婦孺。」老爹回憶說。

「巫師確實死了嗎？」易士奇問道。

「確實，是我一箭射穿了他的心臟，後來也是我將他的屍首沉入了黑水潭。」老爹肯定地說道。

「他兒子的屍首始終沒找到？」易士奇又問。

「連同五毒蛭都不見了蹤影。」老爹說。

「他們就在這裡。」易士奇冷冷說道。

老爹聞言頓時緊張起來，端槍四處張望：「在哪裡？」

易士奇輕輕道：「你聽，這潭邊沒有任何昆蟲的聲音，剛才來這的路上，蟬鳴不斷，草叢中還有蟈蟈的叫聲，只有養蠱之所才會這樣。」說罷，他自懷中取出瓷瓶，放出金蠶。金蠶跳落地上，四周打量了一番，然後向潭邊的一條小路而去，易士奇和老爹緊隨其後。

這是個小山坳，彷佛是一座袖珍的盆地，方圓不過十餘丈，像是一個鍋底，只有東側一個齒痕般的缺口。

易士奇見之則是大吃一驚，這地勢分明就是「天狗食日」，《青鳥葬經》中最詭異的地穴形態，古今世上極為罕見。

「穴口在哪裡？」易士奇額頭冒出汗珠，衝到鍋底的最低處。果然，那裡有一個洞口。

*

那洞口已被蓬草遮蔽，撥開野草見洞裡黑漆漆的，易士奇待要阻攔已經來不及了，那金蠶早已一躍而下。

易士奇拔出手電筒向裡面照去，原來裡面只有一丈來深，洞底壁上還有一個側洞。

「我下去看看。」易士奇對老爹說。

「我去吧，裡面太危險了。」老爹晃動著獵槍道。

「不怕，我有金蠶。」易士奇執意要下洞。

老爹解下腰間的繩索，易士奇捉住繩子溜了下去。

打亮手電筒照去，側洞足有一個房間大小，裡面乾乾淨淨一塵不染，靠洞壁的地上，斜倚著一個人，約有三十左右歲的年紀，面黑，毫無生氣。金蠶站在此人的身旁，警惕地盯住了他。

易士奇觀察片刻，然後小心翼翼上前一探，發覺此人已死，不經意間挨到了死者的衣服，竟一碰即碎，看來這個人已經死去多年了。

易士奇走回洞口喊道：「老爹，這裡有一個已死多年的人，不知是否為巫師的兒子？」

老爹拴好繩索，也溜了下來。

「岩黑！沒錯，就是他。」老爹摸了摸屍體的衣料，奇怪道，「看這衣裳布料已經發脆，應該死了很多年了。但看屍首卻像是剛剛斷氣般，竟新鮮得緊，奇怪。」

易士奇想了想，說道：「這倒好解釋，你看這上面的地形，乃是『天狗食月』之地，恐怕整個哀牢山的龍脈都結穴在此了。這個穴口之處是磁場交匯的地方，方圓數百上千公里的地磁全部集中在這一點，就像微波爐一直在低頻加熱一樣，屍身自然不腐。」

「那五毒蛭上哪兒去了？」老爹問道。

易士奇低頭不語，還是有什麼地方不對，是哪裡呢？老爹說沒有發現五毒蛭，這裡可是哀牢山地磁集中的龍穴之地，是極佳療傷之所，那毒蛭如果不在這裡，那麼能去哪裡呢？會不會……

易士奇為自己的這個想法嚇了一跳。他聽伊古都說過，除金蠶外，其他蟲蟲的智力都較差，有時餓極了甚至會反噬主人，毫無義氣可言。

「在腦袋裡……牠在岩黑的腦袋裡療傷！」易士奇大叫道。

說時遲，那時快，「砰」的一聲槍響，霎時間耳中嗡嗡作響，洞裡瀰漫著刺鼻的火藥味。須臾硝煙散去，手電筒光中，只見岩黑的腦袋掀去了半邊，血與腦漿紅白相間，裡面蜷曲盤臥著那條五毒蛭，腹部露著五色斑斕的條紋。

*

易士奇近前細看，那五毒蛭也被獵槍的霰彈撕裂，彷彿就剩下了一層皮。岩黑上半臉破碎，但下半張臉仍然完好，他的嘴角處依稀露著微笑……

岩坎老爹突然失聲慟哭起來，口中喃喃泣道：「伊曼，虎兒，蘭兒，我今天終於替你們報仇了……你們放心了，從今以後伊水再也不會受傷害啦。」

易士奇打開攝影機，將洞內的情景拍了下來。然後他扶老爹走出側洞，自己拽著繩索先爬了上去，隨後又把老爹拉了上來。

外面天色已黑，看來今夜是回不去了，老爹拾了些松枝，點燃了篝火。多年的鬱悶心情終於消去，他興致勃勃地拎起獵槍去打野味。

易士奇放開金蠶，晚餐由牠自行去捕食毒蟲，那蠶兒歡天喜地地去了。

半個時辰後，易士奇聽到幾聲槍響，不一會兒，老爹拎著幾隻松雞喜滋滋地回來了。

老爹熟練地燒烤著，松雞散發出誘人的香氣。老爹竟然還帶著酒壺，兩人連吃帶喝了起來，愜意之極。

月上東山，天地間一片清涼。

「娶了伊水吧。」老爹喝得臉色通紅，醉眼惺忪地說。

「什麼？」易士奇吃了一驚。

「伊水是個好姑娘。」老爹眼圈發紅。

「老爹，您喝多了。」易士奇道。

「我已經是行將就木之人了，唯一不放心的就是伊水，她的心靈空明，什麼都沒有，她會一心一意地對你的。」老爹嘆氣道。

伊水是個好女孩，而且帶有異族情調的美，讓人怦然心動。可是小華，她也是一個純潔的好姑娘，我答應帶她出來的……如果比較一下，兩人之中誰更適合自己呢？論容貌，她們各有千秋；論品行，她倆不分秋色。媽的，怎麼好事都讓自己攤上了，最好兩個都要，可那是根本不可能的……易士奇胡思亂想著。

對面，老爹已經睡著了。

第二十五章　客棧命案

易士奇見老爹已經打起了鼾，苦笑了一下，便一個人自斟自飲起來。

金蠶蹣跚著回來了，圓鼓鼓的肚子，一看就知道吸食了不少毒蟲。易士奇沒有把金蠶裝進瓷瓶，在這毒蟲肆虐的原始密林裡，金蠶是最好的警衛了。

也不知是什麼時候，易士奇睡著了，他做了個夢。

溫暖的深圳大學校園，盛開著廣玉蘭，美麗的后海灣，自己的宿舍內，小華穿著大紅金絲絨旗袍，頭上挽髻，蝴蝶金釵，滿面春風地坐在一間屋內。隔壁房間裡的伊水，身披白色婚紗，帶白紗手套，無名指上一顆碩大的鑽戒閃閃發光，秀色可餐。自己在客廳裡已沉醉於新婚夜的甜蜜氛圍之中。他推開一間房門，伊水坐在床上傻傻地衝著他笑；衝到另一間房內，小華躺在床上，眼睛看著他，嘴角露著古怪的微笑……

易士奇猛地驚醒，冷汗淋漓，渾身冰涼。抬眼看去，篝火已快要熄滅了。

他站起身來，仰望夜空，又是一個月圓之夜，但卻已是月明星稀，北斗西沉。想當年曹孟德一首《短歌行》：對酒當歌，人生幾何？譬如朝露，去日苦多……明明如月，何時可掇？憂從中來，不可斷絕……月明星稀，烏鵲南飛。繞樹三匝，何枝可依？

人生何嘗不是如此？縱使兩千年後的今天，煩惱憂患又曾何時了？自己身為大學講師，亦屬白領；兩位紅顏，投懷送抱；經濟收入，也算小康……就這樣渾渾噩噩一世嗎？想當年，長城抗戰，岩坎老爹的五百大刀隊壯士血濺喜峰口，幾人生還？朝如青絲暮成雪啊，一股悲苦蒼涼油然而生。

想到此，易士奇不覺長嘆一聲……

與此同時，月色下茶馬客棧的院落裡，也有人徹夜難眠，她就是陳圓。

這個來自中國最大都市的上海姑娘，一貫的玩世不恭，自認執筆縱橫天下，人世陰間，上天入地，無所不能。但自從昨天夜裡，當她親眼目睹易士奇手持神鏡驅魔，麾下金蠶斬妖的男子漢偉岸身影，痛感自己以前寄情於柔情似水的都市小白臉是多麼地荒唐，多麼地不值……

她已決定，易士奇就是她今生的白馬王子。他身邊那個土裡土氣的山裡丫頭，論氣質、談吐、知識和見識，哪一點都不及自己之萬一。只是臉蛋好點，可那有什麼用？看慣了，還不都是一個樣？那丫頭絕非自己的對手。想到這裡，陳圓的臉上露出輕蔑的一笑。

突然，她不經意間瞥見一個單薄的身影正悄無聲息地飄下樓梯，摸近伊水的房間……

＊

啊，這山裡丫頭有古怪！陳圓心中一凜，哼，倒要看看這「天仙妹妹」搞什麼名堂？她默不作聲，躲進了樹影之中，悄悄觀察著。

那身影站在伊水房門口，彷彿聽到了什麼動靜般，回過頭來，月光清晰地照著那人的面孔，她正是小華……

只見小華側耳聽了聽，陳圓屏住了呼吸。一會兒，小華不見有什麼動靜，便輕輕地推開房門進去，隨後關上了門。

陳圓躡手躡腳地溜到窗前，屏氣靜聽。

屋裡竟有男人的說話聲！

她著實大吃了一驚，聽那男人說話的口音，像是本地人，莫非是伊水的相好？那小華又進去幹什麼？難道小華也……想到這裡，陳圓心中一陣冷笑，這個山裡丫頭原來竟也這般風騷，今天我就來個掃黃捉姦，徹底斷了易士奇的念頭。

她輕輕返回樓上自己的房間，取出數位相機，再悄悄抵近伊水的房門，深吸一口氣，然後猛地推門衝入，閃光燈劈劈啪啪一陣閃爍……

她最後的記憶是看見在伊水的床上，小華摟著伊水在不停地親吻……

第二天下午，當易士奇和老爹風塵僕僕地趕回客棧時，驚訝地發現院子裡站著一群面色凝重的公安員警。白布單子下，陳圓的屍體面孔上露著那熟悉的古怪微笑。

員警們立刻分別對易士奇和岩坎老爹做了筆錄，對他們所說的根本就不相信。

「喂，老爹，怎麼回事？你開槍打死了一個幾十年前的死人？」當地的派出所所長和老爹素來相識，他懷疑老爹是不是患上了老年痴呆。

易士奇則告訴警官，自己與小華之前並不認識死者陳圓，他這次不是來觀光旅遊，而是肩負著任務來的，是一樁連公安部都親自派人督察的連環謀殺案，不信可以打電話去貴州的山陽鎮派出所，問一問當地的王警官。

這人腦袋可能也有毛病，員警們想，但還是撥了通易士奇給的電話。

經反覆核對，雙方才證實了彼此員警的身份，山陽鎮偵破組王警官要易士奇聽電話。

「唉呀，易老師，你不是回深圳去了嗎?怎麼又牽扯進雲南哀牢山的命案當中了呢?你可真是走到哪兒，死亡就跟隨到哪兒。你走時告訴我的幾條線索已經有了進展，你深圳家中的電話沒人接，原來你還在雲南。」王警官急匆匆說道。

「快告訴我調查進展的情況。」易士奇迫不及待地問道。

「好吧，我一樣樣說。山陰村的房子建於七十年代末，在此之前，這裡是老的山陽鎮醫院舊址，山陰村的七戶人家都是以前醫院的老員工。另外，死去的老蠱婆的確就是李西華的母親。」王警官的聲音小得可憐，而且斷斷續續，看來山裡的訊號不穩定。

「山陰村房屋的設計者是誰?」易士奇對著手機話筒幾乎喊了出來。

他在信號的雜波間，隱隱約約聽見對方說的是「終南山上的一個老道」。

第二十六章　身世

縣公安局法醫的鑑定出來了，死者陳圓身上沒有任何外傷，沒有遭到性侵害，也沒有任何中毒的跡象，身體內臟健康，結論是：死因不明。死者手中緊握著一架數位相機，開關是打開著的。令人不解的是，明明記錄曾拍攝過，但放記憶卡裡的照片時卻只見到一些紊亂的磁跡線。

陳圓是一個充滿活力的都市女孩，從大城市來到這西南邊陲的少數民族聚居地區採風，也許將來是一個著名的作家，不料卻年紀輕輕的就魂斷哀牢山，實在是可憐，世事無常啊。

易士奇心中忿忿不平，究竟是何方妖孽，在這十餘天裡，就在自己的身邊肆無忌憚地殺人，而自己竟然束手無策。這次，自己與岩坎老爹消滅了害人的真兇五毒蛭，本以為就此可以鬆口氣了，可是沒想到身邊又是一起命案。哼，古怪的微笑，如出一轍。

這說明真兇另有其人，而且一直隱藏在自己的身旁！難道是……只有她在所有的案發現場……想到此，易士奇不由得出了一身冷汗。

據員警說，今天清晨，第一個發現死者的是伊水。她如往常般起床出門挑水，發現陳圓倒臥在房門外，已經身亡。慌了神的伊水上樓敲開小華的房門，兩人慌慌張張跑了幾里地報警。

死亡時間初步確定為夜裡十二點至二點之間，死亡地點確認為案發第一現場，現場未發現有其他遺留物品。據伊水和小華講，昨日一整天，並未發現死者有任何異常。

還有一個需要證實的問題，易士奇來到帶隊的警官面前。

「可否檢查一下死者的腦顱，看看大腦還在不在？」易士奇鄭重其事地說。

警官們面面相覷，莫名其妙地打量著易士奇，心想此人的腦子才應該看看在不在呢。

「前不久，貴州山陽鎮的連環殺人案中，死者的大腦都沒有了。」易士奇不理會他們嘲笑的眼光。

那位法醫說：「好吧，我去看看。」

不一會兒，法醫臉色慘白地走進來道：「大腦不見了。」

黃昏時，警官們抬走了陳圓的屍體，派了兩名員警留守客棧。老爹做了些飯菜，除了那兩名員警外，大家都沒有胃口吃飯。

易士奇懷著一種極其複雜的心情來到了小華的房間。

小華彷彿受到了刺激，躲在床上蜷縮成一團。

「小華，別怕，有易大哥在這裡。」他坐到了床邊，輕輕地望著她說道。

小華像一隻受了驚嚇的小貓，瞪著恐懼的眼睛，望著易士奇。

「小華，明天易大哥就帶妳離開這裡，好嗎？」易士奇儘量把聲音放得溫柔些。

小華點點頭。

「小華乖，告訴易大哥，醫院裡死的那個老蠱婆是妳的媽媽嗎？」易士奇問。

小華搖搖頭。

說謊！易士奇心中對這個貌似純真的女孩產生了重重疑問。

「王警官說老蠱婆是李西華的母親。」易士奇看著女孩的反應。

小華點點頭。

「什麼?你說老蠱婆是李西華的母親，但卻不是妳的媽媽?」易士奇大為不解。

「我們不是親兄妹。」小華的聲音很虛弱。

原來如此!易士奇恍然大悟，怪不得李西華兄妹從不提老蠱婆的事，一是可能以前因為什麼緣故斷絕了關係，連戶口都不放在一起了。再者兄妹自幼以來一直相依為命，感情篤深，誰也不願意再提非親兄妹一事。甚至李西華臨死之際，仍不說破，而是煞費苦心地托付給他，請他好好照顧。

小華坐起身來，怯懦地說：「易大哥，我不是有意騙你，只是我和哥哥有過約定，永遠不在別人面前提起。」

「我理解。」易士奇心中感動。

「我是一個棄兒，是哥哥的爸爸把我撿回家的，那時我剛剛懂事。後來爸爸病死了，家中只剩我和哥哥兩人，無依無靠。若不是山陰村的鄰居爺爺奶奶們接濟，可能早就餓死了。」小華輕輕道。

「那妳沒有去找過妳的親生父母嗎?」易士奇問。

「我和哥哥都不願意去打聽。」小華說道。

「為什麼?」

「因為其實我是一個殘疾人，親生父母才把我遺棄的。」小華囁嚅道。

「妳有殘疾?」易士奇驚訝道。

「你可以摸一下我的腰和後背就知道了。」小華幽幽地說道，似有無限的酸楚。

＊

易士奇身體向前靠了靠，然後小心翼翼地伸出手，輕輕地碰著小華的後背……

「一切正常啊，小華。」易士奇感覺沒有什麼異樣。

「把手伸進內衣裡。」小華聲音如蚊。

易士奇遲疑了。小華還是一個少女，自己是為人師表的老師，這樣做實在是……他的臉在發燒，心中儘管這樣想著，可是手還是不由自主地慢慢伸進了小華的內衣裡。

他的手指觸到的是厚厚的一層茸毛……

「現在知道了，你也會嫌棄我嗎？」小華難過地低下了頭。

易士奇放下心來，笑道：「這只不過是一種正常的返祖現象而已，根本算不上殘疾。」

「你不嫌棄？」小華疑問道。

「不嫌棄。」易士奇肯定道。

小華面紅耳赤，嬌羞地依偎進了易士奇的懷中。易士奇心中如小鹿亂撞般跳個不停，腦袋裡一陣混亂，所有的懷疑都抛到九霄雲外去了，他下意識地摟住了小華。

兩人久久都沒有說話，就這麼一直相互依偎著……

易士奇的思維飛到了很遠的地方，飛到了老家膠東蓬萊潮水鄉。黃海的海邊，他帶著這個烏蒙山裡的女孩來趕海，筐子裡拾滿了牡蠣和蛤蜊，母親立在一旁滿意地笑著。

深圳灣，他們依偎在宿舍的陽台上，數著點點漁火……

月亮從山頂上冒出來，大地一片銀輝，樹影婆娑，一切是那樣的寂寥。聲音呢？夜間山林草叢裡的蟲鳴呢？

易士奇感到不對勁，他的心涼了下來，他知道，只有蠱蟲的出現才會這樣。

這時，懷裡響起了一個男人的說話聲音……

第二十七章　替身

「苗疆與我花腰傣素無仇怨，如今黑巫師到我哀牢山出手究竟為何？」那男人說的是道地的雲南口音。

易士奇大驚，忙推開懷中的小華……但見小華眼神迷離，口中仍在說著：「黑巫師為何毀我肉身？」

「你是岩黑！花腰傣巫師的兒子？」易士奇脫口而出。

「不錯，苗疆竟然也知道我岩黑嗎？」小華在問。

易士奇略一思忖，心中明瞭，於是說道：「我明白了，當年的岩黑已經死了。巧的是死在『天狗食日』千年難覓的地穴之中，那穴是整個哀牢山地氣交匯處，磁場極佳。大凡人死嚥氣之後，大腦中的生物磁場可繼續保持七七四十九天，然後才消失殆盡，所以中原民間有做七七之說。當然，這段時間須得肉身不腐才行。」

「黑巫師果真博學，佩服。」小華說道。

「岩黑，你雖然肉體已死，但生物磁場與哀牢山地穴的地磁頻率相匹配，因此，你大腦中原有的生物磁場被載入保留了下來，至今已經數十年，這完全是倚仗那地穴風水之故。如今，你大概已經感知到了，承載你生物磁場的載體──你那不腐敗的肉體已經被毀，因此，你只有七七四十九天的意識知覺了。從昨天夜裡開始，雖然你的生物磁場可以暫時載入到五毒蛭身上，但是你的意識仍會一天天模糊。」易士奇朗朗道。

一陣沉默，窗外的月光撲朔迷離，清風徐徐。

「我花腰傣與你苗疆並未結怨，你黑巫師為什麼千里迢迢趕來毀我肉身？」小華厲聲質問道。

易士奇冷笑道：「岩黑，你的五毒蛭作惡多端，難道你真的不知道嗎？我問你，你又為何千里迢迢跑到貴州烏蒙山殺死八條人命呢？如無前因，何來後果？」

「我什麼時候去過貴州？幾十年來，我從未離開過哀牢山！」小華叫了起來。

「你說的是真的？」易士奇追問。

「千真萬確。」小華信誓旦旦道。

「那好，遠的不說，上海姑娘陳圓與你無怨無仇，你為何加害於她？」易士奇冷笑道。

「殺她者另有其人。」小華說道。

「這就奇怪了，據我所知，只有五毒蛭的五種毒素才會使人產生苦怒哀愁喜五種表情，難道除此而外還有其他毒蟲可令人死時面露微笑？」易士奇詫異道。

「未聽說。其實五毒蛭名稱的由來並不單單因為牠具有五種毒素，而是牠一生之中須得蛻五次皮，每隔十五年蛻一次，而且每蛻一次，其毒性則更烈一倍。」小華解釋說。

「你這條五毒蛭蛻幾次皮了？」易士奇問道。

「前天夜裡蛻第五次。若不是牠眼睛被你的金蠶刺瞎，趕回去蛻皮脫胎換骨，我們也不會輕易罷手的。現在我的五毒蛭已經將瞎眼的第四層皮蛻掉了，功力毒性絕不在苗疆的金蠶之下。我們蛻完皮就趕過客棧來與你和金蠶決一死戰，不料你們竟然不在，原來你們趕去黑水潭毀我的肉身去了！」小華恨恨道。

易士奇冷冷一笑：「說下去。」

「我們既然空等著煩悶，索性私下先享受一番，哈哈。」小華嗤嗤笑道。

「享受什麼？」易士奇不解道。

「既然岩虎搶了我的蘭兒，我就報復他的女兒。」小華咬牙切齒地說道。

「伊水！你對伊水做了什麼？」易士奇大驚。

「哈哈，我不過是和我的毒蛭侵入小華姑娘的身子，暫借小華的嘴巴，親吻親吻伊水而已。我知道伊水那丫頭倔強得很，因此先讓她昏睡了。你緊張什麼？我今夜才和她洞房花燭呢。」小華冷笑著。

「今夜？」易士奇疑道。

「當然今夜，你說的不錯，我還有四十九天，不，四十七天的新婚夜。哈哈，岩虎啊岩虎，你想不到吧……」小華夢囈般道。

「你想……」易士奇猜到了岩黑的意圖。

「不錯，就是借你的肉體，如何？咱們花腰傣巫師和苗疆的巫師來一同與那伊水丫頭巫山雲雨一番不好嗎？」小華淫笑起來。

「呸！我不會讓你得逞的。」易士奇打斷岩黑的話，同時伸手入懷，準備取出青銅鏡和瓷瓶。

「別動！你已經來不及了。」小華喝道，並張開了嘴，口中伸出一個肉乎乎的大吸盤，那吸盤滴著口涎，虎視眈眈地緊貼著易士奇的臉。

易士奇懊悔莫及，此刻只能束手待斃了，他眼睜睜地看著那黏糊糊的吸盤張開了無數的五色鞭毛來吞噬自己……

＊

夜深了，兩名員警躺在竹椅上，緊挨著暖烘烘的火塘睡了。岩坎老爹仍無睡意，這兩天客棧發生太多事，他實在是睡不著。

樓梯上響起了沉重的腳步聲。

老爹看見易士奇面無表情地走下了樓梯，看也不看老爹一眼，走向伊水住的那間偏房。

「恩公，是要解手嗎？」老爹站起身來招呼道。

易士奇恍若未見，徑自來到了伊水的門前。

老爹愣了一下。咦，有點怪啊，莫非他與伊水有約？

西南邊陲地理偏僻，風俗各異，花腰傣族未婚男女交友隨便，大凡看中哪家姑娘，小夥子夜晚登門解下腰帶掛於門框之上即可入內幽會。姑娘的房門不但沒有鎖，而且女方家裡人見到也是不聞不問，來的小夥子越多則越有面子。其他有意者見已有先來者的腰帶懸於門上，便知趣離開尋找未掛腰帶之姑娘家。

自古以來未婚男女的這種結交方式，成為傣家一個很奇特的風俗，與中原婚俗截然不同。當六、七十年代，大批的上海及重慶知識青年來到這裡時，立刻被此地獨特的風俗所吸引，男女知青入鄉隨俗也樂此不疲起來。因此，此刻老爹見到易士奇深夜溜到伊水門前，並未感到過於意外。

老爹見到易士奇推開了伊水的房門並隨手帶上，他笑了笑。這個來自南方的大學老師是個好人，伊水跟了他，自己也就放心了。將來九泉之下，也好對伊曼、岩虎和蘭兒有所交待了。

第二十八章 寄生

伊水自易士奇進門時就驚醒了，她詫異地望著這個心目中頗有好感的男人。她知道，正是這個男人去除了她身上的毒蠱，才使自己重新變回了正常人，他是自己的救命恩人，是恩公。

可是恩公這麼晚來做什麼呢？

伊水童年時就受到五毒蛭的控制，至今對男歡女愛之事仍不甚了了，純潔如幼稚園女童般，心內一片空明，以至當恩公坐在床邊，將手掀開她的被子時，她竟還是莫名其妙。

「恩公，你要做什麼？」她輕輕問道。

恩公的笑容很奇怪，而且又不說話，只是那眼神中似乎冒著火，燒得自己心慌慌的。

恩公的手朝著自己的胸部摸來，不知為什麼自己感覺渾身發麻，也不想躲開……

易士奇胸前貼身的乾隆指骨突然一熱，也就在那一瞬間，他短暫地恢復了清醒，大吃一驚，猛地抽回了自己的手。

伊水好奇地發現恩公的眼神一凜，縮回了手，並站立起來急轉身出門。但剛至門口，卻不知為何突然站住，隨即又轉回身來，目光中又重新冒火，並重複起剛才的動作，伸手摸向自己的身體……

伊水笑了，恩公真有趣，她也伸出手來，去抓住他的手。

易士奇胸口又是一熱，神志猛地驚醒，他知道那乾隆指骨是有靈氣的，能夠克制岩黑的生物磁場。事不宜遲，他迅速地掙脫伊水的手，入懷搶出那段乾隆指骨含進了口中。

不料，易士奇口腔深處，舌根後面突然伸出一只吸盤，竟將乾隆指骨接了過去……

千古帝王的肅殺之氣與哀牢山惡靈相較，瞬間鎮住了五毒蛭蠱毒，一股清涼生出，易士奇終於清醒過來。

「伊水，對不起，我，我沒想做……」他趕緊起身，支支吾吾地邊說著邊奪門而出。

身後傳來伊水喃喃細語聲：「恩公，你做什麼都可以的……」

易士奇面紅耳赤地衝出房門，岩坎老爹大為不解，以為出了什麼事。

「易老師，恩公……」老爹道。

「老爹，那五毒蛭沒有死。」易士奇急促道。

「啊！我去拿槍。」老爹轉身進屋取獵槍。

「不，老爹，牠躲在這裡。」易士奇指著自己的腦袋。

「恩公，這是怎麼一回事？」老爹問道。

「老爹先別問了，還是逼出五毒蛭要緊，」說罷掏出青銅鏡遞與老爹，「快在月光下照我的影子！」

夜空中，天邊厚厚的烏雲席捲而來，月亮已經被遮掩在雲中……

*

岩坎老爹雙手高舉青銅鏡對準了易士奇，可是沒有了月光，裡面漆黑一團，根本照不見人影。

嘿嘿的嘲笑聲在易士奇的大腦中迴盪，岩黑的意識說話了：「別費勁了，黑巫師，青銅神獸鏡在月光下可以驅出五毒蛭，但對我則是無用。我已經進入了你的大腦深處，我是無形的，你找不到我，以後你就是我，我就是你，我們將成為一體，你能活多久，我就活多久，再也不會魂飛魄散了。以後我會慢慢告訴你我喜歡吃什麼，中意幹什麼，哈哈……」

岩黑笑了一陣，然後又道：「剛才你塞到嘴裡的是什麼藥，像塊骨頭，好煞氣！你犯了個大錯誤，現在五毒蛭已經被你的那塊藥骨頭麻翻，處於長期昏迷狀態，也就是所謂的『植物人』，你就是再用青銅鏡照，也不會有反應的，牠不會出來了。」

易士奇大驚失色，自己只是想以乾隆指骨含在口中克制五毒蛭，不料反而弄巧成拙，倒讓岩黑借自己身體還了魂，這可是大大的不妙了。

易士奇試圖用意識與其溝通，不料岩黑直截了當地告訴他：「你說話吧，我聽得見。」真是欺人太甚。

「岩黑，這麼說毒蛭已經喪失了作用？」易士奇壓低聲音說道。

「是這樣。」岩黑的意識說。

「我無論與誰說話和做什麼，你都知道？」易士奇寒心道。

「沒錯，只是我須得太陽落山方可以醒轉，早上日出前睡覺，有什麼事情，你必須夜裡和我商量，白天你是找不到我的。」那意識解釋道。

老爹上前拍了拍易士奇，擔心道：「恩公，你在和誰說話？」

易士奇嘆了口氣，將事情的原委細說了一遍，老爹聽得瞠目結舌，半晌說不出話來。

易士奇收起銅鏡上樓，來到了小華的房間。小華已經睡熟，彷彿任何事情都沒有發生過一樣。

小華是無辜的，他想。

回到自己的房間，他叼起了一支香煙，望著青煙裊裊，陷入了沉思之中……

「好煙！好久都沒有抽到煙了，真是香啊。」岩黑突然讚嘆著。

「真是討厭！讓你抽。」易士奇氣憤地罵道，把手中的香煙狠狠地熄滅，然後一頭栽到床上睡覺。

「咚咚」的敲門聲驚醒了易士奇，他下床開了門，小華怯生生地走了進來。

「易大哥，我們還是走吧，我一直有種不祥的預感，我怕。」小華面色憔悴。

易士奇心想，昨晚的事情不知她會不會有些記憶，於是便問道：「小華，昨晚睡得好嗎?有沒有做夢?」

小華搖了搖頭，說道：「腦袋裡亂痲痲的，睜開眼睛什麼都不記得了。」

看來她對受控制後發生的任何事情都沒有記憶，就像自己若不是乾隆爺的指骨有靈氣，也是懵懵懂懂去做清醒時絕對不會做的事情。

「好，我們今天就離開這裡。」他說。

早飯後，易士奇使了個眼色叫岩坎老爹出客棧散散步，老爹會意地跟出來，肩上背著獵槍。

太陽剛剛升起，茶馬古道旁的小草上沾滿了露珠，林間的霧氣還沒有散去，鳥兒唧唧喳喳地叫個不停，空氣格外清新。

易士奇叫了幾句岩黑，腦中沒有絲毫反應，看來日出後那傢伙確實在睡覺了。白天自己的所作所為，岩黑是不會知道的。

「老爹，我準備今天走，先到昆明的大醫院進行腦部檢查，做個核磁共振或腦CT掃描，如有發現那毒蛭，即便是開顱取出也在所不惜。」易士奇斬釘截鐵道。

老爹點點頭，心中十分難過，嘆氣道：「恩公，你救了伊水卻害了自己，真不知如何是好？」

易士奇坦然一笑，道：「生死由命。說不定，塞翁失馬，焉知非福呢。」然後他話鋒一轉，接著說，「萬一沒有其他辦法將其驅除，我有一事相求。」

「恩公，說吧，無論何事，我一定辦到。」老爹言之鑿鑿。

易士奇苦笑道：「給我這裡來一槍，我要與岩黑同歸於盡。」

老爹怔住了，半晌說道：「恩公，總有辦法的，一定有。」

「我只是說萬一，老爹放心，我易士奇一定會想盡一切辦法，決不會甘休的。」易士奇堅定地說道。

臨行前，老爹將嘎巴拉碗贈與易士奇以作紀念。

伊水噙著眼淚，躲在自己的房裡透過窗子遠遠地望著自己的救命恩公。

第二十九章　白石道人

昆明市人民醫院，這裡有雲南省醫學界最好的醫學專家，有些學科甚至在全國也是屬於領先地位的。

腦神經科的主任和幾位主任醫師仔細地研究著一張核磁共振報告，膠片上的斷層掃描顯示出該病人的腦顱內有一不明物體，長條形狀，中間還有一小截骨狀物，該不明物體蜷縮在大腦和腦橋及延髓的縫隙之間，可以明顯地看出腦組織已經被擠壓變形。

「這個病人不可能存活的。」一位專家醫師說道。

「你們看，病人的下丘腦、腦幹全部被擠壓，按理說病人即使不死亡，也會是個植物人。而奇怪的是，他就好端端地坐在外面。」主任指著外面的候診室道。

易士奇與小華坐在外面候診室裡等候醫生們的會診結果，小華有些緊張，輕輕地握住了易士奇的手。

科主任出來了，頗為尷尬地笑了笑，說道：「易先生，你的腦中發現有一不明物體，應該是先天性的，否則您是不可能存活的。由於它與腦幹的腦橋及延髓緊密相連，即使手術也無法分離。而且，您知道脊髓伸展到腦部的那部分就是延髓，十分危險。我建議，您還是照常生活，定期來醫院檢查，如有不適請立即前來，如何？」

易士奇笑笑，告辭出來，他知道西醫已經是毫無辦法了。

昆明四季如春，氣候果然宜人，姹紫嫣紅，到處栽種著鮮花，清香處處可聞。

剛一出醫院大門，早已有幾名醫托[5]上前搭訕，易士奇轉身擺脫了他們的糾纏。

「先生，我看您印堂發黑，眼眶青而目無神，三日之內恐有血光之災。」身旁地攤之上一算命先生突然開口。

易士奇本身研究奇門易數，對賣卜看相並不排斥。他知道街頭擺攤者基本上都是唬人的，真正的高手隱於市井之中是不輕易露面的。

「醫院是治不了您的，但我卻可以指點您一條明路，讓您逢凶化吉。」那算命先生又道。

「你是看我剛剛從醫院裡出來吧？」易士奇道。

「先生自知。」算命先生淡淡一笑。

這人是一個六十來歲的老者，身骨清臒，頦下長鬚，倒有些仙風道骨的模樣，令人頓生好感。

「那好，你若看出我患有什麼病，我就信你。」易士奇說道。

「中蠱。」那老者嘿嘿一笑，露出參差不齊的黃牙。

易士奇大驚，此人一言道破玄機，看來今天是遇到高手了。

「老先生如何稱呼？」易士奇恭敬地問道。

「在下道號白石。」

---

5 指受雇於單位或個人，從事虛假宣傳介紹就醫，並謀取不正當利益的人員。

「原來是位道長，道長可否明示？」易士奇說道。

「先生所中之蠱溢於上焦，故能一眼識破之。但我看又非通常的蠱毒，先生怕是有奇遇，莫非哀牢五毒蛭？」白石道人說道。

「道長所言極是，在下中的正是哀牢山花腰傣五毒蛭，不知可有解法？」易士奇急切道。

白石道人沉思片刻，起身道：「解法倒是有，須得剃光頭才可施術。」

易士奇聽到可以醫治，忙說不要緊，只管剃頭就是。

「那好，請隨貧道一起到寒舍。」白石道人收拾卦攤，三人乘坐一輛計程車往西山方向而去。

＊

西山腳下，滇池湖畔，垂柳深處，有一農家小院，白牆灰瓦，小橋流水，木柱石階，一爿菜園，甚是精緻。夕陽下，幾隻蘆花雞悠閒地覓食，一隻小黃狗甩著尾巴迎上前來。

小華見此景致，不住地感嘆。若不是從烏蒙山裡出來，怎知世上還有如此美麗恬靜的鄉村農舍。

一位農婦招呼大家進屋，端上茶水，殷勤備至，這是白石道人的妻子。

白石道人請易士奇坐好，然後拿出一把錚亮的剃頭刀，開始給易士奇落髮。白石道人的妻子見小華質樸可愛，便拉著她到院子裡四處看看。

剃刀飛快，一縷縷黑髮散落，不一會兒，易士奇就變成了光光的禿頂。

「五毒蛭蠱奇毒無比，亦稱笑蠱，專喜躲入人的頭顱之內，吸食腦漿。中此蠱之人歷經苦怒哀愁喜五種極致情緒，最後微笑而亡，先生目前是否感覺苦悶？下一步就是發怒，怒不可遏。此蠱在西南極隱秘，先生竟能撞見實屬不易。」白石道人解釋道。

易士奇苦笑道：「道長不僅精通相術，對毒蠱也是如此瞭解。」

「貧道年輕時在西雙版納的熱帶雨林裡採過藥，也曾與傣家的巫師切磋過，故對五毒蛭的毒性以及解毒之法頗有心得。先生，拔除蠱毒後，那毒蛭須得留給貧道，貧道還要進行深入的研究。」白石道人誠懇說道。

「道長只管拿去便是，」易士奇點頭允諾，然後望著外面。天色漸晚，擔心岩黑醒轉，便道：「道長，天近黃昏，可否即刻開始？」

「好，下面開始拔除五毒蛭。」白石道人邊說邊取出一堆小火罐子。

他找出來一瓶酒精，先用棉球消毒，然後點燃了一個個的小火罐，扣在易士奇光禿禿的頭頂上。

「五毒蛭長於變形，可滲入滲出人體，吃藥開刀都無濟於事，只有用拔火罐這種最原始的方法反而最有效，只須半個時辰就能將其吸出。」道長把握十足。

「道長是在本地道觀修行的嗎？不知是何門派？」易士奇看半個時辰之內無事可做，便索性聊天好了。

「貧道是全真派，自幼在終南山學道，我派極重易學術數和醫道，行走江湖，或賣卜看相，或懸壺濟世，少了許多的繁文縟節，倒也自由自在。」道長笑著說道。

「道長，晚輩向您打聽一個人，我不曉得他的道號，只知道他是終南山的一個雲遊道士，鼻子上長著一顆朱砂痣。」易士奇道。

「啊，那是我師叔青虛，他的鼻子上長有一粒朱砂痣，貧道已有多年未見師叔了。」道長驚道。

「我外公曾與他有過一面之緣，晚輩有事想向他請教。」

「原來如此，我那師叔是全真教裡最神秘的人了，連貧道也就只見過一兩次，道行高深莫測啊。」白石壓低聲音說道，敬仰之極。

「黑巫師！你在幹什麼？」易士奇腦中突然響起一聲怒喝。

太陽已經落山，岩黑甦醒了。

第三十章 鬥法

「我在拔火罐。」易士奇洋洋自得道。

「拔火罐?你是怎麼會用這個解毒法的?」岩黑詫異道。

「這不勞你費心了,你的毒蛭半個時辰後將被徹底清除,花腰傣世上最後一條五毒蛭從此消失,岩黑,你有何感想啊?」易士奇譏諷道。

「哈哈,就憑你那幾個小火罐就能吸走第五代哀牢毒蛭?妄想!哼,我今晚就等著看熱鬧吧。」岩黑滿不在乎道。

白石道人怔怔地望著易士奇,遲疑著說道:「先生,你在與誰說話?」

易士奇尷尬地笑笑,道:「不瞞道長說,晚輩在哀牢山不幸被花腰傣一個巫師的靈魂纏上了,他一到晚上就會出來,在我的大腦中跟我說話,晚輩也在想法子如何來驅除,剛才就是在和他對話。」

「原來是這樣,待貧道用天雷符來為你驅魔。」白石道人說道。

易士奇聞言大喜,若是能驅除掉岩黑的生物磁場,那可是太好了,否則用不了幾天,自己非得精神分裂不可。

白石道人取出朱砂筆,鋪好黃裱紙,開始畫符。

易士奇望去,那紅色的朱砂線條俱是剛烈的直線符,符頭下面有字:奉關聖帝君敕令降魔……云云，符腹內畫了三道捆仙繩。

白石道人將已畫好的天雷降魔符火化後加沖陰陽水，用食中二指化為金剛指沾符水來擦易士奇的頭部，再沾符水拍一拍胸前以及背部。聽得道長口中念念有詞：上三十六天罡，下七十二地煞，留人門，絕鬼路，急急如律令。最後口含符水，並用金剛指放在易士奇唇前，用力一噴，符水經由白石道人的口腔全部噴到了易士奇的臉上。

易士奇大叫一聲，頭痛欲裂……

道家的符咒本身就是中國道家獨特的靈修哲學，是古人對宇宙氣場深刻體驗的記錄。經歷代各派道家高手在對靈異現象的鬥爭實踐中不斷地積累，確有靈驗。因此在中國民間私下流傳甚廣，可以發揮西方醫學所不能及的作用。中醫實際上就是緣自於古時道家的祝由科。

凡符者，內裡存儲畫符者的意念，意念越強存儲的時間就越久，釋放出來的能量也就越強。小者可以治病調心，大者可以消災解厄，直至降魔除妖。

市井卦攤之上的書符者不是道學知識不夠，就是功力十分有限，更有大多數純粹為騙錢而來，用紅墨水代替朱砂，根本沒有任何效用。

白石道人出自終南山全真教，又有數十年的功力，自然非同凡響。他的意念，也就是生物磁場隨符火化附於陰陽水之中，擦在易士奇皮膚上，與其生物磁場相匯，驅邪扶正。

所謂的陰陽水中，常年暴曬於太陽下的水為陽水，井水、泉水則為陰水，此二水混合為之陰陽水，相當於服藥時的藥引子。

白石老道的意念資訊進入易士奇體內，與岩黑寄生的生物磁場纏鬥在一起，易士奇的大腦中傳來岩黑的一聲聲暴喝和醇正平和的道號聲，為了減輕頭部的顱壓，易士奇下意識地聲嘶力竭般喊叫著。

那撕心裂肺的叫聲傳到了院子裡，小華大吃一驚，不知出了什麼事，趕緊跑回來。

「易大哥！」她語帶哭腔，撲到易士奇身邊，伸出手撫摸著他的頭部……

剎那間，那暴喝，那道號，那痛苦，瞬間消失得無影無蹤……

＊

一切歸於沉寂……

過了許久，易士奇的腦海深處響起了岩黑詫異的聲音：「咦，你不是苗疆的黑巫師……」

「我從來沒說過我是黑巫師呀。」易士奇說。

「那麼你究竟是誰？」岩黑惱怒道。

「我是深圳大學一個教風水學的普通老師。」易士奇一板一眼地說道。

「既然你是一個毫無關係的外人，為什麼跑到我哀牢山來生事，傷我五毒蛭，毀我肉身？」岩黑恨恨道。

「貴州的烏蒙山區，有一個山陰村，六個月來的時間裡相繼死了七個人，死者個個面露微笑，與茶馬客棧時陳圓的死亡表情一模一樣。從各方面分析，即使不是你幹的，也是另有其他的五毒蛭所為。小華就是其中一名死者的妹妹，她那中五毒蛭而亡的哥哥是我最好的朋友。」

「小華姑娘是你的情人吧？我進入過她的夢鄉，她想和你結婚呢，在藍色的大海邊，她抱著你在親嘴，肉麻得很……」岩黑突然嘻嘻笑道。
「別胡說！」易士奇叫道。
「易大哥，你怎麼啦？」小華驚愕道。
「啊，沒什麼。」易士奇面色一紅。
白石道人接過話頭：「那巫師的惡靈沒能克制住？他還在與你對話？」
易士奇點點頭。
「這來自中原的符咒果然十分厲害，虧得及時加進來一股處子清純的氣息，引發了你那藥骨頭的內在能量，壓制了我與符咒的對峙，好險啊。」岩黑顫抖的聲音。
處子清純的氣息？易士奇想了想，那一定是小華，她的手按在自己的額頭，因火罐的吸力，女孩的生物磁場信號輸進了自己的大腦，被乾隆指骨感知，激發了指骨內儲存的能量。真沒想到，乾隆爺喜歡年輕處子的帝王本質真是深入骨髓啊，數百年後還是這麼有力量。
「這世上不可能還有其他的五毒蛭的……」易士奇的腦海中突然響起了岩黑的喃喃自語。
慢，易士奇猛地想起與伊古都初到烏蒙山，那天晚上夜探山陰村時，在深水潭邊發現了一條巨大的水蛭屍體，是被失蹤的那隻金蠶所殺死的。那條巨蛭青黑色的身體就有一米多長，頭尾細，中間肚子大，如同紡錘型。頭前面還有一個血紅色的大吻，吸盤內有顎，裡面則是兩排粗大的鈍齒板，這東西是一隻變異的嗜血水蛭，否則怎會長得如此巨大？牠會不會就是蠱蟲呢？也許是哀牢山五毒蛭的近親，體內同樣具有五種毒素也說不定。更或許，牠才是山陰村命案的真正兇手，那麼飼養這條大變異毒水蛭的人很可能仍在山陽鎮……

想到這兒，他轉過頭來問小華：「小華，山陽鎮裡有沒有聽說誰家裡養水蛭？」

小華臉一紅，說道：「幹嘛問這個？」

「與山陰村的案子有關係。」易士奇說道。

「只有一個人養過特大寬體金線蛭……」

「是誰？此人還在山陽鎮嗎？」易士奇急切地追問。

「是我。」小華回答。

第三十一章 三返山陰村

原來兩年前，李西華從北京帶回來幾公斤的寬體金線蛭種，放入山陰村深水潭，告訴小華四五個月就可以成蟲，然後自行繁殖。目前國內和國際市場上非常走紅，這也是山裡人一條致富的門路。

小華開始滿有興趣的，鄰居們也都幫著餵食，小東西長得很快，幾個月下來就已成蟲，身長達十二、三公分了。但是不知怎的，潭中的水蛭日漸減少，過了年，竟一條水蛭也見不著了。

「事情就是這樣子。我告訴哥哥，他說算了，準備今年就接我去北京了。」小華敘述給易士奇聽。

問題難道出在深水潭內？那潭水呈深綠色，下面隱藏著什麼？那些水蛭都到哪裡去了？那條嗜血水蛭何以變異得如此巨大？那潭中發生過什麼事情？那潭水裡還有沒有其他更大的變異毒水蛭？一連串的問號出現在易士奇的腦海裡。

「那潭水有多深？」易士奇問。

「沒人知道。」小華說道。

「喂，岩黑，難道除了我腦袋裡的這條五毒蛭外，世上就再也沒有其他的五毒蛭了嗎？」易士奇拍拍腦門問。

「這……哀牢山就這一條，至於其他地方嘛……」岩黑支支吾吾回答不上來。

「我問你，你晚上會不會進入到我的夢裡去？」易士奇擔心地問岩黑。

「這就看你對我和五毒蛭的態度是否友好了。你要是再找人和我鬥法，我不但到你夢裡去嚇你，而且可以隨時令你失眠，痛苦不堪。」岩黑得意地說道。

「我也可以晚上服用安眠藥，讓你始終醒不過來。」易士奇毫不示弱。

「好吧，我們井水不犯河水，相安無事如何？其實你留我在你的腦袋裡是有好處的，我可以經常為你出謀劃策，兩個人的智慧總好過一個人的。而且我還是一名巫師，將來說不定會用上我的經驗和智慧呢。」岩黑似乎異常地誠懇。

其實岩黑說的也不無道理，易士奇想。

「先生，請恕貧道無能，恐怕只有我師叔才能夠幫你了。」白石道人歉意道。

「不妨，道長已是盡全力了，無奈那傢伙太頑固了。終南山我是要去的。不過，我準備先回去一下山陽鎮。」易士奇道。

「也好。我為先生畫道符帶在身上，太陽落山就把它貼到膻中穴上，此穴為命門，位於前胸兩乳頭一線的中心點上。如此，可保你去終南山見到我師叔之前，不至於被那巫師的惡靈有機可乘，切記。」白石道人叮囑道。

「我們還要回山陽鎮？」小華戰戰兢兢地問道。

「如果妳不願再回去，也可以留在道長這裡，我去去就來。」易士奇體貼地說道。

「我們還是不要分開的好，我總有一種不好的預感，這種預感越來越強烈了，我不放心你。」小華眼中充滿柔情。

＊

易士奇和小華與白石道人道別，踏上了北上的列車，幾經輾轉，次日黃昏，終於又回到了山陽鎮。

他們先來到了派出所，山陰村死亡案件的偵破組雖然還在，但人員已經大大減少，趙局長為其他案件也已於幾日前離開了。

「總之，很可能變成無頭案，最後不了了之。」王警官感慨道。

「蘭教授還在嗎？」易士奇關切地問。

「可能就這一兩天走，翻遍了鎮裡的角落旮旯，連屍蟲的影子也沒見著。」王警官搖搖頭，又接著問易士奇道，「你去雲南幹什麼了？莫非有什麼線索？」

「還不肯定，晚上我請你吃飯，在老地方，到時候再詳細說，我現在要去找蘭教授。」易士奇約好了王警官。

易士奇和小華來到了以前住的那家客棧，要了兩個房間，因為小華已經無處可去了。推開蘭教授的房間，他果然還沒走，正躺在床上，額頭上敷著毛巾，面色十分憔悴。易士奇心下有些內疚，畢竟是他隱瞞了那些屍蟲的下落，才讓教授白忙了這許多天。

「你好，蘭教授，我帶回了哀牢五毒蛭。」易士奇平淡地說道。

「什麼？五毒蛭！快拿來看看。」教授從床上一躍而起。

易士奇扶住教授，坐在了床上，然後把他與小華赴雲南哀牢山查訪五毒蛭，以及後來發生的匪夷所思的事情述說了一遍，裡面隱去了金蠶的部分。

蘭教授聽得是抓耳撓腮，激動異常，不等易士奇的話全部講完，便迫不及待地插嘴道：「太不可思議了，這種變異的蛭綱生物竟然能夠進化到在常溫環境下分解聚合，人類夢寐以求的時空穿梭就是解決不了分解聚合這個難題啊。沒想到這種哀牢山的低等生物竟能夠做到……」教授激動之餘，竟然潸然淚下。

「分解聚合？」易士奇不解道。

「哀牢毒蛭能夠靠本能意志將自己的身體快速分解為某種比微子夸克更細小的物質，滲透穿過人體的皮下組織甚至骨骼，然後再迅速聚合還原，這是生物學上人類還遠不可及的未來幻想啊！牠是怎麼做到的？牠，這個不起眼的小東西推翻了當今物理、化學和生物學上的某些定律……不，牠顛覆了當今的科學……」蘭教授越說越激動。

「教授，普通的水蛭如何才能發生變異？」易士奇問道。

「生物每時每刻都在進化之中。進化是一個極其緩慢的過程，如果什麼時候這個進程突然加快，就可說牠產生了變異，促使這個加快變化的媒介目前來說，最有效的就是放射性元素。」蘭教授解釋道。

醫院，水潭邊是老鎮醫院的原址。可是，這個偏僻的鄉村醫院是不會有放射性物質的，大城市的腫瘤醫院才有放療呀……易士奇隱約意識到整件事情可能與以前的這個老醫院有著某種關聯。山陰村的七戶人家均在這家醫院工作過，然後又在醫院舊址上按玄武七煞陣排列造了房子，一定是想要鎮住潭裡的什麼東西，那潭裡究竟有什麼？

是那條變異的嗜血水蛭嗎？水潭深處是否還有更大隻，變異得更奇特的生物呢？

第三十二章　深潭

易士奇想，最關鍵的是那放養的幾公斤水蛭成蟲後跑到哪裡去了？那潭水既然不知道深淺，那些水蛭會不會仍生活在潭底？

「教授，水蛭能不能生活在深水裡？牠們之間是否能夠相互吞食？」易士奇感到自己的知識實在是不夠用。

「環節動物門水蛭綱裡的動物一般生活在稻田溝渠和淺水污穢塘坑，以及小溪河流裡，適應力好，深水可以生存，耐饑渴，再生能力極強，將其身體切斷可再生。有的水蛭使用吸盤吸食人畜血液，也有的吸食水中浮游生物、小形昆蟲、軟體動物幼體以及泥面腐植質，至於相互吞食，應該不會。」蘭教授說道。

「教授這段時間辛苦啦，今晚請你喝酒。」易士奇知道蘭教授鍾愛這杯中之物。

晚餐時，大家約好第二天早上前往山陰村水潭邊測量水潭的水深和捕撈未知的生物，當然也許什麼也沒有。

易士奇一番生死之行，感慨良多，與王警官連乾了十餘杯當地的土燒酒，最後迷迷糊糊地由小華送回了客棧。

「不能喝就不要逞能，害得我也想要吐。」岩黑氣惱地道。

「你不能干涉我的自由和隱私，嘔……」易士奇終於吐了。

「真噁心……」岩黑憤怒地說道。

小華扶易士奇躺到床上，替他蓋好了被子，然後清潔打掃了一番。

「是個好姑娘。」岩黑道。

次日清晨，王警官一早來到了客棧，易士奇叫上小華和蘭教授，大家一起來到了山陰村的水潭邊。

太陽還未升起，晨曦之中的水潭呈現出黑綠色，潭中升騰起白色的霧氣，水準如鏡，波瀾不興。

王警官從拎著的塑膠袋中取出測深繩，那是一頭拴鉛墜的線軸，線上每隔一米都標有刻度。

王警官站到潭邊突出的一塊石頭上，輕輕地甩出鉛墜，入水的聲音聽著很沉悶。然後他迅速地放著繩子，十米、二十米、五十米、七十米、七十五米，繩子在七十七米刻度處不動了。

所有人都吃了一驚，這看著只有三四畝水面的水潭竟然有如此之深。

小華看著刻度吐了下舌頭，說道：「鄰居們都說深不見底，從來不讓孩子們到潭邊玩，並嚇唬說這裡面有鬼。」

「妳養的水蛭放在這潭裡恐怕都跑到水底去了。」易士奇對小華說道。

「不可能，如此深的水底下壓力非常大，很難有淡水生物存活。」蘭教授肯定道。

「未必，哀牢山黑水潭也是極深，五毒蛭照常可以潛下去，以我看，這潭起碼數百年不曾乾涸過，這樣的老潭裡面肯定有不尋常之物，我看你還是叫他們離水潭遠點吧。」岩黑嘟囔道。

「咦？」小華突然叫了起來。

大家急忙看過去，原來那測量繩正在一米一米地被拖下水去……

*

王警官發現水潭內有什麼物體在往下拖著測量繩，便雙手使勁地拽住，那尼龍繩繃得緊緊的，像是釣到了大魚一般。

「那是什麼東西？」易士奇奇怪道。

「不行，拉不住了，這傢伙好有勁，你們大家快來幫忙。」王警官弓著腰，喘著粗氣，眼看著快被拖下水了。

「不要管那東西，快鬆手吧！」岩黑焦急的聲音。

易士奇這時也顧不得岩黑的警告了，深潭的秘密就要揭曉，此時此刻，在場所有人都異常亢奮，一切都拋諸腦後了。

大家一起上前拽住尼龍繩，用力向上拉，那繩子上的刻度一米一米地被拉出水面。

小華緊張地盯住了水面，不知從哪兒跑來一隻大黃狗，到了小華身邊搖頭擺尾。

「笨笨，你怎麼來啦？」小華認識，這是鄰居李叔叔家的狗。

太陽升起來了，潭中的白霧慢慢消散，繩子上的刻度已經是十米了，謎底就要揭曉，大家的心情反而越來越緊張。隨著繩子一米米地升起，人們的心也在一點一點地往上提。

「完了，我也要跟你一同倒楣了。」岩黑的聲音越來越弱，日頭出來，他終於睡去了。

繩子仍在不停地往上移動，七米、六米、五米、四米、三米，刻度停止了，雙方僵持著，那條大黃狗笨笨似乎感到了什麼，彷彿十分地不安。

眾人的目光緊緊地盯在水面上。

嘩啦一聲響，水花飛濺，金色的陽光照耀下，一隻巨大的黑色屍蟲躍出了水面……

人們驚呆了。

那巨大的屍蟲落在潭邊的草地上，其身子足有一米多長，黑亮亮的殼上長著一些不規則的暗斑，兩隻紅紅的眼睛在甲殼的凹陷中不住地打量著在場的人。口腔裡看得見兩排鋒利似刀的黃牙齒，那只鉛墜早已被牠吞食，只有測量尼龍繩卡在了牙縫間。

人們還在震驚之餘，勇敢的大黃狗笨笨衝了上去，站在屍蟲面前狂吠。

屍蟲望著黃狗，突然張開了嘴巴，從中彈出一團黑色的東西落在笨笨的身上，然後那團東西散開，原來是上百隻小屍蟲。那群小屍蟲極迅速地由笨笨的兩個鼻孔之中鑽進其身體裡，只見笨笨異常痛苦地摔在地上，身體顫抖扭曲著，最後齜露著牙齒不動了。

那些小屍蟲吃光了黃狗的腦組織，又蜂湧而出，回到大屍蟲的身上，爬進了牠的口裡。

「砰砰！」震耳欲聾的槍聲，其中夾雜著蘭教授聲嘶力竭的喊叫聲：「別傷著牠！」

王警官果斷地向大屍蟲連續射擊著，子彈洞穿了那黑色的甲殼，彈孔中流出了白色的漿。大屍蟲憤怒的紅眼睛掃過人們的身上，惡狠狠地盯住了王警官，然後轉身緩慢而痛苦的爬向水裡，一圈漣漪過後，大屍蟲連同測量繩一起不見了。

半晌，人們呆呆地怔在原地。

「這是什麼生物？」王警官戰戰兢兢地說道，蘭教授搖了搖頭。

「屍蟲。」易士奇回答。

第三十三章　終南山

「怪哉怪哉，最近新疆喀納斯湖水怪和東北長白山天池水怪頻見報導，人們猜測紛紛，可我認為喀納斯湖水怪不過是哲羅鮭的大型化變異，二、三十米長的哲羅鮭魚生活在那兒的深水裡也不足為奇。而長白山火山天池一七〇二年才剛剛噴發過，距今不過才三百年，很難有大型生物生活在裡面。所謂的天池水怪，我研究過牠的所有資料，牠可能只是一種淡黃色皮毛的水獺而已。可我們今天見到的應當是蜚蠊目中的大地鱉！」蘭教授嘟囔道。

「牠是不是蟑螂的變異？」易士奇問道。

「絕對不是。蟑螂最顯著的特徵是有翅膀，剛才所謂的屍蟲，我仔細觀察牠並沒有翅膀。另外牠能夠在水中生存，蟑螂則不行。詳細結論需要有活體解剖來佐證。」教授解釋道。

王警官接話道：「我馬上向偵破組領導彙報，可以組織人力將潭水抽乾，生擒此怪。你們看見了，這個所謂的屍蟲具有極強的攻擊力，黃狗片刻之間就被幹掉了。大家今天所見都不要往外說，暫時封鎖消息，以免媒體和老百姓知道引起恐慌。」

大家點頭稱是。

小華紅著眼圈，蹲在大黃狗笨笨的屍體旁邊，易士奇走過去輕輕撫摸著她的肩膀。

山陰村水潭出現巨型怪物，也許與山陰村一連串死亡事件有關聯，這一震撼性的消息迅速地電傳至市縣局和省公安廳。上級機關同意偵破組抽水擒怪的方案，並派趙局長趕回山陽鎮坐鎮指揮。

中午時分，一隊武警官兵進駐山陰村，將其封鎖。下午三點鐘，集中來的數部大馬力的抽水機同時轟鳴起來，行動開始了。

蘭教授以中科院的生物學家的身分被留在現場，配合趙局長的現場工作。

易士奇和小華則被排斥在外，不得進入現場，理由是為了安全起見。王警官私下告訴易士奇，趙局長認為他到哪都會出現新的問題，就好像有死亡的陰影相隨，總之就是晦氣。

「既然如此，我還有些私事需要辦，我和小華明天就離開這裡。」易士奇平淡地說。

「你要去哪？」王警官問道。

易士奇笑笑，回答道：「終南山。」

＊

偵破組從下午三點開始，連續二十四小時不間斷地抽水，至午夜十二點，仍不見水位有絲毫的降低，再到次日清晨，經測量仍與抽水前的水位線無任何差異。

「看來，這潭裡一定有補水的通道，而且補水量遠遠大於抽水量。」王警官分析道。

蘭教授在一旁說道：「我看這一帶地質狀況屬於喀斯特地貌，地下溶洞較多。照目前來看，此潭底下應有地下暗河，抽水恐怕無濟於事了。」

事實很明顯，趙局長無奈只有承認失敗，撤掉了武警和抽水機，派出所的民警則繼續留守山陰村口的石壁要道，潭邊立上了「閒人免進」的警示牌。另外再與有關部門聯繫，調水下攝影機前來進行水下攝影，看看能否發現什麼東西。

＊

北上的列車裡，望著車窗外迥然不同的景色，易士奇在和小華講解著沿途的風景地理。當年，初唐四傑的田園山水派大詩人王維是這樣描繪終南山的：

太乙近天都，連山到海隅。
白雲回望合，青靄入看無。
分野中峰變，陰晴眾壑殊。
欲投人處宿，隔水問樵夫。

終南山，又名中南山或南山，即秦嶺。西起甘肅天水，東至河南陝縣，綿亙千餘里。主峰為太乙峰，亦為終南山別名。終南山在西安市西南方向三十公里處，是道教發祥地之一。

相傳，周康王時，天文星象學家尹喜為函谷關關令，於終南山中結草為樓，每日登草樓觀星望氣。一日忽見紫氣東來，吉星西行，他預感必有聖人經過此關，於是守候關中。不久一位老者身披五彩雲衣，騎青牛而至，原來是老子西遊入秦。尹喜忙把老子請到樓觀，執弟子禮，請其講經著書。老子在樓南的高崗上為尹喜講授《道德經》五千言，然後飄然而去。傳說今天樓觀台的說經台就是當年老子講經之處。道教產生後，尊老子為道祖，尹喜為文始真人，奉《道德經》為根本經典。於是樓觀成了「天下道林張本之地」。

終南山系道家北派，亦稱北宗，尊王玄甫為一祖，鐘離權為二祖，呂洞賓為三祖，劉海蟾為四祖，王重陽為五祖，俗稱「北五祖」。金世宗大定八年，王重陽創立全真派。

這一日，秋高氣爽，山間的白楊已有些許枯葉飄零，晚秋的涼風徐徐，終南山通往太乙池的山道上，走來兩個風塵僕僕的朝山者。

前面不遠就是終南山著名的風洞，高十五米，深四十米，由兩大花崗岩夾峙而成。入得洞來，清風習習，涼氣颼颼，精神為之一爽。

「青虛道長住在這裡不會冷嗎？」小華問道。

易士奇笑笑，說道：「大凡世外高人，都是選擇僻靜的地方來清修，遠離俗人聚集的場所。你看這裡風景奇秀，人跡稀少，正是藏龍臥虎之地。」

穿過風洞，眼前豁然開朗，峰巒之中出現了一個山間湖泊。池面碧波盪漾，山光水影，風景十分優美，兩人不覺看得痴了。

「這池是唐天寶年間的一場大地震造成的，道法自然，貧道青虛。」身後傳來一聲道號。

易士奇轉回身，見一身著粗布道袍，清臒鶴髮的老者，老者的鼻尖上有一粒朱砂痣。

易士奇急忙上前行禮。

「貧道近來心緒不寧，知今日有緣自遠方而來，小兄弟氣宇不凡，卻中奇蠱，也是天意使然。」老道微笑道。

「晚輩易士奇，道長可曾記得二十多年前，山東蓬萊潮水鄉？」易士奇提到老家的名字。

青虛道長略一沉吟，目光如炬，緊緊地盯住了易士奇……

第三十四章　太乙池迷霧

突然，道長出手如電，手指切住易士奇左腕內關穴，須臾，點了點頭。

「請隨我來。」青虛道長前行，繞過一片松林，前面是一個石洞，松林裡的背風向陽處有幾間窩棚，窩棚是由松樹幹和樹枝簡易搭成的，一條青石羊腸小徑直通太乙池邊。

「那石洞稱之為冰洞，乃上古遺留。即使三伏酷暑，洞內亦是堅冰不化，寒氣襲人，是貧道修行之所在。這幾間窩棚是以前到此習道之人留下的，你們兩個暫且住一間，因為夜間拔除毒蠱之時需要有人守候在旁。」道長吩咐道。

「多謝道長相救，您……」易士奇剛想問及當年之事，話語已被道長打斷。

「小兄弟，你要將所有之事詳細道來，貧道方好對症下藥。」青虛鄭重說道。

易士奇對這位全真教第一高人不敢有所隱瞞，於是就從山陰村命案講起，怎樣在列車上偶遇伊古都，知道了偏遠民間仍有傳說中的蠱蟲一事，並親眼所見金蠶與冰蛛的殊死搏鬥。自己如何千里趕屍到苗疆，夜晤苗疆女巫，沖出大苗山，金蠶戰屍蟲。接著又南下哀牢山，茶馬客棧結識岩坎父女，金蠶再度出手刺傷哀牢山花腰傣的五毒蛭，夜探黑水潭，毀岩黑肉身，終被岩黑五毒蛭上身。外公如何得到乾隆指骨，指骨有靈氣遇險則熱，入體內克制住毒蛭使其昏迷，白石道長拔罐驅魔等等敘述給青虛道長，唯獨未提當年道長為自己更名和師徒緣分一事。如果青虛道長有意自會說到，無緣何必強求？

「金蠶還在嗎？」青虛問道，不經意間眼中閃過一絲異光。

「在。」易士奇回答。

「這麼說乾隆指骨仍在你頭中的五毒蛭身體裡？」青虛沉吟道。

「正是。」易士奇道。

「我明白了，今夜施法驅魔，你們先去休息，日落吃飯。」青虛吩咐道。

「道長，我想問一下，那乾隆指骨不過是一段骨頭，怎會如此有靈氣？」易士奇請教道。

「這與那翡翠玉扳指有關，玉可存氣，乾隆指骨上的氣場被玉扳指裹住而歷百年不散。世上萬物，其小無內，其大無外，小小一段指骨，則蘊藏著乾隆爺的生物磁場，也就是氣場的全部資訊，那千古一帝的肅殺之氣對外界事物起反應也是自然的了。」青虛解釋道。

易士奇豁然開朗，連忙道謝。道長頷首一笑，飄然而去。

窩棚裡簡陋之極，地上松枝鋪就的床鋪，薄薄的行李捲，一只水桶，未見茶杯牙缸洗漱用品，只有一個水瓢孤零零躺在桶中。看來求道修行之人也如印度苦行僧般，須斷絕一切物質欲望才行。

易士奇拎起水桶，走下青石小徑，來到太乙池邊。青山環繞著一泓碧水，水質極清澈，喝上一瓢，甘甜可口，直入臟腑。

太陽落山，青虛已做好一鍋稀飯，幾條鹹瓜，如此簡單，易士奇心中又是一番感嘆。

「伙食太差了，我不餓！」岩黑醒來氣惱道。

易士奇沒有理他，與小華各自吃了一碗，返回了窩棚內，點燃了油燈，等待道長前來。

不多時，道長端著一只粗瓷碗來到了窩棚內，抱歉地說道：「易老師，這裡條件實在太過簡陋，請多包涵。這是貧道配置的藥引，請先飲下，月上東山，即可除魔。」

「我不喝！這妖道沒安好心。」岩黑抗議道。

易士奇接過瓷碗，一飲而盡。

*

松林裡，秋風拂過，傳來輕輕的松濤聲。

窩棚內，易士奇與小華相對坐在床鋪上，等待著月亮出山。油燈下，易士奇第一次仔細地端詳著小華，她與李西華果真沒有相似之處。小華的五官小巧玲瓏，與網上流傳的天仙妹妹四川阿壩的羌族少女爾瑪依娜酷似，唯一不同的是，小華的臉上多了一層細細的茸毛。

易士奇聽母親講，老家那裡過去女孩出嫁時需要以粉線絞去臉上的汗毛，大概指的就是小華面龐上的那些茸毛了。如今都市的女孩哪裡還有茸毛可絞？她們的臉早已被那些人為製造的化學品糟蹋得不成樣子了。唉，世風日下啊。

跳動的燈花映照下的小華就像大自然生成的一塊美玉，天然無雕飾，純真無邪，那羞怯的神態，少女芬芳的氣息，令人難以把持……

易士奇感到丹田處升起一團炙熱的火球，不一會兒就散發到全身的五骨六骸。他的面孔越來越紅，眼睛中閃動著奇特的火苗，他覺得體內在無限制地膨脹，如果找不到宣洩口，自己將會爆裂。

小華驚奇地望著易士奇，她從來沒有見過這樣的易大哥……

易士奇血紅的眼睛盯著小華美麗無邪的大眼睛，他從她那黑色的瞳孔中看到了一絲壓抑的渴望。他慢慢地探出雙臂，抱住小華柔軟的身軀，一陣戰慄傳遍了全身，他將嘴唇貼向了小華的……

「住手！壞了，那妖道給你喝的藥引子是個圈套！」岩黑吼叫起來。

易士奇渾然不覺，吻向了小華的嘴唇，小華甜蜜地閉上了眼睛，心中一片空白，只要易大哥喜歡，做什麼都可以。

易士奇狂熱地親吻著小華……

岩黑也不作聲了……

窩棚外的陰影中，青虛道長平靜地看著這一切……

一個熱辣辣的小塊固狀物自易士奇上顎處緩慢下行，裹著津液滑過舌尖奔往小華的嘴裡而去……

「住嘴！」平地裡一聲暴喝，青虛道長一步搶進屋來。

易士奇與小華均自一愣，雙唇分開，乾隆指骨落下，青虛道長接在手裡。

「道長，這是為何？」易士奇還未完全清醒。

青虛呵呵一笑，道：「不喚醒毒蛭，何以拔出體外？好在乾隆爺受少女氣息所吸引，自己出來，若不然，貧道亦是無能為力。」

易士奇恍然大悟，接過乾隆指骨，連連道謝。

月上東山，山林間一片空明，夜色如水，萬籟俱寂。

第三十五章　妖道

易士奇瞥了一眼低著頭，面紅耳赤的小華，對青虛道長說道：「不過道長此法似乎不太那個，萬一乾隆指骨沒有出來，勢必還要……易某豈不愧對人家？」

道長正待分辯，小華聽罷易士奇的話更加羞怯，低著頭跑出窩棚外去了。

月色溶溶，清涼的夜風，小華信步走去，依在一株大槐樹下，心中甜絲絲的。方才自己情亂神迷，有生以來第一次與男人接吻，儘管從小很喜歡哥哥李西華，那畢竟只是兄妹之情。易士奇則不同，說不上那是一種什麼樣的感覺，就是覺得在這個男人的懷中，自己的身體快要融化了，好想好想永遠一直這樣下去……

一陣急促的鈴聲打斷了姑娘的思緒，小華一怔，看見了月光下走來的青虛道長。小華忙繞到樹後藏身，她自覺羞怯，不好意思面對道長。

青虛道長邊走邊接聽手機：「白石，是你嗎？是的，一切按計劃在進行，金蠶歸我，毒蛭是你的……不要緊，之後他就是一個白痴，什麼也說不出了。哈哈，不，你先不要露面，等我電話。」他根本沒有想到這通電話會被樹後的小華聽到。

小華驚呆了，如同掉入萬丈深淵，怎麼會這樣？那青虛道長可是世外高人，竟會為搶奪金蠶而加害我的易大哥？那白石道長竟是幫兇？天哪……

小華趕緊順原路跑回，一頭衝進窩棚裡，把易士奇嚇了一跳。

「快，快走！」她拉住易士奇的胳膊，臉兒漲得通紅，驚恐萬分。

易士奇驚訝地看著她，說道：「上哪兒呀？道長回冰洞取法器去了，馬上就要開始驅魔啦。」

「道長是壞人！」小華戰慄著說。

易士奇笑了，安慰她道：「道長方才那樣做也是好心，我心裡其實……」他突感到體內熱流又一次湧動，他情不自禁地伸出了雙手去擁抱小華。

「小華說的沒錯！我早就看那妖道不順眼，我的意見是趕緊走人，肉麻之事暫且停下。」岩黑果斷地說著。

易士奇摸摸自己的光頭，若有所思地道：「青虛道長當年雲遊至我家時，曾說過我與他有師徒之緣，並為我更名，他怎麼會有害我之心呢？」

「易大哥！道長他……」小華急得都快哭了，正欲說出偷聽到的電話一事。

「無量天尊。」一聲道號傳來，青虛道長已經來到了窩棚前。

「晚了。」岩黑說。

道長將懷裡的法器放在地上，有陰陽鏡、桃木劍、陰陽水和一只黑褐色的古老大木盂，還有一團紅色的絲線以及兩個大磨砂玻璃瓶子，瓶子上貼有朱砂符。

道長吩咐易士奇在床鋪上盤腿打坐，自己則拿了條毛巾揩拭著易士奇光禿禿的頭頂，一面念念有詞，然後含一大口陰陽水噴到光頭之上，取紅絲線紮住易士奇的天靈蓋七圈，最後用那只古老的木盂扣在他的頭上。

「請隨我來。」青虛鬆了一口氣，手持陰陽鏡和桃木劍鑽出窩棚，站到了月光下。

窩棚內，「撲通」一聲，小華屈膝跪在易士奇的面前，淚水湧出：「易大哥，青虛道長和白石串通了要害你，他要金蠶，白石要五毒蛭，你要相信我。」

易士奇一愣，略一沉思，自懷中掏出瓷瓶塞到小華手裡，也未說話，躬身出了窩棚。

＊

月光下，青虛道長手舉陰陽鏡，正欲念動咒語。

「且慢，晚輩有一事不明，須得請教道長。」易士奇忽然嚴肅說道。

青虛一凜，道：「易老師請講。」

「道長可曾去過發生命案的貴州烏蒙山區的山陰村?可知那個村子的房屋是由何人所設計?那樣設計的目的是什麼?」易士奇連續地提出疑問。

「貧道不曾去過那裡。」青虛道長回答道。

「請道長替我取下木盂，驅魔一事容我再考慮考慮。」易士奇請求道。

「時辰已到，再不驅魔恐有凶險啊，易老師不必多慮，貧道這就開始。」青虛說著已轉動了陰陽鏡對準了易士奇，口中不由分說地念動了咒語：「六甲九章，天圓地方。四時五行，青赤白黃，太乙為師，明月為光。當我者死，逆我者亡……」

易士奇頓時感到扣在頭頂上的木盂有異，那盂口緊緊箍住了天靈蓋，而且隨著道長的咒音在逐漸地內收，盂腹中生出一股越來越大的吸力。

慘澹的月光投射在陰陽鏡上，又反射到了易士奇的身上，體內的五毒蛭甦醒復活了……

「快點阻止妖道!不然我們都要完蛋啦。」岩黑憤怒之極地喊道。

此刻的易士奇已經無法控制自己的意識，任由青虛擺佈了。

「天有四狗，以守四境。我有四狗，以守四隅。以盂為山，以鏡為河。神鬼不得過，來者不得去，出者不得逸，去者不得退……」青虛一手持鏡，一手操起桃木劍，口中念動四陰擒魔咒真言。剎那間，四周寒氣襲人，白霧升騰，木盂外壁已然結霜，易士奇天靈蓋向內擠壓，顱內毒蛭扭動，頭痛欲裂，神智恍惚，幾近昏厥……隱約聽見岩黑在怒罵那妖道不得好死。

青虛道長從陰陽鏡的反射中，突見一道金光直奔腦後，知是有暗器襲來，他仗著自己道家內力深厚，頭也不回，力貫桃木劍反手向外磕出……以他的全真派武功，拿捏之準頭，足以磕飛任何武林高手的暗器。可是他太過於自負了，未料到那暗器竟然貼在桃木劍上，而且竟然還是活的！那東西如閃電般沿劍身而下，在自己持劍的右手虎口處一劃……

原來是小華見易士奇情況危機，便悄悄溜到青虛道長的背後，拔掉瓷瓶塞，放出了金蠶。那蠶兒自從受了重傷之後，易士奇以精哺之，感情深厚形同父子，如今見主人有難，頓時勃然大怒，出得瓷瓶便是對道長雷霆一擊……

道長大叫道：「不好！」慌忙扔掉鏡子木劍，左手指連點右手內關、曲澤、天泉和天池四大心包經要穴，封閉毒血上行通道，然後盤坐在地上吐納運氣療傷。

咒語一停，易士奇突覺輕鬆下來，慢慢恢復了意識。「好險啊。」像是岩黑在說話。

小華衝上前，取下恢復原狀的木盂，狠狠地摔在地上，然後捏了捏易士奇的臉頰，見其已恢復神智，淚水奪眶而出。

「我們走吧，這裡到處都是壞人。」小華淚眼汪汪地說道。

易士奇感激地望著小華，眼睛濕潤了。

第三十六章　下山

易士奇走到青虛道長面前，盯著他鼻子上的朱砂痣，說道：「你是誰？」

青虛道長低頭不語。

「你不是青虛道長，當年是道長去到山陰村，設下了玄武七煞陣，以鎮邪魔。再早些年，道長曾雲遊山東蓬萊，與我外公相識並與我有師徒之約。可你究竟是誰？難道你這朱砂痣是假的？」易士奇一邊說著，一邊伸手去摳青虛鼻子尖上的那顆朱砂紅痣。

紅色的朱砂痣應聲而落……

「我是白松，白石的師兄。」那道人見偽裝已被拆穿，只有坦白自己的真實身份。

「青虛道長在哪兒？」易士奇追問道。

「他已雲遊多年，仙蹤不定，貧道也不知他現在在哪兒。」白松紅著臉低頭回答。

小華輕輕拽著易士奇的胳膊，小聲說道：「他會死嗎？」

「謝小姑娘，貧道不會死，貧道自會醫治。」白松面露愧色。

唉，世人多貪欲，即使修道有成的白松、白石道長亦不能免，難怪苗疆女巫蓮花婆婆告誡我不要說出金蠶之事……這世上究竟哪兒能有清靜之地？此刻，易士奇竟心生遁世之感。

「我們走吧。」易士奇收好金蠶，趁著月光，與小華攜手下山。

白石道人等到師兄電話，趕到了太乙池，扶師兄往重陽宮救治。

易士奇與小華月夜下山，一路上默默無語，想到自己顱內的五毒蛭甦醒過來，心中不免忐忑不安。

「岩黑，岩黑，你在嗎？」易士奇低聲呼喚著巫師。

岩黑沒有吭氣。

「我知道你在，快點回答我。」易士奇提高了聲音說道。

「方才我和小華都提醒過你，可你不聽，非要相信那妖道，險些跟著你一塊完蛋，所以我懶得理你。」岩黑慍道。

「別生氣了，剛才是我的不對，以後我會多聽從你的意見的。現在我問你，腦袋裡的五毒蛭醒過來了，怎麼辦？你要知道，大腦是人體神經最豐富的地方，絲毫都碰不得的。」易士奇憂心忡忡說道。

「嗯，苗疆的神獸鏡儘管可以逼出五毒蛭，但我肉身已破，能量喪失，控制不了牠，很可能傷及你的大腦，你若痴傻了，於我沒有好處。有一個辦法，既可以使毒蛭對你無害，又可以讓牠受你驅使，做你的武器，願意嗎？」岩黑頗為得意地說。

「這樣應該是沒有問題的，我同意。」易士奇欣然道。

「不過有一個條件，得事先說好。」岩黑道。

「說吧。」

「以後你須得尊重我，稱我為大哥，以後那些肉麻之事，最好白天做，眼不見心不煩。」岩黑說道。

「你本身歲數就大我一輩，叫聲大哥自是佔了便宜，沒問題。至於……」易士奇側臉望向小華，「這個嘛，我盡力而為就是。」

「嘿嘿，那好，你聽好了，我會教你花腰傣巫師控制五毒蛭的咒語，可令牠身形縮小至一寸大小，然後驅使牠自腦中沿鼻腔口腔到你的胃裡，以後牠就長期居住在那裡了。以後你吃什麼有毒的東西都不要緊，因為牠可以為你解毒。如遇敵人，你可以張開嘴，牠會用吸盤為你禦敵，如何？」岩黑解釋道。

「如此，待我考慮考慮。」易士奇平靜地說道。

*

終南山，月夜之中，易士奇拉著小華踉踉蹌蹌再走了兩個多時辰，終於來到了山腳下。

「易大哥，我累了，我們找家店住下吧。」小華疲憊不堪地說道。

易士奇四下裡細瞧，目及之處並無燈火，眼前這條小路蓬蒿及腰，並非原上山之路，一定是下來時走入了岔道。

易士奇扶小華坐在一塊青石上，傍晚時兩人只在太乙池各自喝了一碗稀飯，連夜又趕了這許多路，此刻早已飢腸轆轆。

「方才你和岩黑說什麼？」小華問道。

「他想教我控制五毒蛭的咒語，讓毒蛭變小，以後就住在我的胃裡，即可為我解外來之毒，又可幫我禦敵。」易士奇說給她聽。

「牠在你胃裡怎麼禦敵呀？」小華不解地問。

「牠會從我的嘴裡伸出一個有毒的大吸盤……」易士奇解釋道。

「噁心死了，易大哥千萬不要，我以後都不敢和你……」小華發現自己說溜了嘴，滿臉通紅，幸虧月下瞧不出來。

「嘻嘻。」岩黑在偷笑著。

山上傳來了一陣紛亂的腳步聲，間雜著手電筒的亮光，小華緊緊拽住了易士奇的胳膊。片刻之間，那群人來到了跟前。

「前面可是山東易士奇先生？」為首的一名中年道士問道。

「我就是，請問道長有什麼事嗎？」易士奇沉著回答。

中年道人走上前來彬彬有禮地說道：「可是山東蓬萊潮水鄉的易士奇？」

「不錯，正是。」易士奇心中納悶。

「好了，總算追上師叔了。師叔在上，晚輩華清給您行禮了。」中年道人華清躬身施禮。

「什麼師叔？道長認錯人了吧？」易士奇心中隱約明白了幾分。

「師叔祖青虛道長是我終南山全真教前任掌門，十年前傳位於現任掌門白雲道長後再次雲遊，仙蹤不定。臨行之前，留書一封，並囑託掌門白雲道長，山東蓬萊潮水鄉易士奇與他有師徒之緣，倘若有一天來到終南山，可將書信交與此人。您既是師叔祖的弟子，就是我們的師叔。」華清恭敬地說道。

「你們是怎麼知道我在這裡的呢？」易士奇問。

「回師叔，白石背白松師叔夜上重陽宮療傷，經掌門詢問，才知他們險些誤傷了師叔，掌門大怒，派幾路人星夜下山追尋師叔，務必請到師叔返回重陽宮說經台，掌門在那裡等您。」華清解釋道。

「別去，我對中原老道沒什麼好感。」岩黑警惕地建議道。

「青虛道長鼻子尖上可有一枚朱砂痣？」易士奇問道。

「正是。」華清回答。

易士奇點點頭，說道：「好吧，前面帶路。」

「你會後悔的。」岩黑獨自嘮叨著。

第三十七章 重陽宮

古人云：「關中河山百二，以終南為最勝。」

當年自尹喜草創樓觀後，歷朝於終南山皆有所修建。秦始皇曾在樓觀之南築廟祀老子，漢武帝則於說經台北建老子祠。魏晉南北朝時期，北方名道雲集樓觀，增修殿宇，開創了樓觀道派。

唐代，因樓觀道士岐暉曾贊助李淵起義，故李淵當了皇帝後，對樓觀道特予青睞。武德（六一八—六二六年）初，修建了規模宏大的宗聖宮。至清末，宗聖宮僅存殘垣斷壁，一片廢墟。新中國[6]成立後，對古樓觀進行了多次修葺，形成了以說經台為中心的建築群，此處即是世上聞名的重陽宮。

易士奇與小華重上終南山，三星西斜時分已至山北麓的重陽宮外，但見九株千年參天古柏護衛宮門，月光下殿宇遞階而上，巍峨而壯觀，不愧其素有「仙都」之稱。

老子說經台大殿之上燈火通明，進得殿門，但見數十道士垂手肅立兩旁。抬頭望去，殿堂之上供奉著道德天尊和南華真人及沖虛真人，高高在上的太師椅上端坐著一位童顏鶴髮，滿面紅光的老道，他便是終南山全真派掌門白雲道長。

6 這裡的新中國是指一九四九年由中國共產黨所建立的中華人民共和國。

「易師弟，終於盼到你登上終南山了，快快上座。」白雲道長起身相迎，緊緊地拉住易士奇的雙手命門，罡氣微微一送，便已知道這位師弟根本沒有一點武功。

易士奇渾然不覺，但這絲許的氣息卻已經為岩黑所察覺到了。

「不好，又是一個妖道。」岩黑警告易士奇。

「這位小姑娘就是智取白松師弟的巾幗俠女吧，果然是英姿颯爽啊。」道長兩道白色的眉毛揚起，目光炯炯。

「道長，請問深夜請我們上山，所為何事？」易士奇問道。

「十年前，青虛師叔下山雲遊前，交貧道一封密函，謂：『如有一天，山東蓬萊潮水鄉易士奇來到重陽宮，可將此密函交給他，此人與我有師徒之緣。』青虛師叔說，你那時尚幼，無甚特徵，可憑三枚銅錢相認。不知師弟銅錢可有帶來？」白雲問道。

易士奇從懷中掏出那三枚乾隆錢來，遞與白雲道長。

「果然是三枚乾隆雕母，靈氣十足，師叔所言非虛。」白雲點了點頭。

「把銅錢要回來，這老道心術不正。」岩黑小聲告訴易士奇。

易士奇伸手拿回銅錢，揣回口袋裡。

「不知白松道長傷勢如何？」易士奇試探地問道。

「正在療傷，易師弟的金蠶蠱毒非同小可啊，請隨我來。」白雲起身前行，易士奇和小華隨後。

偏殿耳房內，但見白松道長渾身赤裸地被倒懸於樑下，地上燒著滿滿的一鍋熱水，霧氣蒸騰。

小華趕緊背過身去，出到殿外。

「金蠶蟲為天下第一毒蟲，毒性極怪異猛烈，這是用我派獨門解法來醫治的，究竟怎樣，立見分曉。」白雲臉色陰晴莫辨。

此刻聽得白松一連串的嘔吐聲，但見其張大了口，一團團的黑色膠狀物混同胃內的黏液和食物殘渣噴出，落入滾燙的開水鍋裡。

那黑色的膠狀物是尚未發育成熟的屍蟲胚胎……

*

白雲道長從道童手中接過一把勺子，將那屍蟲胚胎舀上來細看，密密麻麻的小屍蟲均已變成了紅色。易士奇知道，這是屍蟲體內的甲殼素在遇熱發紅，如同螃蟹般。

「嗯，小屍蟲已死，白松料無大礙。」白雲道長點頭道。

易士奇望著瘦骨嶙峋、奄奄一息的白松。雖然他是咎由自取，但多少也是有些不太好意思。

「易師弟的金蠶如此厲害，不知可否讓貧道一觀？」白雲說道。

「不可。」岩黑叫道。

易士奇望著這位德高望重的掌門，心中也是狐疑，嘴上卻是客氣話：「這些旁門左道的東西實有礙觀瞻，道長不是說有青虛書函交與在下嗎？」

「啊，哈哈，是啊，書函早已準備好了，請過目。」白松有些尷尬地笑著，自懷中取出一個小木匣遞過來。

易士奇打開木匣，裡面躺著一封信，這是十年前青虛道長留給他的。信封是黃色厚牛皮紙糊成的，上面幾個毛筆字蚪勁有力：交山東蓬萊潮水鄉易士奇。落款寫著終南山重陽宮青虛，下面一方印章。

易士奇看了看信封的兩頭封口，不是十分光滑，有些微小的不平整，可以瞧出是用糯米飯粒黏封的。青虛何以如此謹慎呢？

他知道，市場買來的信封的封口是用膠水或漿糊黏和的，遇熱蒸汽則開，很不安全。而用糯米飯粒粘封的，遇熱則更粘，一揭就爛，再也無法復原。

他斷定，這信的內容一定很重要，甚至不願白雲道長等知道，否則青虛沒必要這樣費盡心思。當然，青虛也很清楚如此封信口，終南山絕無人敢於偷窺。

易士奇抬眼望望眾人，大家知趣地走出耳房。白雲道長請易士奇看完信後前去正殿敘話。

易士奇正欲撕開信封，眼睛瞥處，發現柱後有人影一閃，定睛望去，那人酷似白石道長。

「喂，那邊可是白石道長？何必躲在柱後？」易士奇提高嗓門說道。

柱後扭扭捏捏地站出來一人，正是白石道長。

「易先生……」白石支吾著走過來。

「道長乃是出家之人，何以對世俗之物耿耿於懷，竟串通白松道長加害晚輩？」易士奇忿忿道。

白石道人低頭囁嚅道：「實在對不起易先生，貧道慚愧萬分，如今知曉易先生是青虛師叔弟子，也就是貧道的師弟，心下更是無地自容。懇請師弟看在一脈同源的份上，原諒師兄則個。」

「原、原諒師兄吧……」頭頂上傳來虛弱的說話聲音。抬頭望去，原來是懸掛在樑下的白松道長恢復知覺了。

易士奇扭頭離開了耳房，走出了偏殿，見小華正站在石階之上，仰望東方天際，地平線上已露出一抹晨曦。

易士奇默默地站在小華身旁，她側臉望過來，沒有說什麼，但擔憂的神情溢於言表。

易士奇平靜地微笑著，揭開了那個等待了他十年的信函……

第三十八章　密函

信封撕開了，裡面竟然是兩個小一點的信封，同樣以糯米飯粒封口。一個上面寫著：徒兒易士奇親啟；另一個寫著：全真教掌門親啟。

易士奇鄭重地撕開他的那封信，裡面粗糙的信紙上是一手古樸蒼勁的小楷字。

士奇徒兒：

我，青虛道人，終南山全真教前任掌門。

貧道當年雲遊途經山東蓬萊潮水鄉，落榻易山施主宅，見徒兒八字全陰，命犯孤鸞，陰間桃花，水上出牆，天沖地剋遇三刑，三十歲必定夭折。遂為徒兒更名易士奇，並許以師徒之名。若有緣，徒兒必定於而立之年登終南山也。

東晉葛洪於咸和初年隱滇黔烏蒙山中煉丹，卒於東晉興甯元年，舉屍入棺，輕如蟬蛻，世以為屍解仙去。徒鄭隱竟然藏匿葛洪屍蛻，不知所蹤。三十年後，西南突然崛起拜屍教，席捲雲貴及老撾、交趾等地，其教主即是鄭隱。之後忽然於一夜之間銷聲匿跡，以後歷朝均有史官調查其事，均不得要領。

為師雲遊四海，偶然之中發現了失蹤一千六百年的拜屍教蹤跡，寫下此信後，即刻下山一路追查。

若有朝一日徒兒得見此函，當於重陽宮中修習全真派武學三年。三年後，衰運已除，便可在全國當時銷量最多的那份報紙上，連續刊登一則下面的尋人啟事，直到有人聯繫你為止。

尋人啟事：尋失散於山東蓬萊潮水鄉多年的徐清師傅，聯繫人易士奇，電話××××××。

徐清即為師，道號青虛是也。

此信中所談之事絕不可向任何人提起，包括全真派門中之人，切記！看完毀掉此信。

師父青虛親筆

易士奇看罷密函，沒有作聲，長吸了一口氣，默默地掏出打火機點燃了信紙，最後用鞋底碾碎了紙灰。

「信上說啥？」岩黑問。

「易大哥，你怎麼啦？」小華關切地問。

「可能我們要在重陽宮住上一段日子了。」易士奇說道，心下尋思該怎樣向深圳大學校方解釋，弄不好會被解聘的。

重陽宮正殿。易士奇與小華從容走進了殿門，來到掌門白雲道長座前。

易士奇遞上那封寫有全真教掌門字樣的信封，說道：「這是青虛師父給您的信。」

白雲道長詫異地撕開了信封，看了裡面的信，半晌沉思不語。易士奇也默默地看著他，殿上鴉雀無聲。

白雲道長抬頭看著易士奇，慢慢說道：「易師弟，從今後你我就是同門師兄弟，青虛師叔留你在山上修習全真派武學三年，以師弟的天資穎悟，希望到時有所小成。重陽宮後有當年青虛師叔所住的一所單獨院落，他要你在那兒住滿三年。只是院子關閉了十年，一直無人打掃。」

「沒關係，我們自己收拾收拾即可。」易士奇道。

「那好，我這就帶你們去。」白雲道長起身帶著他們出殿門，繞過上善池和說經台，來到小山後面的一處院落。

院落不大，三間房，東面易士奇住，西屋是原先的客房，正好由小華住。中間堂屋有火灶，鍋碗瓢盆一應俱全。

「遵師叔信中吩咐，我會安排本教高手輔導易師弟的功課。至於飲食，可去重陽宮食堂就餐。有一點須明示師弟，請過來一邊說話。」白雲拉易士奇來到院子裡。

「本派出家之人戒淫欲……」白雲悄聲說道。

「掌門師兄放心，我知道了。對了，師弟有一事不明，白石師兄為何可以結婚成家？」易士奇問。

「正因為如此，白石觸犯了教規，被逐出了山門。」白雲鄭重說道。

東方地平線紅通通一片，新的一天開始了。

將來我也被逐出山門不就行了，易士奇想。

「我也這樣想。」岩黑打著哈欠說。

*

小華簡單地收拾了一下房子，發現原來青虛的生活過於簡樸，她對易士奇說需要下山買些生活日用品。於是易士奇喊住一個小道士，請他稟明一下掌門，他與小華下山買一些必須的生活用品。

深秋的陽光照在身上暖洋洋的，小華也感到精神放鬆多了，既然易大哥說要做好長期居住的打算，自己自然要照顧好他了。以前哥哥去沿海念大學，小華就是一個人做飯吃，每當哥哥假期回家時，都誇她做的菜好吃呢。

終南山下有一個集市，肉菜應有盡有，熙熙攘攘的十分熱鬧。他們先找了家麵店，每人來了一碗羊肉泡饃，這也是陝西地區有名的小吃。

終南山全真教近些年在江湖上名聲鵲起，重陽宮香火鼎盛，各地慕名前來的道士和香客絡繹不絕。

集市上來來往往的各色人裡，就有遠道而來一身風塵的道士和道姑，善男信女們手持高香，一夥夥地結伴上山。

易士奇和小華坐在店中，用手往碗裡掰著白麵饃。

就在這時，一個身材高大，穿紅衣戴黃帽的喇嘛走進店來，喊服務生要碗羊肉泡饃。

「和尚也吃羊肉嗎？」小華望著坐在相鄰桌子旁的紅衣喇嘛問易士奇。

「喇嘛是來自青海西藏那邊，高原氣候惡劣，若不吃些肉類與脂肪是很難抵禦寒冷的，因此藏傳佛教並不禁止食肉。」易士奇解釋道。

易士奇看著那喇嘛，約莫四十歲左右的年齡，膚色黝黑，那是高原強烈的紫外線照的，雙手大而粗糙，他也在向碗裡掰麵饃，那碗……吸引了易士奇的目光。

「嘎巴拉。」他脫口而出。

咦，那紅衣喇嘛詫異地望著易士奇：「施主認得此碗？」他的普通話頗為生硬。

易士奇自覺失言，只得開口說道：「大師這碗可是嘎巴拉？」

「正是嘎巴拉碗，它是納木錯一個難產而死的婦女頭骨做成的。」喇嘛說道。

「啊！」小華聞言吃了一驚。

「不是只有得大成就的上師頭骨才可以製嘎巴拉碗嗎？」易士奇問道，他想起了那上海姑娘陳圓的話來。

「施主說的是修行無上瑜伽灌頂時的法器，那是極為罕見的。」喇嘛解釋道。

「噢，原來如此。我這裡也有一隻嘎巴拉碗，煩請大師過目，能否看出它是出自哪裡？」易士奇從旅行服的內袋中掏出那只嘎巴拉碗。

那喇嘛接到手裡看了看，說道：「這不是嘎巴拉碗。」

第三十九章 苦行僧

那喇嘛說道：「嘎巴拉碗亦稱『顱碗』，是藏密至高無上的法器，在梵語中的意思就是護樂，是大悲與空性的象徵。藏傳佛教密宗的黃教、白教、紅教都有嘎巴拉碗法器，越是大成就者的顱骨製成的嘎巴拉碗，法力就越是高強。」

「大師是如何辨別出此碗不是嘎巴拉碗呢？」易士奇問道。

「嘎巴拉碗都要刻上六字真言或其他密咒，這只碗上則什麼都沒有。」喇嘛肯定道。

「如此說來，嘎巴拉碗的法力是由密咒所激發，那頭骨之中一定儲有頭骨主人生前的生物磁場。這磁場通過一個鑰匙或開關來釋放，這個鑰匙或開關就是六字真言或是刻在碗上的其他密咒。」易士奇推測道。

紅衣喇嘛未置可否，只是微笑不語。

「不知大師是藏密哪一教？法號如何稱呼？」易士奇恭敬地問道。

「貧僧格桑仁波切，高攀不上那黃白紅正教，是滇藏一帶的苦行僧。」那喇嘛見易士奇言語見識不凡，也不隱瞞便如實相告。

「啊，原來您是活佛，失敬失敬。」易士奇吃驚不小，他知道密宗的仁波切就是中原人所說的活佛。

格桑活佛淡淡一笑。

易士奇研究風水學時，曾翻閱過一些有關藏傳佛教的書籍，因此知道藏傳密宗有黃白紅三教。其中黃教最盛最有錢，青藏高原的好些廟宇幾乎都是黃教的，包括布達拉宮，達賴喇嘛和班禪活佛也是黃教的。白教噶瑪噶舉派精於藏醫，深受藏民愛戴。紅教日漸式微，幾所不聞。據說千年以來，雪域高原民間還有一個極秘密的苯教，其教義和組織從不為外人所知，因此書中也只是一筆帶過。

「我是深圳大學講師易士奇，終南山全真教門下，這位是我的朋友李小華，今日有幸結識活佛，實屬三生有幸。」易士奇忙自我介紹。

羊肉泡饃上來了，大家邊吃邊談，甚是投機，只是小華看到格桑使用人骨碗啖肉喝湯，心中噁心。

「這可以消除納木錯婦人的前世罪孽，也是她的遺願。」格桑活佛坦然道。

格桑是個開朗健談的人，他一直雲遊於名山大川，想在中原物色一名衣缽弟子，得知易士奇初來終南山學道，便勸其棄道學佛。

「學我密宗既能吃肉，還不影響娶妻生子。」格桑看了看小華說道。

易士奇搖了搖頭，說道：「人生不過短短數十年，生何喜，死何憂?率性而為，做自己想做的事就好了，包括吃肉、喝酒和生孩子。」言罷淡淡一笑，倒也一身豪氣。

「說得好，易老弟年紀輕輕如此灑脫，甚合貧僧意，他日若是厭倦了刻板的荒山老道生活，儘管前來西藏林芝找我便是。」格桑真誠說道。

「一言為定。」易士奇心中敬重這位僧人。

「大師，您遊歷甚廣，不知可否認識終南山青虛道長?」易士奇問。

「青虛？貧僧沒有聽說過這個名字。」格桑活佛撓了撓頭道。

「活佛叔叔，易大哥深受毒蠱之害，求您醫治醫治易大哥吧。」小華突然開腔道，神情誠懇虔誠。

易士奇心中一熱，這丫頭對他真的是實心實意。

「哦，待我把個脈，」活佛食中二指輕輕搭在易士奇內關穴上，「原來是邪靈入腦，貧僧傳你一句密咒，可以克制那東西在你腦袋中作亂。但若是想徹底袪除，則須入我門下，如何？」格桑活佛道。

「多謝，得大師密咒足已。」易士奇答道。

「你聽好，薩坦阿祗伽都伽婆夜……」活佛要易士奇附耳過來，悄悄說給他一句梵音密咒。易士奇知道，密宗密咒必須口耳親傳，密而不為人知。

「薩坦阿祗伽都伽婆夜……」易士奇輕輕復述一遍，腦中頓感一片清涼，果真管用。

「貧僧還要去南五台山，易兄弟，就此告辭了。」格桑活佛哈哈一笑，飄然而去。

小華看著易士奇嘴裡嘟囔著梵音，關切地問道：「易大哥，行嗎？」

易士奇點頭道：「藏傳密咒果然不同凡響，梵音與漢語普通話不同，其發音和節奏頻率，似乎可以與體內的生物磁場產生共鳴和共振。如果連續不斷地念咒，其振幅越來越大，確實可以袪病消災呢。」

「易大哥就是聰明。」小華歡喜地說。

他們購買了許多生活日用品、婦女用品、食物及零食，結果買了一大堆，最後雇人用擔子挑上山去。

知道那五毒蛭傷不了易大哥了，小華心情一下子變得愉快起來，一路蹦蹦跳跳地上重陽宮。

回到後山小院，小華拿出洗滌用品，裡裡外外擦得窗明几淨。

易士奇取出瓷瓶，放金蠶出來。金蠶將小腦袋探出瓷瓶口，望著主人。

「去吧，我們會在這裡長期住下來，你也無須整天關在瓶子裡，去自己尋找毒蟲吃，總之小心點，別讓那些臭道士看見你。」易士奇說道。

金蠶高興得眨下眼睛，歡天喜地地去了。

一種全新的生活開始了……易士奇想。

第四十章 苦毒

黃昏時分，有道童前來小院，送來一套道士服，並告知掌門隨後就到。

易士奇換上道士服，來到院子裡，迎接掌門白雲道長。

「易師弟，今天就要上晚課，按青虛師叔要求，三年須完成全真派的教義、內外武功心法和符咒學。若不勤苦練功，是肯定無法完成的。師兄今天為你上第一課。」白雲說道。

「多謝掌門師兄。」易士奇恭敬道。

「道可道，非常道。名可名，非常名。無名天地之使；有名萬物之母。故常無，欲以觀其妙；常有，欲以觀其微。此兩者，同出而異名，同謂之玄。玄之又玄，眾妙之門。易師弟，老子的《道德經》是天下道學之入門篇，博大精深，是開啟道之鑰。」白雲望著易士奇說道。

「掌門師兄，我想既然三年時間有所不夠，能不能先教我符咒呢？全真派教義給我本書啃個幾天就夠了。當今社會，那些冷兵器時代的內外武功既浪費時間，又沒多大實戰用途，還是將時間用於學習畫符念咒上，反而是條捷徑。」易士奇建議說。

這一套離經叛道的說法把掌門白雲氣得夠嗆，終南山上還從來沒有人敢在他面前如此信口開河。若不是青虛師叔信中有所交待，他早就一怒之下將易士奇趕出山門了。

白雲慍怒地「哼」了一聲，一擺道袍，鐵青著臉轉身逕自離去了。

小華來到易士奇的身邊，擔心地望著他，輕聲道：「方才掌門說的話如此深奧，你是不是都懂?還把掌門氣跑了。」

易士奇說道：「老子的意思是說，凡是嘴說的道理，都不是永恆的道理。凡是命名的稱謂，都不是永恆的。無任何名，正是天地的原始狀態。初始之名，乃是生育萬物的大自然。從虛無中理解道，從永恆中觀察道。有與無，名稱不同，但根源是一個，玄奧正是洞察宇宙間一切神秘的大門。」

「我還是不明白。」小華說。

「這是古人的一種所謂『道法自然』的悲觀想法而已。」易士奇道。

「我還是做飯去吧。」小華說著進屋去了。

三年?哼，我才不會在這兒守上三年呢，若不是自己生性酷愛靈異探險之類，早就回到大學講堂上了。晚上下課回到溫馨的宿舍，吃著小華精心烹飪的小菜，來上幾杯小酒，然後迷迷糊糊地上床，寬帶解衣，行那雲雨之事……

「這樣真的是肉麻。」岩黑不知什麼時候醒了。

*

「你總是在不該出來的時候出來，在不該說話的時候說話，實在是討厭之極。」易士奇惱道。

……許久，岩黑都沒有說話。

「你怎麼啞巴啦?」易士奇提高聲音問。

「我在思念蘭兒。」岩黑幽幽道。

易士奇也沉默了，頓時語塞。

「說說蘭兒吧。」易士奇很想知道那是怎樣的一個姑娘，自古紅顏短薄命，身邊的男人又何嘗不是為情所困，共赴黃泉呢？就如岩虎和岩黑般。

「她是哀牢山之花，她的美麗無法用語言來描繪。這麼說吧，她走在路上，所有的人，不論男女老少，都會放下手中的活看她，除了瞎子……不！是岩虎把我變成了瞎子，我再也看不見她了，我無法忍受看不見蘭兒的痛苦，我要報復，我要用五毒蛭來報復！」岩黑的聲音越來越亢奮，最後幾乎是刺耳的尖叫。

「喂喂，你輕聲點。怎麼說呢，人家姑娘喜歡的不是你，況且也已經嫁給了岩虎，你為什麼還要去騷擾人家？你既然愛一個人，就應該以她的幸福作為自己的幸福，而不應去破壞和傷害。」易士奇指責道。

「呸！你怎麼知道蘭兒嫁給我就不會幸福？她也不會這麼年輕就香消玉殞了，嗚嗚……」岩黑說到傷心處竟然抽泣起來。

易士奇想說，若不是他下蠱毒害岩虎，蘭兒又如何會傷心欲絕而死呢？但若不是岩虎射瞎他的雙目，他可能也不會去下蠱。但他若不去騷擾已出嫁的蘭兒，岩虎亦不會與他決鬥，去傷了他的眼睛。唉，那恩恩怨怨又怎是一下子說得清的？古往今來，人世間有多少愛恨情仇，又有多少紅顏薄命、英雄折腰？可憐無定河邊骨，俱是閨中夢裡人啊。

想自己本來安安穩穩的教書生涯，不自覺地捲入了這江湖上永無休止的爭鬥之中。再想想自己心儀的兩個女人，小華是那樣的柔弱無靠，小鳥依人；伊水卻是天真無邪，心中空明。她們一樣的美麗，一樣的紅顏，也許也一樣的薄命。

我們都是苦命的人啊，岩坎老爹喪妻、喪子之苦，蘭兒喪夫之苦，伊水喪父母之苦，岩黑喪情之苦，小華喪兄之苦，我看他們苦之苦……人活著真的是太苦了，太苦了……

正值此刻，易士奇腦顱裡五毒蛭的第一種毒——苦毒開始發作了。

他愁眉苦臉地蹣跚進屋，小華吃驚地望著他，趕忙上前扶住：「易大哥，你這是怎麼了？」

「妳我的命都太苦了，人生譬如朝露，去日苦多，來日苦更多。」易士奇喃喃道。

「易士奇！現在是五毒蛭在發作，快跟我學花腰傣巫咒！」岩黑叫喊著。

「巫咒，花腰傣巫咒，我跟你學花腰傣巫咒……」易士奇眼神渙散，口中嘟囔著。

小華一愣，隨即明白了，急忙叫道：「活佛密咒！易大哥，密咒！薩坦阿……」她在山下飯店聽易士奇復述密咒時，記住了開頭的幾個梵音。

易士奇猛地一凜，腦中一絲清涼透進來，他想起活佛與密咒，立即念動真言：「薩坦阿祇伽都伽婆夜……」

頓時，腦海之中梵音繚繞，清涼空明，方才的極苦之情竟一掃而光。

第四十一章　曠世之戰

是夜，月色如水，兩人信步出了院子，走到小山崗上。遙望夜幕籠罩下的群山，黑濛濛一片寂寥，清風徐來，小華緊緊地依偎在易士奇身上。

「我想起了烏蒙山，夜裡也是這樣子，不過那山看起來好像要更黑一些，可能是樹多吧。」小華輕輕地說著。

易士奇的思緒隨著小華的話又回到了山陰村，製造這一系列死亡的兇手究竟是誰？山陰村的玄武七煞陣困住的是否就是水潭深處的巨大屍蟲呢？他看見了那群可怕的小屍蟲，噬食黃狗內臟與腦組織時的迅速和效率。

「易大哥，你在想什麼？」小華溫柔地問道。

「我在想，山陰村的殺人兇手究竟是誰？是人還是蟲？」易士奇說道。

小華沒有說話，只是打了個寒顫……

深秋的終南山，葉落草黃，山間的昆蟲大都忙於儲備過冬的食物，有的抓緊時間交配，然後在上凍之前把卵產在土壤中。至於那些毒蟲，如蠍子、蜈蚣、毒蛇和蟾蜍則忙於廝殺捕食。秋天是收穫的季節，不但是植物，動物也是如此。

易士奇注意聽，他察覺到後山的某處一片寂靜，他知道一定是金蠶在那裡狩獵。

「走，我們去看看金蠶找到了什麼獵物。」易士奇興致勃勃地拉著小華悄悄摸向後山。

易士奇雖然有帶手電筒，但還是趁著月光摸黑前行，他不願驚擾金蠶。

前面是一座山坳，怪石嶙峋，附近寂靜得出奇。

月光下，一塊平坦的空地上，一隻足有一尺長的五彩斑斕的大毛毛蟲和一隻巨大如臉盆般的黑蟾蜍，正劍拔弩張地對峙著，旁邊蹲著那金黃色的蠶兒。

大毛毛蟲的腦袋縮進肥肉褶裡，只露出兩隻綠色的眼睛和一根尖尖的刺，不時地從尖刺的孔洞之中，噴射出綠色的液體，那液體中似乎含有某種腐蝕性生物酸，落到地上發出嘶嘶的燒灼聲。

那隻巨大的黑蟾蜍儘管身材臃腫，但卻機警異常，總能在千鈞一髮之際避開毛毛蟲的毒汁。

金蠶相比之下實在是小得可憐，以致於毛毛蟲和黑蟾蜍根本沒有把牠放在眼裡。

易士奇和小華目不轉睛地盯著月光下的這場爭鬥，他們從來都沒有見過這麼大的毛毛蟲和大蛤蟆。

他們不知道，他們所看到的是道家的聖物——朱蜮和北派邪道的蠱毒之王——毒蟾的一場曠世之戰。

*

中國道教自宋元以來，分金丹派和符籙派兩大門派。符籙派分天師道、上清派和靈寶派等，著重於法印符咒的功用，沉迷於降魔除妖的實戰。而金丹派則以理論為主，探究道的本質，同時精於煉丹。煉丹其實也就是一個化學提煉過程，必須對物質的多樣性及其本質有所了解。

北金丹派的開山鼻祖王重陽創立了全真教，而後感到本派儘管理論教義先進，內功心法暗合道的真諦，但在降魔除妖的實踐上總是不及符籙派。於是暗中以本派的化學知識，秘密培養一些劇毒的生物，用於暗中襲敵。千百年下來，幾經淘汰，最後只剩下少數的幾隻這種毛毛蟲——朱蜮，也稱天蛸，流落世間，隱匿荒山僻壤，不知所蹤，以致當今重陽宮中竟無一人有幸目睹全真教的此一秘密聖物。

那黑蟾蜍則是令人聞之色變的北方毒王，渾身上下無處不毒，最令人恐懼的是牠善吐黑煙，無論人畜，吸之即死。因而苗疆女巫特意叮囑易士奇，儘管金蠶是天下第一蠱蟲，但遇到吐黑煙的蛤蟆時也定要避開。實際上，所謂黑煙，不過是極細微的黑色霧狀毒液，遠處看來像是冒出黑煙。

此刻朱蜮似乎急於結束戰鬥，頻繁地射出毒汁，黑蟾蜍似乎有些不支，逐步向後退去，朱蜮步步進逼。那黑蟾蜍且戰且退，逐漸佔了上風。

突然，黑蟾蜍大嘴一張，吐出一股黑煙，如同一個大煙圈般，套向了朱蜮。朱蜮見之大驚，正欲躲避，不料由黑蟾蜍的口中，接二連三地吐出一個個的毒煙圈，圈住了朱蜮的退路，最後一縷又黑又粗的煙線插入了煙圈之中，擊向朱蜮的臉部。朱蜮見勢不妙，無路可退，不得已將頭部縮進了肥肉褶中，蜷曲起身體成了一個圓球，朝山坡邊滾去。

黑蟾蜍一擊得手，豈能讓對方逃走？一下子躍將起來，蹦到朱蜮身旁，張開大口吞食。不料那毛毛蟲身體肥胖，這樣的一個大肉球剛好卡在毒蟾的口腔裡，既吞嚥不下，也捨不得吐出來。

眼見時機已到，金蠶一躍而上，撲到朱蜮的肉球之上，尖利的毒喙深深刺入肥肉球之中。

「危險！」易士奇脫口喊出，他想起了苗疆女巫的警告。

黑蟾蜍發現小小的金蠶竟然敢搶奪自己的勝利果實，頓時勃然大怒。悶哼一聲，無奈肉球卡在嘴裡，吐不出毒煙來，但又不願拋棄肉球，只得在那裡生悶氣，眼瞅著肚子越脹越大，像只大氣球般。

皎潔的月光下，世上三大劇毒之物僵持在那裡，既可笑又詭異。

易士奇擔心金蠶，腦筋不停地轉動，如何是好？

「很簡單，取一個袋子將牠們統統套起，然後放到瓷甕中，投入縮骨草，七天後牠們就會變成金蠶大小了。分別放入瓷瓶裡，你就同時擁有世上罕見的三大毒蟲，當然，還要學會控制牠們，這我會教你的。」岩黑建議道。

易士奇想來也是，兩種毒蟲抓起來，足夠金蠶吃上半年了。於是他跑回家，找了幾個裝日用品的厚塑膠袋套在一起，避開黑蟾蜍的皮膚，將牠們罩起來繫好袋口，拎回院子裡。

青虛道長的堂屋內有各式各樣的瓷罐瓷甕，那是道長炮製中藥用的。易士奇揀了個大小合適的瓷甕，依照岩黑的方法，將黑蟾蜍和朱蜮倒入，扣好了蓋子，金蠶及時跳了出來，回到自己的瓷瓶裡。

「明天你就去採縮骨草，需要十多棵。」岩黑吩咐道。

「可我不知道那草是什麼樣子的。」易士奇發愁道。

「我知道。」岩黑說。

第四十二章 失傳的聖物

「縮骨草生長於人跡罕至的深山老林的石縫之中，一般只要看到一株，周邊十步之內就會聚生數十株。」

岩黑詳細地描繪了縮骨草的形狀、顏色以及生長習性，易士奇一一記下。

「我說的是哀牢山，不過此地有沒有就不清楚了。」岩黑說道。

「秦嶺中段的太白山素有北方植物王國之稱，理應找得到。」易士奇的地理知識很豐富，這和他從事的地理勘輿講學有關。

秦嶺是橫亙於中國中部的東西走向山脈，全長一千六百多公里，南北寬數百公里，面積廣大，氣勢磅礡，蔚為壯觀。秦嶺北坡為暖溫帶針闊混交林地帶，植物茂盛。古人云：太白山上無閑草，就是指此地奇花異草繁多，藥用植物遍地都是，尋個草藥不是難事。

「黃昏時，你念的是什麼密咒？從哪兒得來的？」岩黑問道。

「啊，是日間在山下結識的一位密宗苦行僧告訴我的，看來倒是可以克制住五毒蛭。」易士奇如實地告訴岩黑。

「不見得。」岩黑嘟囔著再也不說話了，始終沉默不語。

次日清晨，易士奇背著竹簍，拎上鴨嘴鋤，這些都是青虛道長以前用的，告別了小華，正欲進深山採藥。這時，院門外走進來一個花白鬍鬚，年約七旬的瘦老道。

「貧道青函，是重陽宮講經堂首席講座，特奉掌門之命前來為易師侄講經。」老道口齒清晰，聲音柔和。

「這……」易士奇心想壞了，看來採不成藥了。

「易師侄可是要進山採藥？哈哈，青虛果然沒有看錯人，剛入山門就獨自進山採藥，必是對我派煉丹之術有所研究。不過，貧道還是要先為你講解道德經。」青函老道吩咐易士奇進屋聽講。

小華在中間堂屋擺上兩隻凳子，又沏上兩杯清茶。

「有物混成，先天地生。寂兮廖兮，獨立而不改，周行而不殆，可以為天地母。吾不知其名，強字之曰道，強為之名曰大。大曰逝，逝曰遠，遠曰反。故道大，天大，地大，人亦大。域中有四大，而人居其一焉。人法地，地法天，天法道，道法自然。」老道的音調抑揚頓挫，琅琅上口。

易士奇自然明白這是老子道德經第二十五章極著名的一段話，與風水術緊密相關。

青函解釋道：「有一種東西渾然一團，它先於天地而生，靜靜而默默，傲然獨立而不變，反覆運行而不止，可以看作是生育天地的母親。我們把它記為『道』，命名為『大』，而大會消逝，消逝就會疏遠，疏遠又會返璞。所以道大、天大、地大、君王也大。世界上有此四大，而君王只是其中之一。君王要效法於大地，大地要效法於上天，上天效法於道，道則效法於自然。」

易士奇淡淡一笑，說道：「老莊哲學要人們遵循自然界的客觀規律，順勢而為，不可違反自然規律而逆行。尤其是君王，現在則是國家政府，若是有違客觀規律做事，遭殃的肯定就是百姓了，就如現在的人口比例失調問題、環境污染和生態破壞問題均是如此。」

青函一愣，不由得稱讚道：「易師弟頗有見地，貧道佩服。」

易士奇心中暗笑，這些基礎理論我都不知在課堂上講了多少遍了。

「師侄如此天資聰慧，貧道講學也就輕鬆許多，那我們就由老子九九八十一章道德經從頭開始講起吧。」青函高興地說道。

這下完了，易士奇心中暗自叫苦。

「砰砰」幾聲輕響，有什麼動靜引起了青函的注意，他四下望去，發現擱在堂屋地上的一個瓷甕在輕輕搖晃，不時地從裡面傳出輕微的擊打聲。

＊

「這裡面裝的是什麼東西？」青函詫異道。

「昨晚捉的一隻蛤蟆和一隻毛毛蟲。」易士奇不知道那毛毛蟲竟會是全真教早已失傳的聖物。

「噢。」老道並未在意，輕咳一聲，準備開始講經。

「砰砰」，那瓷甕裡又發出了敲擊聲。

青函站起身，來到瓷甕前伸手掀蓋……

「慢！」易士奇高喊一聲跳了過去。

已經來不及了，甕蓋剛掀起一個縫隙，青函還未看清裡面的東西，一股黑煙噴出，青函一頭栽倒在地。

易士奇大驚，忙蓋緊甕蓋，扶起青函，但見老道面孔已成黑色，氣若游絲，眼見著是不行了。他一把抱起青函，就向重陽宮中跑去。

重陽宮中，眾多的道士正在上早課，見飛奔而來的易士奇，忙閃開一條路，那邊早有道士通報了掌門。

「怎麼回事？」掌門白雲道長嚴厲質問道。

「青函師叔被一個大癩蛤蟆吐的黑煙燻倒了。」易士奇緊張道。

白雲道長伸手切脈，望著青函發黑的面色，搖搖頭站起身來，沉重說道：「他死了。」

「哪兒來的癩蛤蟆？易師弟。」白雲目光炯炯地直視易士奇。

「我昨晚上在後山捉的。」易士奇愧疚不已，囁嚅道。

「帶我去看看。」白雲說著已跨步前行。

後山院子堂屋。易士奇指著瓷甕道：「掌門師兄，就在這裡，危險。」

白雲輕蔑一瞥，自懷中抽出一張靈符，「啪」地黏在瓷甕上，口中念念有詞。

白雲輕輕地揭開甕蓋，定睛一瞧，不禁大吃一驚！

甕裡昏睡著的，一個是大毒蟾蜍，另一個竟然是失傳百年的全真教聖物——朱蛾。

白雲抑制住狂跳不已的驚喜，問易士奇是如何發現並捕捉到這兩隻毒蟲的。易士奇將昨晚發生之事說給了掌門聽。

天意啊，若不是青虛道長引此人上山，信中指明住在後山舊宅，這失蹤百多年的本教聖物，又如何可以失而復得？只是可惜了青函師叔的一條性命，但這也是冥冥中註定的劫數使然，白雲暗自唏噓。

白雲表情嚴肅地望著易士奇鄭重說道：「青函師叔因你而死，雖屬過失，依本門戒律理應重罰。但你為本門尋找到了失傳百多年的聖物，就算將功抵過吧。」

「什麼聖物？」易士奇不解地問道。

「就是那條毛毛蟲。」白雲道。

第四十三章　朱蛓

掌門白雲道長對易士奇講述了全真教聖物朱蛓的由來。

金世宗大定元年（西元一一六一年），祖師王重陽在終南縣南時村掘穴為居，墓碑書「王害風靈位」，世人稱「活死人墓」。但鮮為人知的是，墓塚中不但房間眾多，而且機關重重，重陽宮中也只有數名輩份極高的道人方可以進入，其他道眾不僅不可接近墓區，甚至私下議論也是絕對禁止的，觸犯門規會受到嚴厲的處罰。

因為墓穴之中隱藏著本派一個天大的秘密，就是墓穴中飼養著一種劇毒的毛毛蟲，稱之為朱蛓。

金世宗大定七年（西元一一六七年）四月二十六日夜，活死人墓突發大火，重陽祖師於火邊婆娑起舞並唱道：「茅庵燒了事休休，決有仁人卻要修。」天明之時只剩殘垣斷瓦，本教的聖物朱蛓則一隻也不見了。

後來明清年間，重陽宮志中有過朱蛓的記載，不過是寥寥數筆帶過。朱蛓最後一次出現，是在一百多年前的滇南茶馬古道上，一支馬幫在西雙版納的猛臘原始森林裡，遭到一群巨大毛毛蟲的襲擊。唯一的倖存者是一個小男孩，他所描繪的恐怖場面登載在當時的上海《申報》上，引起全國的轟動。重陽宮保留了一份《申報》，確認那些毛毛蟲就是朱蛓。

「原來如此，那一百多年後的終南山上怎麼會出現了一隻朱蛓呢？」易士奇自語道。掌門白雲道長沉默不語。

幾個道士小心翼翼地抬走了瓷甕，易士奇低頭跟隨，接著來到了重陽宮正殿上。

易士奇邊走邊想，一方面對青函的死愧疚萬分，另一方面深感大千世界確乃無奇不有，人類所感知的事物卻有限，未知的東西太多了。

道士們抬著瓷甕，繞過供奉著道德天尊、南華真人和沖虛真人金身的供台，來到殿後石階上，那裡有一個石砌的雙池。掌門命人掏乾水池，然後把受符禁制而昏睡的朱蛾倒入一池內，將黑蟾蜍倒入另一池內。易士奇望去，池深丈許，那兩隻毒蟲爬不出來，黑蟾蜍的毒煙也噴不了這麼高，人在上面應是安全的。

「掌門師兄，你貼的符好厲害，是何種靈符？」易士奇知道靈符主要是畫符人的意念磁場，注入黃表紙和朱砂為媒介的筆劃之中，那些彎彎曲曲的符號，蘊含的生物磁場在起作用。

「五行昏睡符。」白雲道長輕描淡寫地說道。

「牠們醒啦。」有道士叫道。

池子裡，朱蛾甦醒過來，懶洋洋地伸長了軀體，小小的腦袋從肥肉褶裡探出來，驚奇地望著上面的人們。

易士奇發現毛毛蟲肥胖的後背上紅腫了一片，上面還有一個黑色的針眼。他知道那是昨晚金蠶刺的，這件事沒跟白雲掌門坦白是對的，萬一這百年一遇的全真教聖物真的死了，自己就又背上了黑鍋。

黑蟾蜍在另一個池子裡也醒了，牠抬起兩隻碩大凸起的眼睛，惡毒地凝視著上面的眾人。

*

重陽宮裡的鐘聲響了起來，這預示著全真教中有重大的事情發生，宮內宮外的道士們都來到了正殿，束手站立，面色莊重。

掌門白雲道長由神龕後轉出來，端坐在掌門人的太師椅上。他的目光巡視一周，四下鴉雀無聲。

「今天貧道要向大家宣佈一件重大的消息，本教失傳一百多年的聖物——朱蛾回來了。朱蛾是本教祖師王重陽真人親手培育的，至今已有一千多年。貧道太高興了，見其如見祖師……」白雲的眼睛濕潤了，言語竟有些嗚咽，「可惜在這次請回聖物的過程中，青函師叔不幸遇難。」

易士奇心中難過，眼睛瞄過去，看見白石道人攙扶著白松站在柱子後面，看來金蠶之毒已解。

「這次是易師弟發現並請回聖物的，易師弟，請上前來。」白雲吩咐道。

易士奇走到掌門太師椅旁。

「易師弟是青虛師叔的徒弟，也就是貧道的師弟，論輩份，也就是你們的師叔。既入道門，須有道號，易師弟屬白字輩，道號就稱『白泉』。」掌門轉過來對易士奇道，「易師弟，如何?下面請白泉師弟講幾句話。」

「諸位同門，白泉初入教門，有不當之處，還望海涵。」易士奇說罷打個稽首。

眾道士紛紛還禮，七嘴八舌道：「這個自然，師叔客氣了。」

「下面貧道宣佈，我教聖物重現江湖一事，任何人不得對外講，否則按門規處罰不貸。」掌門白雲道長轉過身來吩咐易士奇：「白泉師弟，以後就由你來負責本教聖物的飲食起居，還有那隻癩蛤蟆。」

「謹遵掌門之命。」易士奇道。

易士奇心想，養蠱自己是比較在行的，第一要素就是要讓聖物吃得飽飽的。

「掌門師兄，可否分配給我人手，好讓他們出去捉些毒蟲來餵聖物？」易士奇提議道。

白雲點點頭，安排了二十名身手敏捷的年輕道士歸易士奇調度指揮。

易士奇將他們分為三組，實行三班制，輪換捕捉毒蟲、守衛聖物和休息，人員調配好後，三組道士便各司其職。

回到小院裡，小華迎了上來，易士奇告訴她前面發生的事情，並說進山採縮骨草之事也就算了。

黃昏時，進山捕捉毒蟲的道士們空手而回，搜遍了重陽宮附近的樹林、草叢和石縫，只捉到兩三條蚰蜒和一隻壁虎。

易士奇將壁虎和一條蚰蜒投入池內，聖物朱蜮近前嗅了嗅，感到索然無味，便搖搖頭伏到了一邊，拒絕進食。

易士奇無奈，只有將另兩條蚰蜒扔進黑蟾蜍的池內，不料被黑蟾蜍舌頭一捲，瞬間吃下。這傢伙胃口倒是不錯，易士奇想。

「白泉師叔，怎麼辦？如果餓著聖物，掌門可要責罰的。」道士們憂心忡忡地說道。

「不要緊，我有辦法，你們先回去休息。」易士奇吩咐道。

看來，只有金蠶出馬了。

第四十四章　鐵甲蜈蚣

是夜，月亮出來了，皎潔而明亮，照得山林間清晰可辨。

易士奇帶著手套，背著竹簍，裡面放著捉毒蟲的各種用具，如手電筒、長竹筷、塑膠袋、玻璃瓶等等。小華堅持要跟著同去。也好，多個人方便照應。

兩人首先來到昨夜的那座山坳，在林間的空地上放出了金蠶。

秦嶺山脈橫切的山坳很深，隨著地勢逐漸升高，越往內走，樹木植被越發茂盛，人跡稀少。

金蠶一路蹦蹦跳跳地前行，不時地停下觀察著，凡是金蠶沿途經過的範圍，一切蟲鳴皆停，一片死寂。

大約過了一個多時辰，金蠶突然在一株巨大的鐵甲樹下停住了，轉過小腦袋對著易士奇眨眨眼，表示有所發現。

易士奇借著月光望去，這株鐵甲樹有三四人合抱粗，約有二十餘米高，樹身上爬滿了青苔，樹冠高大，虬枝錯結，樹葉堅硬似革。

鐵甲樹又叫鐵橡樹，屬於殼鬥科櫟屬，是一種常綠闊葉喬木，在秦嶺地區一般分佈在海拔一千～兩千八百米之間。由於生長極其緩慢，材質堅硬如鐵，厚革質葉片的邊緣生有許多銳刺，像盔甲一樣，所以當地人稱其為「鐵甲樹」。像這麼粗的鐵甲樹，樹齡怎麼說也有上千年了。

易士奇知道，越老的東西，如老樹、老宅、老井之類的都容易寄居著一些靈異之物，這在相宅風水術上是極為重視的，準確率可以達到百分之八、九十。

易士奇躡手躡腳地上前，原來鐵甲樹的樹身距離地面一米高的地方，有著臉盆大小的一個樹洞。小華拽著易士奇的衣襟，搖搖頭，表示會有危險。

易士奇擺擺手，要她放心。他悄悄貼近樹幹，輕輕將頭探進樹洞，黑暗中有無數隻紅色的小眼睛正在望著他……

易士奇猛地一驚，縮回了頭，後退一步，卻已驚出了一身的雞皮疙瘩。

他做了個深呼吸，低頭望下去，見金蠶仍然蹲在旁邊，並沒有展開進攻的意思，而且還對著他眨了眨眼睛，似乎不想插手。

這說明樹洞裡面的生物危險性不大。

易士奇咬著牙，再次探向樹洞，手裡的手電筒射進洞內，他看見了足足有百多條擠在一起的紫紅色小蜈蚣，牠們大致十公分左右長，全都用驚奇的眼神望著易士奇。

哈哈，發達啦，易士奇轉身從背簍中取出那雙長筷，叫小華打開帶來的玻璃瓶，然後將筷子深入洞裡，夾出一條條不知所措的小蜈蚣塞入瓶中，不一會兒，就已全部裝入了玻璃瓶中。

「能夠在這株老樹中落腳的肯定有點道行，否則早就被其他東西趕走了。」易士奇說給小華聽。

小華突然「噓」了一聲，示意有什麼聲音傳來。易士奇屏氣靜聽，果然遠處的草叢中有嘩啦啦的聲響，朝這裡快速奔來。

此刻的金蠶已經表現得十分緊張，弓起了金黃色的身軀，小眼睛一眨不眨地盯著草叢。

嘩啦啦的聲音停了，月光下的草叢突然分向兩邊，一個黑紫色碗口大小的蜈蚣腦袋伸出來，兩隻鴿蛋大的凸眼和兩隻鉤狀的牙爪赤紅如血，威風凜凜……

金蠶慢慢地後退，大蜈蚣向前進逼，爬出了草叢。牠足足有兩三尺長，小孩手臂般粗細，密密麻麻的腿可能有一百多對，渾身上下呈黑紫色，上有一圈圈的金環，反射著朦朧的月光，彷彿披著一身鐵甲。

易士奇悄悄地將手中的玻璃瓶藏向身後，不料還是被那鐵甲蜈蚣發現了，牠蜷起身軀，呼地彈起數尺，一路嘶嘶作響地朝易士奇撲來。

*

可是金蠶比牠更快，只見一道金光衝天而起，空中一個折轉，那無比尖利的喙早已刺穿蜈蚣頭部的硬甲，深入其腦幹。

好險啊，那大蜈蚣血紅的兩隻鉤狀牙爪在易士奇面前咫尺處落下，但見牠渾身抽搐，口中吐著白沫。不一會兒，伸直了一百多對腳，挺了幾下死去了。

真不愧是天下第一毒蟲，易士奇感激地望著氣喘吁吁的金蠶，金蠶拔出尖喙，朝易士奇眨眨眼……

「好險啊，我都不敢看了。」岩黑心有餘悸地說。

「咦，你……能看得見？」易士奇驚愕不已。

「我感應到的，剛才的磁場太強烈了。」岩黑說。

「好吧，今晚就到這裡，我們回去吧。」易士奇收好金蠶，背起竹簍，戴上手套抓起那條死蜈蚣和小華返回。

次日清晨，值班的道士們看見白泉師叔捉了這麼多的蜈蚣，簡直佩服地五體投地。

那聖物毛毛蟲見到丟下去的巨大蜈蚣喜出望外，上前就是一口，咬破了蜈蚣紫紅色的頭甲，拖出柔軟的腦組織大啖起來。

黑蟾蜍一口氣吞下十餘條小蜈蚣，若不是易士奇考慮細水長流，恐怕那全部的一百多條蜈蚣，牠也能一頓都吃光。

易士奇看著瓶子裡剩下的那些小蜈蚣，牠們一個個瞪著無助的眼神，萎靡不振地等待著被吞噬的命運，心中突然產生了一絲憐憫。

弱肉強食，是自然界殘酷的生存法則，人類又何嘗不是如此呢？

易士奇嘆口氣想，是否應該去搞點人工飼料來餵養？現在城裡吃的豬、雞、魚肉類不都是飼料餵大的嗎？儘管很久以前牠們是吃天然食物的……可是，該給聖物餵食哪一種飼料呢？毛毛蟲本應該吃植物的葉子，但牠卻是食肉類，看來需要自行配製才行。

反正手下有二十個道士可供支配，說幹就幹，他分配這個道士去買玉米麵，那個去買魚蝦粉，蛋白質是絕對需要的。最後他寫了一張食物添加劑的單子，裡面有磷酸鈣、鉀、氨基酸等生長所須的元素，還有一些抗生素，最後又開了些瘦肉精，他可不希望聖物生病或營養不良。

眾道士們忙了一整天，下午稍晚的時候已基本備齊，全部送到小院中。

易士奇將所有的材料統統混合在一起，加水進行攪拌，然後大家一起動手，搓成如指甲般大小的球狀。易士奇嚐了一口，味道還蠻不錯的。

黃昏時，有道士來報，黑蟾蜍吞吃掉了數十粒飼料球，而聖物毛毛蟲，則因還有大半隻蜈蚣屍體，所以暫時拒絕進食。

易士奇樂觀地估計，食物匱乏的問題基本上得到了解決。

第四十五章 說道

晚飯時，小華蒸了些上次下山時偷偷買回來的醃肉，切成滿滿一大盤端了上來，易士奇聞著那沁人肺腑的鹹香食指大動。

全真教是戒食葷腥並禁欲的，門規甚嚴，與南方的符籙派不同，如天師道、龍虎宗、茅山宗則不予禁止。

「易大哥，金蠶不過是條蟲子，怎會如此厲害？」小華問道。

易士奇噍下一片鹹肉，說道：「金蠶可不是普通的蟲子。最近閒暇時，我仔細看了那本《金蠶蠱術方》，才知道金蠶實際上是一種變異的爬蟲。」隨後，他詳細地敘述了書中所描寫的金蠶蠱。

農曆的五月初五端午日午時，是一年當中陽氣最盛的日子，也是山林野外毒氣最盛的時候。在這一個時辰內，到田野中任意捉十二種爬蟲回來，放入埋在堂屋地下的小口大腹缸內，通常是些毒蛇、蜈蚣、蠍子、蚯蚓、鱔魚、蜘蛛、蟾蜍、螳螂、蜥蜴、壁虎及大綠毛蟲等，總之會飛的和長四隻腳會跑的一律不要。一年之中，這些爬蟲在缸內互相吞噬，弱肉強食，最後只剩下一隻，這隻爬蟲吞食了其他十一隻以後，自己也就改變了形態和顏色。

一種形態為「龍蠱」，樣子如一條小龍般，可以短暫地飛升，像團火球盤旋在樹梢的高度，是由毒蛇或蜈蚣等長爬蟲變成的。還有一種形態稱之為「麒麟蠱」，身材臃腫並長著鱗甲，威風凜凜，會打洞，可鑽入地下三尺，神出鬼沒。

最厲害又極罕見的，就是變成一隻金黃色的蠶，概率連百分之一都不到。牠有靈性，能夠與主人溝通，而且機智善謀。一旦金蠶百歲，可於黃昏時化為黑色的影子，見不到牠本身的實體，殺人於無形。凡是中金蠶蠱者，體內均會發育數十至數百隻不等的黑色屍蟲，噬食其人的內臟和腦漿，在嚥下最後一口氣之前由口鼻逃出人體，恐怖至極。

金蠶喜歡清潔，包括居住環境和主人的個人衛生，愛吃豬油炒飯和飲主人唾液口涎等體液。

「易大哥，你這隻金蠶幾歲了？」小華聽入了迷，興致盎然地問道。

「聽伊老爹說，這隻金蠶已經六十多歲了。」易士奇回憶道。

「為什麼一百歲後牠就能化為黑影？難道真的看不見牠的身體嗎？」小華接著問。

易士奇笑了笑，說道：「這是《金蠶蠱術方》上說的，我也沒見過。我推測金蠶的生物磁場頻率一方面與人類的十分接近，因此牠才能讀懂主人的意思。另一方面，牠的生物磁場又十分怪異，如果金蠶活過一百年，很可能牠那怪異的磁場，會在一天中的某一特定時刻不反射光線，或者使光線發生扭曲，繞過牠的身體，人的眼睛自然就看不見牠了。」

「哼，只知其一，不知其二，養金蠶的人都沒有好結果，『金蠶食尾』，最終反噬主人你可知道？」頭腦中傳來岩黑不滿意的話語。

「你說說看。」易士奇笑了。

「凡是金蠶的主人，其後果註定孤、貧、夭三者其一。其間若不嫁金蠶放牠離開，終有一日會被反咬一口。」岩黑道。

「這些書上有講，我已經知道了。不過這隻金蠶與我彼此心有靈犀，應可相安無事。」易士奇安慰岩黑。

「易大哥，我們可以問一問金蠶牠幾歲嗎？」小華興趣不減。

易士奇微笑著掏出瓷瓶，拔出瓶塞，看著金蠶探出頭來。

「金蠶，你已經活了多少年？」易士奇問。

金蠶眨了眨眼睛。

「五十年？」易士奇接著問。

金蠶沒反應。

「五十五？五十六？五十七？五十八？五十九……」易士奇一路數下去。

金蠶使勁地眨著眼睛。

「原來金蠶五十九歲，比我年齡還大一倍，可是你又不是人，我就稱呼你一聲老兄吧。」易士奇一本正經地說道。

金蠶又眨動著眼睛。

「金蠶老兄。」易士奇輕叫著。

「肉麻。」岩黑說道。

＊

次日清晨，掌門白雲道長派人送來幾本書，有老子《道德經》、莊子《內篇》《雜篇》和《外篇》，掌門口諭，要求白泉師弟通讀至背誦。

易士奇一見頭都大了，簡直迂腐之極，他氣得將書摔到一邊，去餵聖物毛毛蟲去了。

小華揀起一本書翻了翻，那是莊子《內篇‧逍遙遊》，她饒有興致地往下看，看看究竟裡面有什麼能讓易大哥氣惱地拂袖而去。

「北冥有魚，其名為鯤。鯤之大，不知其幾千里也。化而為鳥，其名為鵬。鵬之背，不知幾千里也。怒而飛，其翼若垂天之雲。是鳥也，海運則將徙於南冥。南冥者，天池也。」她放下書本，心中尋思，這書不錯呀，易大哥為什麼不高興呢？小華讀書時學過古文，儘管一知半解，但也能看個囫圇吞棗。

算了，還是去捕捉些小蟲子吧，易大哥見了肯定會高興的。想到這兒，她便背起竹簍沿著前夜的路獨自進山。

易士奇與幾名道士正在後殿給聖物和黑蟾蜍餵食，白石道人扶著重傷初癒的白松道長，也來觀賞重現江湖的本教聖物。

「白泉師弟，這就是本教聖物朱蛾吧，如今師弟可是全真派的功臣啊。」白石道人恭維道。

易士奇哼了一聲，沒有理睬。

白石道人自覺尷尬，便轉過臉去專注池下。

「貧道深感慚愧，如今既是同門，日後師弟若是有用得著貧道的地方，請儘管開言。」白松道長歉疚地說道。

「師兄不必客氣，我現在就想請教師兄幾個問題。」易士奇道。

「請講。」白松道長誠懇答道。

「師兄能否為我解釋一下道家符咒？」易士奇問道。

白松道長點點頭，略為思索片刻，說道：「道家符咒是自古以來山、醫、卜、命、相、五術之根本。無論南北兩派側重點不同，但符籙的四大要訣是共同的。符，就是書符，代表靈界公文和法規；咒，就是咒語，代表靈界密碼與號令，起說服作用；印，就是手印，代表靈界的權威和印信；鬥，就是步罡鬥，分五行、七星、八卦等各種不同罡步，是代表不同作用及威力。

總的說來，符咒是中國道家靈修的哲學。古人云：『若知書符竅，惹得鬼神驚。不知書符竅，惹得鬼神笑。』」

易士奇一邊聽著白松講解，一邊強記於心。

「師兄可不可以解釋得再詳細一些？」易士奇接著發問。

「好吧，你聽著，每道符由五個主要部份組織而成。一是點符頭，符咒開筆最為重要，就如同人的眼睛一般；二是主事符神，每道符的功用各有不同，什麼事就該找什麼主事之神符；三是符腹內，此道符功用要用於何事作用，斬妖除邪或鎮宅，在此處即可明瞭；四是符膽，為一道符的精華所至（生魂及靈魂），符能不能靈驗全在此訣；五是叉符腳，（覺魂）為請兵將鎮守之意，符腳變化很多，全看此道符本身用途而定，叉符腳也有口訣的。」白松道長一一道來。

易士奇本來就有風水方面的基礎，聽起來並不費力，他理解道：「據我所知，中國道家的符咒絕對不是迷信，而是古人先哲對宇宙氣場深刻體驗的記錄，這裡面與堪輿術有許多相通之處。例如，曲線符表示柔和之氣，與風水學中曲則有情一樣；直線符代表剛烈之氣，就是風水術常說的煞。世人對道術的誤解主要是道家門中良莠不齊，出現很多坑蒙拐騙之事所導致，其實道教門內亦有許多高人，他們出手往往是極其靈驗的。」

「師弟所言極是。」白松道長贊道。

「我全真派中以誰的道行最深？」易士奇問。

「青虛師叔，簡直深不可測。」

第四十六章 秦嶺神鰲

清晨，山裡的空氣格外清新，鳥兒在樹上愉悅地唱著，路旁的野草上掛滿了晶瑩的露珠，小華歡快地走在山谷間的小道上，一面注意觀察著。

一隻野兔在草叢中探出頭來，驚奇地看著她。

這是深山裡特有的氣息，腐殖土的酸味，野草淡雅的芬芳，樹脂的松香……這一切她閉著眼睛也能感受得到。她自幼就生長在烏蒙山之中，她屬於大山，她是山的女兒。

山谷下白霧彌漫，隱約聽到流水的聲音，她慢慢地沿著一面緩坡攀下，沒多久，來到了一條小溪邊。小溪水清澈無比，看得見水裡游動著的小魚。

小華的目光被吸引到不遠處水中的一團黑色物體上，她走了過去，驚訝地發現那是一隻死去的黃麂，身上釘滿了馬鱉（水蛭）。

那些馬鱉有著暗綠色的脊背，上有黃黑斑點夾雜著棕色條紋，三寸多長，個個膘肥體壯。

小華想，既然五毒蛭是毒蟲，這些馬鱉可能也有毒，幫易大哥抓回去餵聖物豈不是很好？於是她放下背簍，取出玻璃瓶，伸出纖細的手指去掐住馬鱉滑溜溜皮革似的身子，扯下裝進瓶子裡。

突然，由黃麂肚子創口處探出一隻巨大的馬鱉頭來，鮮紅的圓形大吸盤滴著口涎向小華襲來。

小華手指一翻，靈巧地捏住大馬鱉的脖子，將其從黃麂肚子裡拉了出來。好傢伙！這隻大馬鱉足有一尺多長，四五斤重，上下兩個吸盤。好在馬鱉的身體能伸長變形，否則那個玻璃瓶還難以裝得下呢。蓋上瓶蓋，隔著玻璃，看得見那馬鱉憤怒地盯著小華。

可以了，小華想。

重陽宮後殿，白松道長盡其所能地講解全真派的符咒原理，易士奇聽得是抓耳撓腮，喜不自勝。

「符分為七種用法。化法，也就是一般人所說的焚化，直接用火燒即可，從符尾開始點燃，如果能摺成令劍形狀則效果更好；佩法，就是將符紙摺帶在身上，大多摺成八卦形，然後用膠套裝封，便於隨身攜帶；貼法，直接將此道符貼於物品上，另外有種藥符是直接將符的正面貼在患處，或是火化後與藥物混合一起使用；吃法，先將符放在碗中或茶杯中火化成灰，然後再沖陰陽水，等符水澄清後再飲用；煮法，又叫煎法，就是把符放在藥壺裡煎煮，煮法有兩種不同的形式，一是只用一張符與白水共煮（有時符水會變色，甚至有藥味），一是和一些中藥合煮；洗法，可直接在浴盆或臉盆，將符火化成灰後再加陰陽水來洗，洗完後將符水潑出戶外或是無人空地；擦法，符火化後加沖陰陽水，用劍指或金剛指沾符水來擦身體，通常先擦頭部，再沾符水拍一拍胸前以及背部，有時可佐以噴法，所謂噴法是口含符水，並用劍指放在自己嘴前，用力一噴，符水經由劍指而到達被施術者的身上。上次在太乙池為師弟作法便是用擦法。」白松道長不好意思地說道，略顯尷尬。

「事情已經過去，師兄亦不必耿耿於懷。」易士奇淡淡一笑。

「易大哥！你看，我給你捉來了什麼？」小華滿身露水，高舉著瓶子跑了進來。

白松道長一見瓶中的馬鱉，臉色一變。

＊

「小華，從哪兒捉了個這麼大的螞蝗？」易士奇贊許道。

小華便告訴易士奇，她在山谷小溪裡發現黃麂的屍體，上面都是馬鱉，肚子裡的這隻最大，也最兇，抓來是準備餵毛毛蟲吃的。

「萬萬不可，此乃秦嶺神鱉。」白松道長急忙阻止。

「神鱉？牠是一條螞蝗，也就是水蛭呀。」易士奇驚訝道。

「這可不是普通的馬鱉，據《本草綱目》記載，自古秦嶺山中產一種身軀龐大類似馬鱉，也就是螞蝗的藥蟲，稱之為秦嶺神鱉。此鱉春季產子，食性頗雜，喜食動物內臟，但只飲夏冰、秋露和臘雪。夏天的冰多藏於山洞及地穴，冰乃太陰之精，由水變化而成，所謂物極必反是也。露是陰氣積聚而成的水液，是潤澤的夜氣，在道旁萬物上沾濡而成的，味甘，性平，稟承了夜晚的肅殺之氣，入藥極佳。再說臘雪，凡是花都是五瓣，雪花卻是六瓣，六是陰數。冬至後第三個戌日為臘。臘前的雪，很宜於菜麥生長，又可以凍死蝗蟲卵。如瓶裝密封後放在陰涼處，數十年也不會壞。用臘雪水浸過的五穀和種子，則耐旱而不生蟲；灑在桌几和床席上，則可趨避蒼蠅、蚊子。春天的雪有蟲，水也易敗壞，所以秦嶺神鱉寧忍乾渴也不喝。由此可見，此鱉體內經數百年的夏冰、秋露和臘雪浸淫，身含藥性，實屬罕見啊。據貧道所知，秦嶺神鱉已數十年不見蹤跡了。」白松道長感慨道。

小華拍手道：「哎呀，那我豈不是一下子捉了上百條的秦嶺神鱉？」

白松笑了：「哪裡有那樣的好事！只有這一條才是秦嶺神鱉，其餘的不過是普通的馬鱉。你看看，秦嶺神鱉前後共有兩個吸盤，前面吸食，後面飲水，是也不是？」

小華仔細看了看，果真如此，只有那個大傢伙才前後都有吸盤。

「聖物本身劇毒，若餵食神鱉，則兩相抵銷，毒一解，本派聖物豈不是成了廢物？」白松說道。

「毛毛蟲不可以吃，黑蟾蜍也最好不吃，不然就變成普通的癩蛤蟆，金蠶老兄更不能吃，那怎麼處理牠呢？」易士奇說道。

「金蠶都五十九歲了，怎麼還叫老兄？」小華道。

「老兄就是很老的兄，沒問題呀。」易士奇調侃道。「書上說，金蠶乃一十二種毒蟲變化而成，雌雄同體，每六十年生育一次，明年我們就可以抱小金蠶寶寶了。」

「有了！秦嶺神鱉可以去除你體內的五毒蛭。」白松道長突然說道。

第四十七章　南五台山

易士奇聽到白松道長說神鱉可解五毒蛭之毒，忙請教如何解法。

白松說道：「道家符咒向來都是採用剛烈之法，強行驅除體內之魔，像五毒蛭這樣躲藏在腦袋裡，硬碰硬必會損壞腦部組織。秦嶺神鱉就不同了，牠可以逐步溫和地分解毒素並將五毒蛭吸出體外。」

「是分解聚合嗎？」易士奇想起蘭教授的話。

白松道長未置可否，繼續說道：「作法是將神鱉吸盤吸附在後腦杓的風府、風池、天柱、啞門四大要穴之上。頭部為諸陽之會，請掌門師兄請出我全真教鎮山『真武印』封住師弟頭部正面頭維、印堂兩穴，側面分別封住太陽穴、耳門穴和頭頂門的百會大穴，連續十二個時辰即可驅除師弟腦中的五毒蛭了。」

易士奇沉吟片刻，說道：「白松師兄，請稟明掌門為易某驅除毒蛭，易某感激不盡。我還有些事情需要安排，這就下山一趟，天黑前趕回。」

易士奇與小華回到了院子裡。

「易大哥，我還是對這些老道不放心，你真的要他們為你驅除五毒蛭嗎？我還是有異常強烈的預感會出事。」

「我這就趕往南五台山與格桑活佛商量一下，但願他還在那裡，我感覺此人值得信賴，妳在家裡等著，我會快去快回。」易士奇交代完便匆匆下山。

南五台山為終南山支脈，在西安市以南三十公里處，山上有大台、文殊、清涼、靈應和捨身五個小台，也就是五座小山峰，因其位於陝西耀縣藥王山以南，故名南五台。此處山形峻峭，峰巒重疊，森林茂密，景色極為秀麗，為終南山之最。

中午時分，已至南五台山下。易士奇望著五台秋色，藍天白雲下的滿山紅葉，如此美景卻是無心觀賞，向途人問明道路，便急忙趕上山來。

通往主峰的山口處露出黃牆黛瓦，近前看是一座彌陀寺。院內長有兩株高大的玉蘭樹，顏色深綠，枝葉茂盛。繼續前行不遠就來到了塔寺溝，一座保持完好的隋代建築五佛殿和聖壽寺塔呈現在眼前。

易士奇望著這座有名的隋代閣樓式磚塔，據說西安唐代的大雁塔即是仿照此塔修建的。塔下就是五佛殿，殿前兩株古槐樹，粗有五米多，高二十餘米，相傳植於唐代，至今一千三百餘年了。

易士奇上前詢問坐在老槐樹下的一個和尚：「請問師傅，可知道格桑活佛在哪兒？」和尚搖搖頭說不知道。

「施主可是要找前幾日來掛單[7]的那個紅衣喇嘛？」身後說話的是一個手持掃帚的小和尚。

「正是，請問小師傅，現在他人在哪裡？」易士奇趕忙問。

7 這裡指遊方僧侶投寺寄住。

小和尚手指遠處的最高峰，說道：「看見那座最高的山峰了嗎？那就是大台，也叫觀音台，那兒有隋朝的圓光寺舊址。那個怪喇嘛非要在那裡住，那上面沒有吃的，也沒有遮風避雨的地方。」

易士奇道謝後，向那座山峰而去。那紅衣喇嘛一定是格桑活佛，沒有房子與食物是難不倒密宗苦行僧的。

*

俗話說：望山跑死馬。易士奇沒想到通向觀音台竟有二十里路之遙。一路上，山重水複，峰迴路轉，險峰秀岩，目不暇接。他在涓流如帛的流水石瀑布旁坐下休息，用手掬了些山泉飲下，泉水清冽甘甜沁腑，舒爽至極。放眼望去，那邊孤峰獨秀的是送燈台，腳下是屈腿靜臥的犀牛石，最高處峻拔凌霄的才是觀音台。黃昏時分，易士奇終於到達了峰頂。夕陽西下，群山沐浴在金色的餘暉下，文殊、清涼、靈應和捨身四峰之間彷彿升騰起團團的紫色煙靄。「好風水啊！」易士奇禁不住脫口讚道。

「易老弟再不來，貧僧就要東去普陀了。」夕陽裡傳來熟悉的聲音，那生硬的普通話。

易士奇定睛望去，懸崖邊一塊探在半空之中的巨石上，坐著一個僧人。他火紅的僧衣與天際的彩霞渾為一體，恍若天人，正是格桑活佛。

易士奇沒有作聲，仍舊是呆呆地望著滿身金光的活佛。這一刻，他似乎終於感悟什麼是『道』了……

「道，即是與自然融於一體，『天地所以能長且久者，以其不自生，故能長生』。」易士奇喃喃自語道。

「哈哈，易老弟果然慧根奇佳，天永恆而地無垠，天地之所以永恆無垠，正因為它們並非存在於自身，如此才能得到永恆。易老弟還是不肯作我門下弟子嗎？」

「大師，我至今仍未決定何去何從，一切隨其自然吧。上次蒙大師傳我密咒，受益匪淺。今天特意前來請教大師，今晨偶得一條能解百毒的秦嶺神鱉，欲請全真教白雲掌門施法，以神鱉吸出我腦中之五毒蛭，此法可行否？」易士奇恭敬地問道。

「貧僧曾聞秦嶺神鱉，聽說在秦嶺山中已有數十年不見其蹤跡，若真的是神鱉，老弟之毒可解。」格桑活佛道。

「我是說，上次全真教掌門的兩個師弟為我驅毒，心存歹意，我差點被搞成殘廢，這次難免心有餘悸。」易士奇嘆道。

「貧僧不好妄言老弟道中之事，但我看你神氣雖略有晦澀，但印堂光滑紅潤，應無大礙，放心去吧。」活佛說道。

「大師可有護身之術，教我以防萬一？」易士奇尷尬道。

「須入我門下，密宗門規甚嚴，恕貧僧無能為力。」活佛淡淡道。

「打擾大師了，請恕我魯莽。」易士奇懊喪之極。

「好說。」活佛擺擺手。

「在下告辭。」易士奇心灰意冷道。

「嗯。」活佛哼道。

易士奇一路跌跌撞撞下山，天色漸漸地暗了下來。

活佛今天怎麼這樣小氣呢？難道我現在不願加入他的門下，他就對我如此漠不關心？似乎太世俗了點吧？

月色如水，山路清晰，易士奇獨自走著走著，竟生寂寞之感，他拍拍腦門，叫道：「出來陪我說說話！」

「我心情不好。」岩黑吞吞吐吐說道。

「你有什麼心情不好的？」易士奇問道。

「你想想，我還剩多少天啦？這裡氣候又涼又乾燥，老道們個個心術不正。我想念我的哀牢山。」岩黑幽幽道。

易士奇語塞了，是啊，岩黑所剩的日子不多了，若是這次驅除毒蛭成功，我應該返回哀牢山一趟了。

重陽宮大殿上，掌門白雲道長面無表情地對身旁的白松、白石兩位師弟說道：「驅除五毒蛭時，只要中斷半個時辰即可。」

「師兄放心，那小子這次無論如何都必死無疑。」白松咬牙切齒地說道。

月光下的南五台山觀音峰上，格桑活佛望著圓圓的月亮和滿天的星辰，自言自語道：

「這小子有危險，貧僧要會會那些老道了。」

第四十八章　驅魔

易士奇一路馬不停蹄地趕回重陽宮時，已經是凌晨時分了。他悄悄繞到後山小院，見自己的西屋亮著燈。他推門進去，原來是小華坐在椅子上一直在等他。

易士奇心中一熱，不知說什麼才好。

「易大哥，你終於回來了。」小華頓時眼眶紅了。

她告訴易士奇，傍晚時，白松道長來過幾次，問他回來沒有，讓他做好準備驅魔。

易士奇沉思了片刻，取出懷中一直不離身的瓷瓶，鄭重地交給小華，說道：「萬一我有什麼事，妳須速速溜下山去，前往大苗山找苗疆女巫春花婆婆，將金蠶和《金蠶蠱術方》及青銅鏡交給她。其後妳若願意就前往哀牢山一趟，將我的情況告訴岩坎老爹。妳已經無依無靠，孑身一人，我請老爹收留妳，山陰村就再也不要回去了。那裡鬼祟異常，十分危險，妳哥哥的遺言也要妳永遠離開山陰村。」

「易大哥，我要和你在一起，你是我在這個世上唯一的親人，我決不會離開你。」小華堅定地說。

無論易士奇怎樣勸說，小華就是不肯。

「別吵啦，你們也應該聽聽我的意見。」岩黑不滿地嘟囔道。

「好吧，那你就說說你的看法。」易士奇拍了拍腦門。

「我的意見是兩個，分為上下兩策，你想先聽上策還是下策？」岩黑賣弄道。

「別囉嗦了，一起說出來吧。」

「上策是，按照我原來的設想，我教你巫咒，將五毒蛭縮小後寄居在你的胃裡。這樣你的口腔裡，除了舌頭之外又多了個吸盤，既方便又實用，豈不快哉？」岩黑嘿嘿笑道。

「這一策太噁心，否決。」易士奇不由分說道。

「好，下策是趁著現在夜深人靜，我們一起偷偷溜下山去，星夜趕往哀牢山。」岩黑嘆了口氣。

「你們現在都是朝壞的方向去想了。我的想法是，既然青虛道長也給掌門留了書信，小華恰巧捉了絕跡數十年的解毒良藥——秦嶺神鱉，這些都是機緣啊。白松和白石兩位師兄已經知錯，我們也應予其改過的機會。你們都不要再說了，讓我來用乾隆雕母卜上一卦。」

易士奇從懷中取出那三枚乾隆通寶，合於掌中，貫通心意，掌心一熱，拋出銅錢。

銅錢在空中碰撞，叮咚悅耳……

卦象已成，卻是乾上離下，得一《同人》卦，周易第十三卦。

易士奇哈哈大笑，道：「你們看，《同人》卦，同人與野，亨，利涉大川，利君子貞。天下有火之表像，天在高處，火勢熊熊而上，天與火親和相處。再看九五爻動，同人，先號啕，而後笑，大師克相遇。」

「易大哥，這是什麼意思？」小華急切地問道。

「是啊，麻煩你解釋一下。」岩黑附和道。

「此卦象徵與人和睦相處，有利於君子明辨事務，求同存異。《象辭》中這樣分析說，開始大聲痛哭，說明內心因不知戰事的勝敗而焦急。後來大軍遇到了志同道合者，終於獲得了勝利，於是就破涕為笑了。」易士奇解釋道。

「鐺……」重陽宮內悠揚的鐘聲響了。

清晨，陰沉的天空下起了毛毛細雨，打在裸露的皮膚上冰涼沁骨，使人感到了深秋的寒意。

驅魔儀式在重陽宮正殿上進行。

大殿正中央，易士奇在一塊蒲團上盤腿打坐，掌門白雲道長、白松道長端坐在另兩塊蒲團之上。四周按天罡步排列著數十名道士，白石因犯戒已被逐出全真教，故只是躲在大殿角落做看客。

掌門白雲道長手捧全真教鎮山之寶——真武印，這是一方只有二寸五分的雷震棗木方型法印，陽精封篆，盛以絳囊。

「白泉師弟，此乃我終南山重陽宮真武印，是祖師王重陽當年親手所製，其封泥鎖住四方各百步，則虎狼不敢近前；以印印泥，斷其道路，則神鬼靈魅不得逃逸，極為靈驗。我需要先將你的頭部兩側、正面和頭頂幾大要穴以印封住，只留腦後供秦嶺神鱉吸毒，如何？」白雲說道。

「請師兄動手。」易士奇平靜說道。

白雲點點頭，自絳囊之中取出真武印。早有道士捧過朱砂印泥，白雲使印沾泥後，連印易士奇頭維、印堂、太陽、耳門及百會諸要穴。

與此同時，白雲和白松口中誦行印咒：「幹象天靈，坤以運載，不得違時，周而復始。

天丁受吾神印，六甲衛吾身形，何神不從，何鬼敢當。吾印指天天傾，指地地裂，指人人長生，指鬼鬼絕滅，指山山崩，指水水竭，指雲雲舒，指木木折，指風風停，指雨雨歇，帝君授吾神印化攝，汝等有違吾令，四肢伏折，急急如天帝律令敕。」易士奇感到頭上印封諸穴開始發燙，如同火炙一般。

有道士奉上玻璃瓶，打開瓶蓋，將瓶口對準易士奇的後腦勺。只聽得「啪」的一聲，秦嶺神鱉自瓶中滑出，那冰涼涼、黏糊糊的大吸盤吸住了易士奇的腦後風府、風池、天柱、啞門四大要穴，四股涼氣直透顱內。

白雲再下印咒：「三五堂堂，日月為光，陰陽交會，四時中央，神印一下，萬鬼滅亡，急急如律令。」

易士奇此時腦中突發陣陣眩暈，他知道這是秦嶺神鱉在向外吸拉五毒蛭。他就這樣迷迷糊糊地打坐著，也不知過去了多少時間。

小華焦急地站在柱子後面，她感覺到全真派真武印的強大排斥力，只能遠遠地望著閉目打坐的易大哥。

太陽就要落山，六個時辰過去了，易士奇仍舊迷迷糊糊的。但身後的人看得很清楚，在他的後腦部，滲出一攤黑乎乎的柔軟物質。

白松眼睛望著掌門白雲道長，白雲不宜察覺地點了下頭。

白松站起身來，左手掐枷鬼訣，食指中指相叉，無名指與小指也相叉，中心開穴，大指掐寅上，來到易士奇身後，右手掌心是早已準備的一捏辣椒粉，裝作檢查神鱉情況，右手撫過神鱉後吸盤，神不知鬼不覺地將辣椒粉全部抹在黏糊糊的吸盤鞭毛上。

秦嶺神鱉本是解毒的神物，對任何毒藥均可解，但對於自然的辛辣調料卻十分敏感。全真教久居秦嶺，白松道長深知神鱉的習性，故此用的是西南出產極辣的朝天椒粉。

秦嶺神鱉此時已經將五毒蛭吸出了一半，突然尾部的飲水吸盤傳來一陣火辣辣的猛烈熱燙感。神鱉無法忍受如此強烈的辛辣刺激，連連打著噴嚏，主吸盤由易士奇的後腦杓掉落在地。

本來秦嶺神鱉一面分解五毒蛭的毒素，麻痺牠的神經系統，一面緩慢平和地將其身體逐漸分解拉出。但此刻的五毒蛭在腦顱內的另一半身體，因麻痺中斷而猛然警覺。這時，最強烈的一種毒素──喜毒發作了。

一種喜悅之情湧上易士奇的臉上，他的嘴角慢慢地現出了微笑……

第四十九章 重陽宮之變

掌門白雲道長面無表情地站立起來，對一個道士頭說道：「此乃天意，非我等所能做到的。罷了，撤去金罡陣，退出大殿。」

那道士應諾著帶眾道士退出大殿。

這時，一個道士慌慌張張地由後殿跑出來道：「稟掌門，後面打起來了。」

白雲道長臉色一沉，說道：「什麼打起來了？」

「聖物和癩蛤蟆打起來了！」那道士補充道。

白雲一甩袖子，匆匆向後殿而去。白松看了易士奇一眼，鼻子哼了一下，也跟著去了，整個大殿之上，轉眼之間竟走的空空蕩蕩。

小華急忙從柱子後轉出，朝易士奇奔來，那些道士們的金罡陣一撤，圍繞著易士奇的罡氣也就沒有了。

小華雙手抓起躺在地上，仍舊噴嚏不斷的秦嶺神鱉，將其吸盤對準易士奇的後腦杓，使勁地按著。無奈那神鱉只顧身體不停地收縮，打著連串的噴嚏，根本無法再吸。

小華叫喊著易大哥，幾乎哭出聲來。

「薩坦阿祗伽都伽婆夜……」一聲密咒傳入小華的耳朵，格桑活佛火紅的僧衣從殿門飄然而至。

格桑活佛口中誦著密咒，來到易士奇面前，出指如風，連點其頭部十二梵穴，易士奇臉上的笑容凝固不動了。

「我們一起離開終南山吧。」格桑活佛對小華說道，輕輕將易士奇背在身上。

他們出了大殿，轉向後山小院，小華進屋取點東西後，與格桑活佛一路向後山坳而去。

掌門白雲和白松道長來到了青石池旁，見到那黑蟾蜍不知怎的竟跑到隔壁聖物朱蛾一邊去了。此刻，毛毛蟲和黑蟾蜍正劍拔弩張地對峙著。

黑蟾蜍圍著池子邊繞圈，不時地噴出黑煙。毛毛蟲原地打著轉，也不甘示弱地射出毒汁，兩方旗鼓相當。

「趕快分開牠們。」白雲吩咐道。

一個小道士取來根竹竿，伸進池中去撥黑蟾蜍。黑蟾蜍大怒，兩隻有力的前爪抱住竹竿一拽，就把竹竿拖入了池中，那小道士差點失手掉進池裡。

「快去拿罩網。」白松叫道。

又有道士取來長柄罩網，眾道士費了九牛二虎之力，才將黑蟾蜍擒住，放回原先的池子裡。

「以後要多多留意，萬不可再發生這樣的事了。」掌門白雲道長嚴厲地說道，然後朝白松擺擺手。

兩人回到大殿，易士奇已經不見了……

格桑活佛背著身材魁梧的易士奇依然奔走如飛，遇到小溝坎便飛身而過，這大概就是小說裡的輕功吧，小華想。

他們沿著秦嶺東西走向的山溝一路向上攀去，小華緊緊地跟在活佛身後，氣息均勻，腳步輕盈。

格桑看在眼裡，頗為驚訝。他停下腳步，輕輕地放下易士奇，讓他靠在一棵大樹下。

「謝謝活佛叔叔相救。」小華感激道。

「不必言謝，貧僧這是在救未來的徒弟呢，這回他再也無話可說了吧。」格桑道。

小華看易士奇後腦上還有一些黏乎乎的黑色物質，就準備用手去抓。

活佛連忙阻止道：「萬萬不可！扯斷了毒蛭會再生，醫治起來就更麻煩了。」

小華趕緊住手，她問格桑活佛：「剛才老道們都跑到殿後，那毛毛蟲怎麼了？」

「貧僧把癩蛤蟆丟進毛毛蟲的池子裡去了。」格桑哈哈笑道。

「哎呀，我忘了，」小華沮喪萬分，「方才應該將秦嶺神鱉帶來的。」

「貧僧現在用密咒暫時鎮住五毒蛭，醫治之法我還要琢磨琢磨。」活佛撓了撓頭。

「快看！」小華指著易士奇叫了起來。

易士奇的臉上又重新開始了微笑……

*

「唵嘩嘰叭咩吽……」格桑活佛念起了金剛持心咒。

易士奇頭上真武印抵銷了大部分的密咒磁場，以致於格桑活佛的功力真正到達五毒蛭身上的很少。如此一來，不但難以克制住毒蛭，反而使其更加暴怒，這畢竟是一條經過五次蛻皮的五毒蛭，其兇悍程度可想而知。

易士奇頭部蒸騰著白氣，臉上的肌肉在不斷地抽搐著，似笑非笑，令人感到詭異至極。

「先給他弄點水來喝。」活佛說道，額頭上已經冒汗，他只能加大誦經頻率。

小華趕緊尋找盛水器皿，急切之下自易士奇身上取了骨碗便攀下谷壁，去谷底的小溪中取水。好在她自幼長在烏蒙山區，身手十分敏捷，不一會兒就端回來一碗溪水，基本上沒有溢出多少。

她拉扯著易士奇緊閉的嘴唇，將冰涼的溪水往嘴裡倒，無奈易士奇牙關緊閉，已無法吞嚥，溪水沿著他微笑的嘴角流下。

小華輕啟朱唇，自己喝了一口，然後以唇接唇的方式，慢慢地將溪水餵進易士奇嘴裡。一口下去，他緊閉著的牙關竟然鬆動了少許，又是一口下去，他的雙齒則張開了一條縫。小華大喜，忙將溪水一口口灌下。少頃，一碗水已經全部灌入易士奇口中。

須臾，易士奇睜開了眼睛，臉上詭異的微笑不見了，他只是雙目直勾勾地望著小華……此刻，小華發現易士奇頭上朱紅色的真武印正化作一縷煙塵，發出「吱吱」的燒灼聲，他的腦後又滲出大量黏乎乎的黑色物質，那是五毒蛭分解的身體正在源源不斷地流出。

淚水模糊了小華的雙眼，她的易大哥得救了。

格桑活佛停止了念咒，詫異地望著這一切，剛才還是岌岌可危的局面竟然迎刃而解了。他心裡明白，這不是密咒的功效，一定是另有原因。

格桑看看小華，又看看易士奇，慢慢地，他的目光聚焦在那只盛水的碗上，那只毫不起眼的黑褐色骨碗上……

「多謝大師相救。」易士奇終於說話了，小華一屁股坐在地上，喜悅的眼淚噴湧而出。

「小兄弟，是這只碗救了你。」活佛坦然說道。

「碗？小華，這是怎麼回事？」易士奇感到後脖頸上黏乎乎的，便用手往下拉扯。

小華滿面淚痕，已經說不出話，只是幫他往下拽著五毒蛭分解的那些黑色物質。

「小兄弟，自你昨晚離開南五台山觀音台，貧僧就一路上跟著你來到終南山重陽宮。那些妖道利用秦嶺神鱉為你吸毒至一半之際，竟然使奸令神鱉中斷治療，要你的小命。貧僧到殿後一把撈起癩蛤蟆，丟到毛毛蟲的池子裡，引開大殿裡的老道，將你背了出來。貧僧沒想到的是，全真派的真武印竟然如此厲害，消解了貧僧的金剛持密咒，若不是小姑娘冒險下谷底取來溪水，恐怕大羅神仙也救不了你了。」活佛敘述了事情經過。

「小華，我……」易士奇緊緊地拉住小華纖細的小手感激萬分，不知說什麼好。

小華羞怯地低下了頭，搖了搖肩膀。

「小兄弟，你這碗恐是來歷不凡，盛水後竟然破了全真教的鎮山之印，一舉驅除毒蛭。而且貧僧絲毫感覺不到骨碗中蘊含的真氣，真是聞所未聞，遠勝於密宗的嘎巴拉。」格桑心悅誠服地說道。

「不瞞大師說，此碗來自乾隆地宮，是乾隆爺的陪葬之物，一九二八年被軍閥盜出。是前不久在雲南哀牢山，一位老人家送給我的。」易士奇不敢隱瞞，便如實道出。

活佛細細地觀察著骨碗，突然輕聲驚呼，顫抖著雙手捧著骨碗發愣。

易士奇頗感驚奇，又不好問其緣由，只是疑問地望著格桑活佛。

「你看看碗底。」活佛說道。

易士奇伸手接過碗，看著碗底，骨碗經水浸之後，碗底隱約顯露出來兩個古樸的字跡—

——鄭隱。

「拜屍教！」易士奇驚呼道。

第五十章 苯教最後的仁波切

格桑活佛驚愕地盯著易士奇，慢慢地說道：「你知道拜屍教？」

青虛的信中講到東晉葛洪及其徒弟鄭隱一事，但叮囑易士奇不能對外人講，就連重陽宮全真教也不例外。

「我只是聽過一位世外高人講過一點點，具體的不甚了了。」易士奇說道。

「那人是誰？現在何處？」活佛追問道。

「大師見諒，我有承諾在先，不能透露他的名字。」易士奇歉然道。

「哦，原來如此。小兄弟，希望你以後在任何場合下，都不要再提起這三個字和骨碗上的那個人名，恐惹來殺身之禍。」活佛囑咐道。

格桑活佛站起身，來到易士奇身後，看了看他的後腦杓，滿意道：「嗯，五毒蛭已經全部清除掉了，把骨碗收好，不要輕易給人看到。」

「我知道了，多謝大師。」易士奇說道。

「重陽宮你是回不去了，索性直接拜師入我門中吧。」格桑再次勸說。

易士奇苦笑著說道：「大師，我本來是一個與世無爭的大學老師，風水專業倒也符合我的興趣與愛好，經濟收入算是不錯了，實在是不想捲入江湖上的恩怨爭鬥中。什麼全真教也好，什麼毒蠱屍蟲也罷。更何況我的假期早已超過了，再不回去就要被解聘了。我想帶小華回到嶺南，安安穩穩地過日子。」

「唉，可惜了這一塊良材美質啊，也罷，一切隨緣。」活佛嘆道。

「大師既非密宗黃白紅三教，那大師這一門究竟該如何稱呼？」易士奇問。

「苯教。」活佛答道。

易士奇大吃一驚。原先研究藏密文獻書籍時，自己曾對湮滅了數百年的西藏苯教感到好奇，但始終找不到他們近代活動的跡象。

苯教是古代吐蕃原始巫教，發源於林芝，年代已無從考證，盛行時分本地、外來和竄易三派。黑苯、白苯兩支，早期但以禱神伏魔為人禳病，並多有通靈人，喜占卜、幻術，崇敬鬼神、精靈、魂魄、命運、道數等。當年蓮花生大師曾於林芝縣的苯日神山上與苯教教徒有過一番惡戰，戰敗方的苯教從此一蹶不振，逐漸淡出歷史，雪域高原終被外來宗教——印度傳來的佛教所統治。

「大師原來是苯教，西藏的本土原始自然宗教，近代以來，江湖上已絕少聽到了。」易士奇景仰道。

「小老弟，我教千百年來沒沒無聞，我們崇尚自然、原始，與天地和諧相處，我們自食其力，從不要信徒供養，苦行於世。如今，貧僧顛沛於中原，想物色一個衣缽傳人而不可得，著實令人心酸啊。」格桑活佛黯然失神。

易士奇瞧著於心不忍，只得勸解道：「大師，中原人半個世紀以來受無神論影響較深，加之漢傳佛教的日益商品化，人們已經對宗教的動機產生了懷疑，所以很難找到合適的人選。我看大師不如前往滇西北一帶走走，那裡民風淳樸，或許有收穫呢。」

「我要回哀牢山。」岩黑醒了。易士奇抬頭望去，原來天已經黑了。

*

「咦，你把五毒蛭怎麼了？」岩黑詫異地說。

「已經清除了。」易士奇沒好氣地說。

「你，你殺了牠！」岩黑叫道。

易士奇沒有回答。

「你這個劊子手！你竟然殺了牠，牠和我風雨同舟了幾十年，情同手足啊，你知道嗎，牠曾是一條那樣多愁善感的蟲子，是那樣的善解人意……嗚嗚……」岩黑竟然傷心地哭泣起來。

易士奇望著地上那一攤黏糊糊的東西，不知說什麼好。

「小兄弟，你在和那邪靈說話嗎？」格桑活佛奇怪道。

「就是他，一到晚上就醒了，我在和他對話。」易士奇解釋道。

「我不是邪靈！」岩黑抗議道。

「讓我來看看。」格桑說著伸手按住易士奇腦門，一股熱力直透顱內，須臾，點了點頭。

「可想把他清除掉？」活佛問。

「當然想了，大師有辦法？」易士奇回答道。

「你不能這麼做！」岩黑極力反對。

「你聽說過密宗的灌頂嗎？」活佛問。

易士奇想了想，說：「書本上看過，所知不多。」

活佛說道：「灌頂最初源於印度，印度國王的太子在繼承王位時都要舉行一個儀式：取四大海的海水放於一個寶瓶內，澆洗太子的頭頂，於此儀式之後，太子正式成為國王——這就是灌頂的原意。《大幻化網總說光明藏論》中云：『依甚深之密咒灌頂儀軌，即能驅散或洗淨弟子之三門及平等俱之諸障垢，於自相續中注入或種植能顯現智慧之力，並令成熟四金剛也。』意思是，灌頂可以驅除罪業和邪靈。在密宗的實踐上，必要時上師可以酌情強行灌頂。」

「這麼說，灌頂可以驅除我腦子裡岩黑的生物磁場？」易士奇問道。

「何止驅除，實際上就是消滅，殺死邪靈。」活佛道。

「我不要！」岩黑聲嘶力竭地喊了起來。

「凡灌頂必先成為我門下弟子，密宗是不能給外人灌頂的。」活佛盯著易士奇的眼睛，他試圖再次勸誘。

易士奇想了想，淡淡一笑，說：「大師的好意在下心領了，易某這輩子只想做一碌碌無為的普通人，」他轉過臉去，情深意重地望著小華接著道，「至於烏蒙山那邊的命案，有政府和公安局管著，我又何必捲入太深？我要每天和小華坐在深圳灣看海，休息時與她去品嚐粵菜，平安就是福。」

小華噙著眼淚，含情脈脈地望著易大哥。

唉，格桑仁波切長嘆一聲，似有無盡的惆悵。

易士奇用堅定的目光望著活佛。

「好吧，還有一個辦法，可以將你腦中的邪靈轉移到其他的物體上。」活佛說道。

「大師是說有辦法將岩黑的生物磁場轉移，而不是殺死他？」易士奇數日來與岩黑晝夜相處，內心裡感覺到他並不是一個很壞的人，頓時萌生憐憫之情。

「是的，但需要你腦中的那個岩黑配合才能成功。」活佛解釋道。

「喂，岩黑，你聽到了吧？你願不願意？」易士奇言語懇切之極。

「我不願意。」岩黑一口回絕。

第五十一章 棄嬰

「岩黑，你在我身上的時間已經不短了，我對你整體感覺是不差的，你和岩坎一家人的恩恩怨怨，實在難以區分誰對誰錯，畢竟這都是很早以前的事了。想想你都已經死去幾十年了，又何必始終耿耿於懷呢？你的生物磁場儘管與我的磁場在嫁接，不必擔心七七四十九天之期，但始終是我強你弱，最後恐怕你根本就不復存在了，或許我只有在夢中才能找到你。與其如此，還不如按照大師的辦法，轉移到別的生物體上，開始一種嶄新的生活。」易士奇坦誠地說道。

「這……要看轉移到哪兒了。」岩黑囁嚅道。

易士奇將岩黑的意見轉達給了格桑活佛。

「根據苯教對自然的理解，世間萬物皆有靈，就是你說的生物磁場。只不過植物的簡單而動物的複雜，這種生物磁場用某種特定的方法是可以使其相互轉化的，這與佛教的投胎，本質上是完全不同的。你可以問問他，是願意轉移到動物身上呢，還是植物？」格桑說道。

「我想轉移到人的身上，最好是個漂亮的女人。」岩黑憧憬道。

「不行，因為岩黑的生物磁場很弱而且又不完整，往人身上轉移會出現與你身上相同的情況，過一段時間就會完全喪失自我，被覆蓋掉了。」活佛對易士奇解釋道。

岩黑想了想，支支吾吾地說道：「那什麼動物壽命長些？」

「烏龜。」活佛一口斷定。

「我不喜歡，讓我好好想想，怎麼說這也是人生的一件大事。」岩黑思索著說道。

「大師，他還未最後決定下來。」易士奇對活佛道。

「也好。」活佛頷首道。

「小兄弟，施展移靈大法之前，你需要先瞭解時輪密法。『時輪』是指大千世界和生命在時間中的生滅規律、修煉方法及終極目的。」格桑對易士奇說。

易士奇第一次接觸到如此深奧的藏密要義，不禁對苯教又多了幾分敬意。

活佛接著說：「時論分外輪、內輪和別輪。外輪是指天地時間週期，以年為『時』，日行十二宮，周而復始，流轉不息，形成四季的交替和萬物的生滅。內輪指的是人體的氣脈迴圈週期，以一晝夜為『時』，諸氣運行十二輪，形成人體的新陳代謝和生死交替。別輪，就是改變上述兩種世間生死規律的修持方法和終極目標，也就是——移靈大法，對外稱之為『無上瑜伽』。」

易士奇點點頭，說道：「世界著名的科技史權威李約瑟說過『現代科學的成就不能成為古代科學成果的最後審判庭，因為科學發展還沒有到頭』。今日聽大師所講的時輪密法令在下耳目一新，老子的『道可道，非常道，名可名，非常名』其實就是當代哲學中的『測不準定律』。人類發展到現在，對天地宇宙，對自然界，對植物、動物甚或人類自身都還很不瞭解，我們真的不知道，除了我們所處的這個三維空間之外的多維空間是怎樣的？我們到現在仍然看不見，摸不著佔宇宙百分之七十的暗物質究竟是什麼？當代物理學、化學解決不了的某些疑問，也許很久很久以前，在青藏高原的原始宗教中就窺到了端倪。」

格桑活佛對易士奇這番話也是敬佩有加，不住地點頭微笑。

「請問大師，苯教中身負移靈大法的修行者是稱呼仁波切？還是苦行僧？」易士奇好奇地問道。

「瑜伽行者。」活佛回答。

＊

月色迷離，大家踏著斑駁的月光在林間穿行，翻過了一道山梁，前面的山路向下蜿蜒，這就是秦嶺的北坡了。

易士奇的毒蛭解了，小華是格外地快活，走起山道來身輕如燕，竟然把活佛都甩在後頭了。

三更時分，他們來到了秦嶺山區的一個水庫邊，遠處是一個集鎮，隱約透出點點燈火。走了大半夜，易士奇是又累又餓，於是一屁股坐在草地上，再也不肯走了。

「小兄弟，再堅持一會兒就到集鎮了，鎮上就有吃的了。」格桑活佛鼓勵道。

易士奇搖搖頭，喘道：「我真的走不動了。」

晚秋夜深霜重，水邊更是涼風習習，易士奇接連打了幾個寒顫。活佛找來些枯枝葉堆放在地上，然後雙掌運足真氣，掌心挨著枯葉。不一會兒，那枯葉燃了起來，添上枯枝，燒起了篝火。

篝火頓時帶來了溫暖，望著劈劈啪啪的火苗，易士奇嚥著唾沫說道：「這要是有點野味烤就太棒了。」

「易大哥，你餓了，我去找點東西來烤。」小華知道易士奇今天折騰得厲害，身體虛弱，便準備進林子找點吃的東西。

「危險，別去。」易士奇喊道。

「我不走遠。」小華回答著，轉眼已經跑進了樹林。

小華躡手躡腳地在黑暗的樹林裡邊走邊聽，突然她笑了，仰臉盯住一株高大的松樹，只見她略一下蹲，隨後身子暴長，嗖的一聲竄上了數米高的樹梢，伸出纖細的小手，從一個樹巢中拖出來兩隻松雞……

易士奇看到小華笑眯眯地拎著兩隻松雞走過來，驚訝得叫了起來：「哇！妳真行！」

「我去湖邊準備一下，馬上就來。」小華蹦蹦跳跳地跑到水邊，輕輕扭斷了松雞的脖子，扯去錦毛，纖細的手指插入雞腹，拽出內臟，然後洗淨。

就在這時，她隱約聽到了一聲輕微的啼哭。

小華放下松雞，循著哭聲找過去，她在一條青石便道旁邊的石凳上，發現了個藍色布包裹，裡面躺著一個剛出生不久的嬰兒。

易士奇添上幾把枯枝，篝火燒得旺旺的，遠遠望見小華笑盈盈地懷抱著一個布包裹走來。

「這又是什麼？」易士奇驚訝地問道。

小華喜孜孜地捧著布包裹，說道：「看，我找到了什麼？」

藍色的布包裹裡面，那個比手掌大不了多少的嬰兒緊閉著雙目，蒼白的小臉有氣無力地張著嘴，欲啼而無聲。

「這孩子快要死了，待貧僧輸點真氣給他。」活佛慈悲地說道。

格桑活佛手掌心隔著布包裹，將真氣稍稍輸進少許。「哇」的一聲，嬰兒響亮地啼哭起來，在寂靜的夜空中格外悅耳。

易士奇看著孩子的臉色漸漸紅潤，關切地說道：「這孩子剛出生就被人拋棄，為什麼？」他解開了包裹，驚訝地發現這是一個身有殘疾的男嬰，孩子只有一條右腿，左腿發育不全，不及右腿的一半長。

「原來是個腿部殘疾的男孩，做父母的竟狠心將他拋棄，真是夠可憐的了。」易士奇嘆道。

「他太可憐啦。」小華摸著男嬰的小臉蛋，淚水滴落下來。

「我要他。」岩黑道。

「什麼？」易士奇沒有聽清楚。

「我說我要轉移到他身上去！」岩黑大聲說道。

第五十二章 移靈

易士奇鄭重地對格桑活佛說：「岩黑決定了，他要移靈到這個殘疾的棄嬰身上。」

「善哉，」活佛撫掌道，「天意呀，岩黑殘缺的磁場移植到嬰兒身上應該是毫無問題的，這孩子將來儘管身體殘缺，但自幼智力卻是非凡，當可彌補這點缺憾。而且他以後會如同正常嬰兒一樣作息，再也沒有晝夜顛倒的習慣了，這也未嘗不是件好事。」

小華聞言大喜，忙慫恿格桑活佛快點施法。

格桑活佛眼睛直望易士奇。

易士奇心下明白，說道：「大師施法吧，這孩子我們收養了。」他回眸望小華，小華給予肯定的目光。

活佛點點頭，道：「告訴岩黑，移靈將會打破內外時輪原有的時空，貧僧的罡氣，也就是小兄弟所說的生物磁場，會探測岩黑的磁場，請他必須給予配合，要屈服順從貧道的磁場頻率，千萬不可抗拒排斥。一旦施法開始，一個時辰之內便不能中斷或反悔，現在還有什麼話儘管說。」

「我有話說，」岩黑馬上聲明道，「你們既然收養我，我非常感謝，但你們必須做到，一不能無緣無故給我斷奶，二則要及時清理我的糞便，三不能因為我毫無反抗能力就隨便打我，能做到嗎？」

易士奇說給小華聽，大家都笑了。

易士奇笑著問道：「可以開始了嗎？」

岩黑回答：「吃完松雞吧。」

雞叫三遍時，東方已顯出晨曦，移靈大法開始了。

格桑活佛打坐在中間，左手五指按壓在易士奇頭頂五大蓮花梵穴之上，右手因男嬰的頭頂太小，只得將掌心整個貼在上面。

活佛運起了苯教最神秘、最不可思議的別輪大法，他發動左脈罡氣（直立於人體脊椎左側），自海底輪（肛前二指）升起，經左臂向前到掌、指，直透易士奇頂輪五梵穴，感應其顱內岩黑的微弱磁場。約摸一炷香的時間，罡氣找到了被擠在角落的岩黑磁場，活佛便加大了罡氣的力度，一點一點地將那微弱的磁場疊加在自己的罡氣上，然後輕輕拽出。

別輪大法最難的，就是穿透內外輪時空的殼。這不但需要施法者的功力深厚，而且還要相當的技巧與應變能力。這殼是時空的牆，相當於道家太極圖中分隔陰陽的那根太極弦，只要突破了那根弦，水火既濟，陰陽交融，就可變有極為無極了。可是數千百年來，堪破太極弦的又有幾人？

苯教的移靈大法則化繁為簡，將包羅萬象的太極弦化為內輪和外輪，以極精純深厚的罡氣（磁力線）由兩輪的軸心點上，一舉穿透時空之殼。通俗的兩者相比，太極弦毫無著力點，陰陽交替，循環往復，無窮無盡，無止無休；而內外時輪無論怎樣旋轉，如何繽紛亂象，其軸心是恆定的，罡氣以直線進入，瞬間穿破二輪時空，完成移靈。

活佛將疊加在罡氣上的岩黑磁場抽離了易士奇的大腦，沿左脈回到海底輪，再由右脈沿右臂輪往嬰兒體內。

地平線上一輪紅日噴薄而出，集鎮上三三兩兩的晨練者散步到了水庫邊。他們驚奇地發現一個紅衣喇嘛坐在地上，一手按在一青年人頭頂上，另一隻手則奇怪地扣在一個新生嬰兒的頭上，三人均如泥塑般緊閉著雙目。

這肯定是某種邪教在殘害嬰兒，晨練者們議論紛紛，進而義憤填膺起來，但無人敢於上前，於是有人掏出手機，撥打了一一〇報警。

此刻，活佛已凝聚全身罡氣為一線，正在為穿透時輪做最後的一擊。

一輛警車呼嘯著來到了水庫邊，兩名警官手持電警棍向他們走來。

＊

「喂，你們是幹什麼的？」年輕點的警官喝問道。

格桑活佛真氣運行正到緊要關頭，此刻豈容分心？他充耳不聞，集中罡氣於一線，意念著力時空輪軸之上。

警官見他們不理不睬，不由得垮下臉來，正欲發火，小華迎上前來。

「員警叔叔，我們是一起的，他是深圳大學的老師，這位是西藏來的活佛，他們現在是在搶救一名嬰兒。」小華對警官解釋道。

「搶救嬰兒？這嬰兒是哪兒來的？他的父母家人呢？」年長些的警官提出疑問。

小華只得實說：「這是我們昨晚發現的棄嬰，發現時已經快要死了。」

人群在大聲的議論，這個說八成是邪教，那個說採童補陽，還有的信誓旦旦說那是個假喇嘛，上次就在這集鎮附近閒晃……總之七嘴八舌，不一而足。

警官的表情越來越嚴肅，說道：「我們先看看這個嬰兒。喂，老和尚，把手拿開。」見紅衣喇嘛沒有反應，那警官伸手就去拉他的手臂，不料剛一挨到其皮膚，便被一股極強的力量給反彈回來，而且手指如觸電般痲酥酥的。

「老和尚還挺邪門！」青年警官怒從中來，手持電警棍，扭動開關對著老和尚的後背就是一擊……

上百萬伏高壓瞬間傳入格桑體內，遠遠高於活佛的生物磁場電流，使得凝成一線的罡氣驀地增強了千百倍，一舉穿透時輪之殼。

活佛哈哈一笑，撤掌站起身來，那邊嬰兒「哇」地一聲啼哭起來。

「多謝警官相助。」格桑活佛雙掌合十。

小華趕緊抱起嬰兒，嬰兒面色紅潤，啼聲響亮，呼吸有力。

易士奇上前，取出深圳大學的教師工作證，表明自己的身份。警官用懷疑的目光盯著他，並訊問其為何來到此地。

「旅行，橫穿秦嶺中段的徒步旅行。」易士奇解釋道，並敘述了昨夜於水庫邊撿到瀕死棄嬰，以及大師用氣功搶救的事情經過。

警官打開布包裹，人群中發出一陣唏噓，那棄嬰果然是個重度殘疾。

「你們一起跟我們回派出所接受調查。」警官吩咐道。

易士奇等人被塞進警車，一路響著警笛，來到了集鎮上的公安派出所。

易士奇、格桑和小華被分別錄了口供。

「這孩子你們不能帶走。」警官嚴肅地說。

「我們已經決定要收養他。」易士奇鄭重其事地說道。

「那也不行，棄嬰的收養需要民政部門處理，手續也需要他們來辦理。」警官如實相告。

「那我們馬上去民政部門辦理。」易士奇焦急地說道。

「急不來的，民政部門要先為棄嬰體檢，餵養觀察，還要調查領養人的家庭狀況、經濟收入來源、領養的目的等等，還要收取一筆費用。全部辦好的話，少說也要三個月。」警官解釋道。

「什麼？三個月！那可不行，您就行個方便吧，我們實在是太喜歡這個孩子啦。」易士奇哀求道。

「你說你還是個單身漢，這麼急切地想要這個嬰兒，究竟有什麼目的？」警官立即懷疑起來。

「他和我們有緣，我們都喜歡他。」小華接上來說道。

「冥冥中註定他們是這孩子的再生父母，請讓他們一家人團聚吧。」格桑活佛對警官勸戒道。

「哼，一家人？若是這棄嬰能叫他一聲爸爸，我就放人。」那警官不願意再糾纏下去，索性耍起橫來。

「爸爸！」那出生不久的嬰兒睜著明亮的眼睛，張著小嘴喊著……

第五十三章　鄭隱骨碗

那警官瞠目結舌怔住了……

小華一下子撲到孩子身邊，連同布包裹抱起，激動得熱淚盈眶，眼淚滴落在棄嬰粉白嬌嫩的臉上，那男嬰狡黠地眨了下小眼睛，小華心中一樂。

易士奇歉然地望了警官一眼，帶著小華和孩子，與格桑活佛揚長而去。

不可能啊，那嬰兒明明是剛出生不久呀，邪了，那警官坐在那兒還是想不通。

大家的肚子咕咕響，於是來到一麵攤前，每人要了碗牛肉麵，香噴噴地吃了起來。

「我要吃奶。」細微稚嫩的聲音，小華低頭一看，那嬰兒正睜著一對黑眼睛盯著她的胸部。

他們來到鎮上的一家超市，買了一箱盒裝牛奶，嬰兒吃飽睡著了。

「小兄弟，此鎮東就有一個小火車站，你們下一步準備去哪兒？」格桑問道。

易士奇望了小華一眼，說道：「我們如今有了個孩子，想回到學校去，但要繞道膠東老家一趟，讓我母親見一見小華和孩子。」

小華聞言點了點頭。

「敢問大師今欲何往？」易士奇說道。

「唉，繼續雲遊天下，物色我苯教傳人。」活佛嘆道，面現惋惜之色。

易士奇看在眼裡，岔開話題道：「大師，在下有一事不明，一直想問問您。」

「請講。」活佛望著他。

「鄭隱古碗應是拜屍教之物，我見大師似乎與拜屍教有甚淵源？」易士奇問道。

格桑活佛沉思半晌，說道：「小兄弟知道東晉葛洪吧？」

易士奇道：「知道，葛洪是中國古代自然科學的鼻祖，他的丹砂製水銀法是世界化學史上第一例分解化合試驗。他採用疫苗治療狂犬病比西方早了一千多年，又是道家思想之集大成者，西方人稱他是世界上的第一個化學家。」

活佛道：「葛洪信奉自然，推崇道法自然，他的徒弟鄭隱你又知道多少？」

易士奇搖搖頭道：「知之甚少。」

「鄭隱也是曠世之才，他的九字源更是驚世駭俗，是自然界的至高秘笈，遠勝於釋道儒法，不過外人終難窺其皮毛啊。」活佛不無遺憾道。

易士奇回憶道：「葛洪好像曾在《抱樸子・登涉篇》中提到過什麼九字源。」

「不錯，九字源內深藏玄機，師徒二人得以蟬蛻羽化。」活佛說。

「難道真的有蟬蛻而羽化一說？」易士奇發問道。

「寧肯信其有。」格桑道。

「如此說來，鄭隱的九字源與大師的苯教必有相通之處了。」易士奇道。

「正是。當年拜屍教自江湖上消失後，其中的一支便來到了雪域高原。」活佛一臉嚴肅。

「啊，難道苯教與……」易士奇驚訝不已。

格桑活佛點了點頭，微笑不語。

「大師，那麼這骨碗……」易士奇隱約猜到了它的來歷。

活佛道：「它是拜屍教的第一聖物，鄭隱頭蓋骨製成的嘎巴拉。」

難怪此碗盛的水都有祛除五毒蛭的功效，若不然，乾隆爺又如何看得上眼？估計這碗說不定還有另外更加奇特的功能呢。

「怪不得大師如此敬拜此骨碗。」易士奇點頭道。

「此碗作為拜屍教頭號聖物，肯定不只是因鄭隱的頭蓋骨之故，目前看到的已經有解毒之效，你且收好，以後慢慢研究，但決不可為外人知。」活佛再次叮囑道。

「大師，此鄭隱骨碗既然與你苯教有如此淵源，在下就將此碗送與大師，想那乾隆爺也是掠奪而來，還是物歸原主吧。」易士奇將碗遞與活佛。

格桑連連擺手，道：「不可。世間事，因果自應，小兄弟有緣此因，日後必果，貧僧怎可有違天理？萬萬不可。」

易士奇見活佛堅持不收，也只得罷了。

他們邊說邊走著，眼前已來到了秦嶺山區的小火車站。這是一座典型的山區小站，售票亭的樣式已經老舊，月台的圍牆刷著白灰，寥寥無幾的旅客，一條清澈小河，河中到處都是圓圓的大卵石，對面的大山聳立，擋住了人們的視線。

「雲橫秦嶺家何在？雪擁藍關馬不前。」易士奇嘴裡哼出兩句詩來。

「易大哥是在作詩嗎？」小華抱著孩子問道。

易士奇笑道：「秦嶺山脈自古交通不便，我想起唐憲宗時，為了一段釋迦牟尼小指骨，險些殺掉大文學家韓愈。那韓愈後來被貶潮州，途經秦嶺時，胸懷冷落淒涼的心情。同樣我今天懷揣乾隆爺的一段指骨和鄭隱的頭骨碗，口袋裡裝著天下第一毒蠱，懷裡抱著一個小巫師，與小華在此地候車，與當年韓侍郎的心情相比，真的是迥然不同呢。」

活佛呵呵一笑，說道：「小兄弟有沒有想好給這個嬰兒取什麼名字？」

易士奇道：「還是叫岩黑，乳名小黑吧。」

小華聽到點點頭，也表示贊許。

「大師若是沒有其他要緊事，不如和在下作伴一起南下廣東。深圳是個移民城市，全國三教九流匯聚之地，或許可以物色到中意的人選呢！」易士奇建議道。

小華也接道：「是啊，活佛一起去，多一個熟人說說話多好。」

活佛道：「此地西北方向離法門寺不遠，貧僧一直想去憑弔一番，之後貧僧不日當去烏蒙山，當年鄭隱就是從那裡失蹤的。」

格桑活佛本是雲遊四海的苦行僧，行事灑脫，告別二人便絕塵而去。

「活佛是個好人。」小華惋惜地說。

「是啊，雪域高原上沒沒無聞的苯教竟也如此樂於助人，近山者仁，近水者智，真是不假啊。」易士奇說著，想起了終南山，搖了搖頭。

格桑活佛將要去滇黔烏蒙山，鄭隱當年失蹤的地方，他難道也是要去追蹤拜屍教？青虛道長留言也是說去追蹤拜屍教，一去十年都沒有消息，自己回到深圳後，要不要上報登尋人啟事呢？還有山陰村，不知王警官他們有沒有捉到真兇，蘭教授是否有新的發現？唉，還是儘快早點返回深圳吧，大學老師這個職位對於他和小華，還有孩子將來的生活，都太重要了。

「易大哥，你在想什麼？」小華看見易士奇緊縮眉頭，關切地問。

易士奇正想回答，被一急切的稚嫩童音打斷：「媽媽，我屙了……」

第五十四章　回家

東行的列車上，旅客們都喜歡這個可愛的寶寶，寶寶看到對面座位上的一對青年人啃燒雞的時候，竟兀自流下了口涎。

「老是喝牛奶。」寶寶盯著小華的胸部，不滿地說。

日夜兼程，第三日早上終於趕到了膠東蓬萊。

母親見到兒子回來，並帶來個懷抱嬰兒的漂亮姑娘，起先是驚愕，隨即歡喜起來。一會兒拽著小華的手，噓寒問暖，一會兒又抱著寶寶轉來轉去。

易士奇告訴母親，孩子是撿來的，身體有殘疾，他與小華還未成親，但他們已經決定收養這個可憐的棄嬰。

母親說，既然撿來就是緣分，她願意照顧這孩子。

易士奇則勸母親離開老家，到深圳去幫他帶孩子，這次母親終於沒有拒絕。

潮水鄉老家就在渤海邊，從家裡到海邊不過兩三里路，陣陣海風吹來，略帶鹹澀的味道。小華第一次來到海邊，嗅到大海的氣息，興奮莫名。

「去吧，帶小華去趕海，剛剛退潮。」母親慈愛地說。

「我也要去，奶奶。」寶寶開口說話，小嘴又甜，把母親嚇了一跳。

「這孩子說話早，但挺聰明的。」易士奇趕忙解釋，他不想告訴母親實情，以免她無法理解。

海邊潮水退去後，裸露出來大片的海灘和礁石，礁石縫隙中有許多的牡蠣。易士奇教小華用鐵鏟鑿下一個個的牡蠣，又到海灘上去挖蜆子，小華將這些戰利品一一裝進了籃子裡，開心地合不攏嘴。

寶寶也是瞪大了眼睛在看，這可比哀牢山的黑水潭大多了。

午飯時，這些煮熟的貝類盛了兩大盆，小華從來沒吃過海鮮，這下可是大快朵頤。

易士奇告訴寶寶，他的腸胃還沒有完全發育好，這類食物還無法進行消化，寶寶扭過臉去不理他。

收拾好東西，兩天後他們啟程南下廣東。

＊

黃昏時分，終於到家了。易士奇打開自己位於深圳灣的宿舍房門，長長地舒了一口氣。

母親輕輕地放下寶寶，四處打量，見屋裡屋外邋遢不堪，直是搖頭。小華忙開始打掃清潔，不到一炷香的工夫，整個屋子煥然一新。

夜幕降臨了，深圳灣裡漁火點點，海風輕拂，空氣濕潤，景色美極了。

「對面就是香港了，抽空我帶你們去逛逛。」易士奇對母親和小華道。

「今晚我們吃粵菜去。」易士奇高興地帶著她們來到了南頭一家有名的海鮮酒樓。

「中國八大菜系中以粵菜最為清淡鮮美，用料奇而且雜，海鮮是必不可少的珍品。此外，鳥、鼠、蛇、蟲皆為佳餚。選菜還講究鮮爽滑嫩，夏秋清淡，冬春濃郁。有很多內地人吃了粵菜後，就不願意再離開廣東了。」易士奇滔滔不絕地介紹著。

晚餐點的菜有三蛇龍虎會、蔥薑花蟹、蠔油鮮菇和清蒸石斑魚。

「這是三種蛇的肉，有眼鏡蛇、金腳帶蛇和過樹榕蛇，廣東人稱之為龍。」易士奇邊吃邊解說著。

「這是什麼肉？」小華用筷子夾起一塊紅撲撲的肉來。

「果子狸，山中一種吃果子的小動物，也叫花面狸，廣東人叫牠為虎。」易士奇道。

「我們烏蒙山也有，叫白額靈貓。」小華幽幽說道，眼神恍惚迷離。

易士奇知道一定是勾起了她的思鄉之情。

易士奇的宿舍是一套三房的房子，母親、小華和自己正好一人一間。母親搶著要帶孩子，可是小黑鬧著要和小華睡。最後無奈，小華只得抱著小黑閒晃著哄他睡著了。

客廳裡，易士奇打電話給山陽鎮派出所找王警官。

「喂，是誰要找王警官？」話筒那邊傳來濃重的地方口音。

「我是易士奇，前一陣子在你們那兒協助案件調查的深圳大學老師。」易士奇說道。

「啊，易老師，我知道你，這裡出了事，王警官殉職了。」對方說道。

「什麼！王警官殉職了？」易士奇腦袋嗡嗡地響著，許久才意識到殉職就是死了，王警官死了。

「他是怎麼死的？」易士奇急切地問道。

「和以前的一樣，你來吧，他留了一封信給你。」

「好的，我會去的……」易士奇語塞，心中酸楚。

兇手又出現了，他媽的，到底是誰？易士奇咬牙切齒地在心中罵道。

「出了什麼事？」不知什麼時候，小華來到了身後。

「王警官死了。」易士奇沉痛地說。

小華身上一陣戰慄，緊緊地依偎在易士奇身上。

易士奇怕母親擔心，便攙小華回到自己的房間裡。

「王警官留了封信給我，我得再去山陽鎮一趟。」易士奇說道。

「要我陪你一起去嗎？」小華擔心道。

「不必了，我一個人速去速回。」易士奇安慰道。

「我怕。」小華身上仍舊發著抖。

「事情就快要過去了。」他輕輕將小華攬入懷中。

「我們結婚吧。」懷裡的小華突然說道，眼眶中噙滿淚水。

望著懷中女孩那純真無邪的目光，易士奇心中一熱，不由得緊緊地摟住了她。他的心臟怦怦直跳，渾身燥熱起來。

「好的，我們結婚。」易士奇下意識地喃喃說道。

小華點點頭，戰慄著抱緊了易士奇，兩腮通紅閉上了眼睛……

易士奇顫抖著手，輕輕解開並褪去了小華的睡衣，他痴痴地呆望著小華裸露出來的年輕身體。

那是剛剛發育好的、清純完美的胴體，白皙的皮膚像凝脂般，高聳的雙乳，兩顆粉紅色的乳頭微微仰著，柔軟的腰肢，平坦光滑的小腹，散發著一股森林裡自然的氣味……

易士奇感到一團火在丹田下燃燒，渾身炙熱，血液沸騰，口乾舌燥。他下意識地扯去了自己的衣裳，甩掉了內褲，就這樣站在小華的面前。

健壯有力的肌肉，黝黑的皮膚，寬闊的胸膛，還有那呈現出對稱的八塊腹肌在微微顫動，那下面……

小華第一次看到男人的身體，只看了一眼就趕緊低下頭去，連脖頸都已經羞紅了。

易士奇已經難以抑制體內的那股慾火，他堅決而有力地抱起赤裸的小華，走到床邊，將她輕輕地放在床上。

小華難為情地翻過身去……

她的後背上長滿了厚厚的金黃色茸毛……

屁股上是兩塊粉紅色的大肉墊……

小華眼中噙著淚花。

第五十五章 警官最後的線索

易士奇登上了前往貴州的列車。

夜深了，易士奇躺在臥鋪車廂的鋪位上，翻來覆去難以入眠，隨著列車「喀隆喀隆」有節奏的輪軌聲音，他的思緒也飄忽不定……

回想起自己昨晚的衝動與驚愕，小華的羞怯與悔恨……至今自己的臉上還在發燒，真是一個純潔的姑娘，無論如何我易士奇今生定不負妳。

「你走到哪裡，就把死亡帶到哪裡。」那是王警官說的話，真的是這樣嗎？這些人的死難道說都與我有關？

易士奇扳起自己的手指頭盤算起來。當年鼻子上有粒紅痣的青虛道長到山東老家，給自己更名，這是第一個與自己有關的人。青虛道長在山陰村佈了一個風水大局——玄武七煞陣，後來就七戶連死七人。第七名死者李西華是自己的同學，這是第二個有關的人，他引導自己前去烏蒙山，將他的妹妹小華帶出來。苗醫伊古都與自己在火車上邂逅，死了，連累其老爹也死了。老蠱婆、王警官，那個網路鬼故事寫手陳圓，還有老實的終南山青函道長也統統都死了。

易士奇越盤算越感到事有蹊蹺，那死亡的陰影似乎從多年前就有條線與自己串聯在一起。若是掐不斷這條線，死亡終究還會在自己身邊發生。

還有什麼鄭隱骨碗和「拜屍教」，隱約間也感到似乎有所關聯。

烏蒙山區的山陽鎮。易士奇背著一個簡單的背囊，下了長途汽車，鎮上依舊是髒兮兮的灰塵滿街。鎮派出所門口，一個孤獨的老人坐在一塊大石頭上，呆呆地沉思著，他對外界不聞不問，只是嘴裡不停地嘟囔著什麼。走到近前，才聽清楚那是「孵化」兩個字，這老頭竟然是蘭教授。

「蘭教授，出了什麼事？」易士奇蹲下身來說道。

蘭教授痴痴地望著易士奇，目光呆滯，但黑色的瞳孔彷彿超乎異常地深邃。

老人沒有絲毫的反應。

「他已經精神失常了。」身後有人說道。

易士奇站起身來，說話的人是偵破組的趙局長。

來到辦公室，趙局長遞給他一封信，這是王警官殉職前一天寫給易士奇的，信封口是開著的，顯然偵破組已經看過。

易士奇心情沉重地展開信紙，開始閱讀。

易老師：

你好。按照你的想法，我調查了山陰村的七戶人家，發現他們有一個共同點，就是在同一時間和同一所醫院任職過。第二個共同點就是他們一起蓋的房子，七棟房子的位置都是由一個人設計的——一個名叫青虛的終南山雲遊道士。自那以後，那個道士再也沒有來過了。有記得的村民回憶說，那個道士鼻尖上長著顆紅痣。現將山陰村七戶人家有關情況排列如下

（自西向東）：

第一戶（死者）楊天壽 原鄉衛生院院長兼書記。

第二戶（死者）霍淑嫻 醫生

第三戶（死者）李松平 醫生

第四戶（死者）吳大海 手術室負責人

第五戶（死者）萬 輝 實習醫生

第六戶（死者）郝美芝 護士長

第七戶（死者）李西華 其父醫生（一九七六年病故）

七名死者的死亡時間順序如上排列，農曆每月十五日子時死亡一人，死者均不見有顱內腦部組織。

經私下瞭解，以上七名死者生前並未同時與什麼人結怨，其他並未發現有價值的線索。

此案太過蹊蹺，匪夷所思。易老師，聽我一句忠告，忘了山陰村吧，永遠不要再回來。

下面簽著王警官的名字，時間是一個多星期前。

「告訴我，你究竟在調查什麼？」趙局長嚴厲的聲音從身後響起。

易士奇一愣，一副若有所思的樣子，答非所問地說道：「七煞陣之首的天樞星位，為陽明之魂，亦稱貪狼，是該陣的中樞要害……楊天壽，鄉衛生院書記兼院長。天璿，陰精之神；天機，真人之精；天權，玄冥之魄；玉衡，丹元之靈；開陽，北極之脈；瑤光，破軍之門……」

「易士奇！我在問你話。」趙局長不滿地提高了聲音，如同喊叫般。

易士奇驀地回過臉來，目光炯炯地盯住趙局長的眼睛說道：「王警官是怎麼死的？死在何處？」

趙局長略顯驚訝，望著他說：「死在山陰村最後一戶的李西華家，腦子也沒有了，」隨後又補充道，「蘭教授和他在一起。」

偵破組事先並不清楚王警官和蘭教授那天夜裡為什麼會到李西華的家中，半夜裡人們聽到山陰村中蘭教授發瘋似的叫喊聲，大家趕過去才意識到出了事，但一切都已經太遲了。瘋了的蘭教授始終只有一句話：「孵化。」可是誰也不清楚他究竟在說什麼。

「那天農曆是……」易士奇預感到什麼。

「十五。」趙局長喪氣道。

易士奇來到了鎮醫院太平間，在最邊上的一副冰棺裡，見到了王警官。

王警官緊閉著嘴，臉部的肌肉扭曲著，這樣恐怖的表情似乎在哪見過？易士奇回憶著……老蠱婆，是老蠱婆。

醫生拉開盛斂老蠱婆的冰櫃，她的面部肌肉與王警官一樣。老蠱婆張著嘴，露出了兩排參差不齊的黃牙。

哪兒有點不對勁……

你要告訴我什麼？你在臨死之前一定是看見了兇手，易士奇靜靜地望著王警官的面孔，心中在問。

「屍體檢驗有什麼發現？」易士奇問道。

鎮醫院的醫生回答說：「部省的法醫專家前段時間都已經回去了，所以偵破組就臨時委託我先代為檢查一下屍體。我們不是專職法醫，主要是根據以往幾個死者的特點，對比檢查了一下顱內等情況。」

「腦組織沒有了？」易士奇問道。

「是的，與其他死者完全一樣。」醫生說道。

「檢查過王警官的口腔了嗎？」易士奇心中隱約感到了什麼。

「看了一下，牙關咬得很緊，你知道……」醫生支吾起來。

「我們再看一看，拿個手電筒過來。」易士奇的第六感認為，王警官應該不是緊閉著嘴巴的。

醫生小心翼翼地撬開了王警官僵硬的牙關。

易士奇把手電筒光線照了進去，他在上排臼齒的縫隙之中，看到了一條黑色的絲狀物。

「那是牙縫夾留的食物殘渣。」醫生解釋說。

「不，那是兇手留下的。」易士奇道。

「兇手？」醫生不解道。

易士奇小心翼翼地用鑷子從牙縫中取下那根黑色的絲狀物。那是一隻腳，甲殼類昆蟲的肢體。

「這是什麼東西？」醫生驚愕不已。

易士奇換了一把長鑷子，從王警官的喉管中，夾出來一隻已經咬成兩半的黑色屍蟲。

在最後的瞬間，王警官咬住了殺死他並逃離他身體的其中一個兇手。

這就是王警官要告訴他的東西。

「報復，這是報復殺人。」易士奇道。

趙局長和偵破組的其他幾個人面面相覷，一臉狐疑。

「儘管都沒有腦部組織，但王警官和山陰村七戶人家的死者死因是否相同，目前還不能完全肯定。但證據表明，他與老蠱婆同樣是死於屍蟲，趙局長和我都親眼目睹老蠱婆的死，還有那些從口鼻中逃離的屍蟲。」易士奇對著趙局長說道。

「不錯，那些蟲子太可怕了。」趙局長強壓住向上翻動著的胃酸。

「老蠱婆是中蠱而死，天下第一毒的金蠶蠱。此蠱從傷口進入人體的蠱毒，實際上是一種生物病毒，與一般病毒不同的是，牠會極迅速地在宿主的腦顱裡孵化，並在很短的時間內就發育成屍蟲。牠們將宿主的腦組織一口氣吃光，然後在宿主臨噝最後一口氣之際，從其口鼻之中蜂湧逃出。」易士奇分析道。

「王警官是被什麼人下的蠱呢？」一個偵察員問道。

「沒人，沒有人給王警官下蠱。」易士奇說。

「那他怎麼會同樣死於金蠶蠱？」那人不解地問。

「報復，兇手就是山陰村深潭裡那隻巨大的屍蟲！當時他被王警官連開數槍，我親眼看見子彈洞穿了屍蟲黑色的甲殼，我也看見那東西對著王警官的怨毒眼神。某些生物具有極強的記憶力和復仇心，屍蟲就是這樣的生物。牠等到了機會，在李西華家的屋子裡報復王警官，將他殺死了。」易士奇嘆了口氣。

「難道這種蟲子能夠記住人的長相或氣味？」趙局長疑惑道。

「是的，就像貓狗般。」易士奇肯定道。

「蘭教授和王警官在一起，卻沒有受到攻擊，這說明屍蟲是有針對性的，有選擇的，或許那東西真的有智慧？還是蘭教授身上有什麼防範的措施？只可惜教授瘋了，否則他一定看到了一些事情的。」一個老偵察員惋惜地說道。

「孵化……」易士奇回憶著蘭教授的那句話，究竟是什麼意思呢？他想說些什麼呢？

趙局長面色和悅了許多，對著易士奇說：「易老師，你要王警官打聽山陰村住戶的情況，是想要做什麼？」

「我也說不清楚，總之我感到山陰村命案一定與早些年的某些事情有關聯，現在只要找到那個鼻子上有紅痣的青虛道長，可能此案就會真相大白。」易士奇回答。

「那好，我們馬上發出協查通報，只要此人還在，就一定找得到。」趙局長把握十足地說道。

接下來的兩天裡，因為趙局長要求易士奇等協查通報的結果，而他自己也想弄明白謎底，所以就在山陽鎮客棧暫時先住下。這期間，他幾乎一直待在蘭教授身邊，和他說話，希望能使教授症狀有所減輕，恢復一些神智，好向其瞭解些有用的情況。然而，蘭教授始終還是那句話。

陝西省公安廳協查通報告知，終南山全真教前任掌門青虛道長已於十年前出遊，不知所蹤。

第五十六章　瘋教授

看來尋找青虛道長只有一條路了，那就是登報。

易士奇想，哪一家是全國銷量最好的報紙呢？各個城市都有各自暢銷的報紙，例如深圳人看《南方都市報》，北京人愛看《北京晚報》，青菜蘿蔔各有所愛。只有找全國性的，《人民日報》以前有賴於公款訂閱是全國第一。現在不景氣了，最後找來找去，還是《參考消息》吧，那裡的編輯部內還有個深大的同學。

易士奇給那個校友打了電話，請他幫忙刊登一則尋人啟事，名字是徐清師傅，落款易士奇和自己的手機號碼。

那同學儘管感到有些奇怪，但還是答應他會馬上辦妥。

十年前青虛道長留下如此奇怪的聯繫方式，當然，這樣最利於保護他的自身安全。同時，這種古老的聯繫方式，也最不容易暴露身分。

院裡的人過幾天就要來接蘭教授回北京了。聽趙局長說，教授家裡沒有親人，所以回去可能得送到精神病院，真是可憐。

易士奇心中煩悶，一路溜達著來到了山陰村水潭邊。望著空蕩蕩的七棟房子，潭邊的警示牌還立在小路旁，四下沉寂一片，沒有人跡。

潭水呈深綠色，波瀾不興，誰能想像這下面七十多米的深處，竟隱藏著那可怕的屍蟲呢？到目前為止，蘭教授還未曾捕獲過任何一隻小屍蟲。易士奇心想，不如自己也來試試，如果能釣上來一隻，刺激一下蘭教授，說不定教授喪失的心智就能恢復了。

易士奇到鎮上的漁具店買了支海竿，一百五十米的四．〇粗陶瓷線，鋼絲崩鉤，又去菜市場買了塊豬肝，然後興沖沖地回到了水潭邊。

但他始終沒有留意到，就在街上轉角的地方，有雙眼睛若隱若現地盯著他。

水潭邊，易士奇放下購物袋，坐在那塊大石頭上。屍蟲喜食內臟，於是將豬肝劃成小塊，小心地分別牢掛在鋒利的崩鉤上，甩入了水潭中。

放線輪不停旋轉著，線一米米地沉了下去。不多時，輪子停止轉動，誘餌到達水底了。

易士奇靜靜地坐在潭邊，掏出一支煙點上，望著插在一旁的魚竿，慢慢等待著。

旁邊雜樹林裡彷彿人影一晃，定睛細看又沒有了，不會是老蠱婆的靈魂吧？易士奇笑笑，覺得自己有點疑神疑鬼了。

不知過去了多久，魚竿稍彈了一下，接著魚線慢慢拉緊，有東西上鉤了。可以肯定不是魚，因為魚類吞鉤以後會急速逃竄，不似這樣慢吞吞的，易士奇隨即緊張起來。

他輕輕搖著手輪收線，獵物也在一米米地被拖上來。

易士奇興奮之極，一隻手從衣袋裡掏出事先準備好的玻璃瓶，只要小屍蟲一上來，就可以捕捉放進瓶裡。

皇天不負有心人，終於拉出水面了，果然釣上來的是屍蟲！而且是密密麻麻一團，足有數十隻，小屍蟲們爭先恐後地咬著豬肝不鬆口，瞪著狡詐的小眼睛，斜瞥著易士奇。

這可怎麼辦？要是有把鑷子或者火鉗就好了，直接用手捉可不行。易士奇正打算著如何是好，[illegible]胸前的乾隆指骨突然炙熱起來。

潭中「轟」地一聲響，泛起一個巨大的水花，那鬼魅般黑而發亮的大屍蟲分開水路，向易士奇沖來……

易士奇第一次與大屍蟲如此近距離的接觸，首先映入視線的，是那黑亮亮齊脖高的盾形板和背板，頭部小而向後傾斜，幾道明顯的蛻裂線，咀嚼式的嘴巴旁邊，生著兩根長長的觸角。碩大的兩隻複眼，揮動著兩片前翅，臀部肥大，看不清有幾對足，只見足上生著尖刺，腹部大概有臭腺，一股惡臭撲面而來。

易士奇反應過來後扭頭就跑，一時慌不擇路，竟然向雜樹林中逃去。那大屍蟲緊緊在身後追趕著，易士奇耳邊聽到牠越來越近的喘息聲，和那多肢的足滑過枯葉時的沙沙聲。

匆忙間，易士奇記起了金蠶，急忙伸手入懷抓出瓷瓶，一面跑一面用牙齒咬下瓶塞，眼前金光一閃，那蠶兒已然射出……

易士奇氣喘吁吁地站住，轉過身來。林間小道上，小小的金蠶與巨大的屍蟲正緊張地對峙……

面對如此巨大的對手，金蠶也不敢冒然進攻，那屍蟲黑色的觸角在空中擺來擺去，似乎也頗為忌憚金蠶，雙方就這麼僵持著。

易士奇不敢上前，躲在金蠶後面的一株黑松樹後，他望著這隻曾經殺死王警官的兇手，思忖自己該如何助金蠶一臂之力呢？

他想起內袋裡的鄭隱骨碗，那碗內蘊含的能量一定不小，上次隨便裝了些淨水就輕而易舉地化解了五毒蛭，這次再如法炮製試試。

他悄悄繞到了潭邊，取出骨碗舀了一碗水回來，抑制住心中的恐懼，揮臂就要朝著大屍蟲背上潑下。

「住手！」一聲斷喝，樹後轉出一人。

易士奇扭臉望去，此人正是蘭教授。

易士奇吃驚不小，教授不是瘋了嗎？怎麼口齒如此清晰？

蘭教授走到近前，雙目炯炯有神，精神健碩，哪裡像一個精神有問題的人？

「你不能殺牠！」教授嚴厲地說道。

易士奇結結巴巴的說道：「蘭教授，你、你病好了？」

「貧道從來就沒有病。」教授答道。

「貧道？你是……」

「貧道青虛。」

第五十七章　青虛道長

易士奇怔怔地看著蘭教授，他的鼻尖上光溜溜的。

「你不是青虛道長。」易士奇肯定地說。

蘭教授嘿嘿地笑了，摸了摸自己的鼻子，說道：「你是說那顆朱砂痣吧，十年前在北京當客座教授時到醫院點掉了，那特徵太明顯了。」

易士奇疑惑地望著他，他心底還是無法相信蘭教授就是青虛。

蘭教授看出易士奇的疑問，便道：「我留在繼任掌門白雲那裡給你的信，相信你已經看過了，沒想到你這麼快就下山了。其實，當我們邂逅於沅水之畔的太平鎮時，我就已經認出了你。我知道你有很多疑問，但有些事情需要從頭到尾詳細地告訴你。現在我們先和阿蘭一起去一個地方。」

「阿蘭？」易士奇越發迷惑不解。

「就是牠，」蘭教授手指著那只大屍蟲，接著說道，「大屍蟲阿蘭是我精心培育出來的。」未待易士奇反應，蘭教授口中一聲呼哨，那大屍蟲竟乖乖地伏下身來，趴在地上。

易士奇目瞪口呆……

「好了，我們可以啟程了。」蘭教授說道。

「我們去哪裡？」半晌，易士奇才反應過來。

「到時候你就知道了。」蘭教授又是一聲呼哨，大屍蟲阿蘭順從地站起身來，帶頭向雜木林深處爬去。蘭教授以不容置疑的眼色命易士奇跟上。

一切是這樣的匪夷所思，易士奇的頭腦完全亂了套，他下意識地召回金蠶，邁著機械的步伐跟在蘭教授身後而去。

他們穿過了一線天石縫，易士奇回頭望瞭望石壁上的「山陰」兩個大字，恍若隔世。石壁旁有一條斜著向上的小路，大屍蟲帶頭向上攀去。

登上山頂，眼前的山巒形勢令易士奇愣住了。

夕陽下，五座不同顏色的小山呈現在眼前，如眾星拱月般地排列著。東山蛇綠岩青色，西山石英岩白色，南山玄武岩紅色，北山輝綠岩黑色，而環抱的中心處竟是一座黃土山。

「太神奇了，大自然竟有這等巧合！」易士奇驚嘆之極。

蘭教授笑了笑，說道：「二十多年前，貧道踏遍了烏蒙山的每一個角落，才找到了這裡。」

易士奇口中喃喃道：「左青龍，右白虎，前朱雀，後玄武，四靈護佑中土，此處必有奇珍異寶啊。」

「嗯，果然有眼力，貧道當年選對人了，且隨貧道來吧。」蘭教授贊許著，並率先向黃土山而行。

約有一個時辰光景，他們來到了黃土山陰坡處，撥開荊棘灌木，面前出現了一道石壁。

蘭教授含氣力貫雙臂，按在石壁上……隨著「吱吱嘎嘎」的聲響，石壁上赫然露出了一個不規則的石洞。

「隨貧道來。」蘭教授在前帶頭鑽進石洞裡，接著是易士奇，身後則是虎視眈眈的阿蘭。

石門內是一個天然的甬道，蘭教授點亮了手電筒，看來他是早有準備。

他們行進了約有五十米左右，前面豁然開朗，這是一處寬闊的石廳。石廳的中間有兩口敞開著的石棺。

易士奇走進前看去，驚訝地發現，兩口石棺內各躺著一具老年男人完整的裸體人皮！

「蟬蛻！」易士奇脫口而出。

「不錯，這就是一千六百年前葛洪和鄭隱的蟬蛻。」蘭教授幽幽道。

易士奇驚訝得說不出話來……

蘭教授望著瞠目結舌的易士奇，燃起一根蠟燭，講述了一個令人難以置信的故事。

三十年前，終南山重陽宮全真教掌門青虛道長前往蓬萊，探訪當年王重陽祖師東行收服馬鈺的歷史遺跡。忽一日途中遇雨，暫避於潮水鄉渤海邊一農舍前，屋主人易山好客，請道長入內奉茶。適逢其外孫周歲，道長問起生辰八字，竟是陰年陰月陰日陰時陰地生，掐指推出四柱命造，嘆世事之奇，造化弄人，遂為孩子更名易士奇，並指與其有師徒之緣份，日後若有事可去終南山尋他。

二十年前，青虛道長參詳全真教典籍時，發現了有關東晉鄭隱以及拜屍教的點滴記載，引起他極大的興趣。此後數次至滇黔烏蒙山區，追尋鄭隱當年的蹤跡。終在一日，青虛道長發現了四靈聖地石洞，找到了石棺內東晉葛洪及拜屍教主鄭隱的蟬蛻和一張記載著《九字源》的羊皮，當時那張羊皮還包裹著一枚拳頭大小的骨質蛋卵。

根據《九字源》所載，此卵名「山膙」，乃上古異蟲，須入深潭孵化二十年成蟲，可助修成《九字源》第九層「前」之人羽化。

臨、兵、鬥、者、皆、陣、列、在、前。第一層臨乃身心，兵為能量，鬥代表宇宙共鳴，者則萬物復原，皆即危機感應，陣為心靈磁場，列乃時空控制，在表示金木水火土五元素，第九層前即光明顯現。

青虛道長身為全真教掌門，本身道行已是極高。他遂下山來到山陰村，在深潭裡丟下了那枚蛋卵。預計二十年後孵化成蟲時，自己早已修成《九字源》第九層了。

就在這時，村民們請求青虛道長為山陰村驅魔。

每當月圓夜深人靜之時，山陰村裡時常會聽到鬼嬰啼哭，其聲淒厲，令人毛骨悚然，恐怖之極。

青虛道長調查了一番，已經明白其中所以然。

原來山陰村舊址是個衛生院，院裡共有七名醫生護士，就是後來山陰村那七戶人家。當時的年代實行一胎化，人們觀念上鄙棄女嬰，導致遺棄乃至溺嬰事件層出不窮，而衛生院正是實施引產打胎及人工流產的工作場所。

人類十月懷胎，自受精始，一個新的生物磁場就開始孕育。兩三個月後，胎兒的生物磁場已經形成，準備等待子宮內的載體（嬰兒）發育成熟和分娩了。這些嬰靈磁場，曾經隔著孕婦的肚皮與醫生護士們對視過，並感覺到那些白衣人的惡意。後來白衣人果然對他們下了手，用冰涼的機器伸進母腹內，無情地絞碎了他們賴以生存的載體。世上諸多死亡事件中，民間傳說以厲鬼為甚，就是指含有冤情的人不甘心就這麼死去，其磁場作祟所致。然而，最厲害的莫過於小鬼，就是冤死的小孩子。他們生性單純，好惡分明，感情衝動，往往會不計一切後果地進行報復。山陰村數年來，約有數百名女嬰被絞殺於母腹，其磁場怨氣尤甚，每逢農曆十五月圓之夜，便借月亮之引力萌動，發出悲憤悽慘的生物磁場，入耳即為啼哭之聲。

青虛道長佈下了一個為期二十年的「玄武七煞陣」，克制住那些鬼嬰的磁場。因此二十年間，山陰村再也不聞鬼嬰之啼了。

十年前，青虛將掌門之位傳與白雲，留書一封，埋名隱於京城，作了清華大學的客座教授，講授生物學。不久又受聘為中科院動物研究所研究員，從事瀕危物種的研究。

但這些都不過是掩護而已，他實際是在私下修煉《九字源》的最後一層。但不知為何，第九層始終破不了關。

而此時，二十年已至，深潭之卵已經孵化出來，牠就是山膙——大屍蟲阿蘭。

＊

「這麼說，你信中所講的命犯孤鸞，陰間桃花，水上出牆，天沖地剋遇三刑，三十歲必定夭折也都是假的了？」易士奇聽罷青虛道長的敘述，半晌之後問道。

青虛長嘆一聲，道：「你生於陰年陰月陰日陰時，更是生於陰地，聽你外公說，你呱呱墜地之處乃是一處墳地，命中孤鸞星相伴，可是偏偏水上出牆，雙重桃花，卻非陽間之愛矣。而立之年遭逢天干地支剋沖日元，命犯太歲，難逃一死。易數使然啊。」

「我今年就已三十歲，可好得很呀，哪像你所說的那麼邪？妻子也有了，馬上我們就要結婚了。」易士奇揶揄道。

青虛皺了皺眉頭，說道：「這正是我所擔心的。」

易士奇不以為然地聳聳肩。

「好吧，現在我要問你一件極重要之事。」青虛表情極其嚴肅。

「請問吧。」易士奇坦然道。

「鄭隱骨碗怎麼會在你的手上？」青虛盯著易士奇的眼睛道。

易士奇講述了一九二八年的那次清東陵盜墓，此碗裝在一只鑲嵌寶石的紫檀木盒裡，屬於乾隆皇帝的陪葬品，被一同盜出。

「原來如此，真乃天意，骨碗失落於南北朝，現今重現江湖落入我徒之手。貧道苦練數年的第九層，今日終可破關啦，哈哈……」青虛仰天長笑道。

「請你也回答我一個問題。」易士奇嚴肅道。

「知無不言。」青虛點頭應道。

「是阿蘭殺死了王警官吧，你當時在場卻沒有阻止？」易士奇語氣嚴厲。

「聖蟲山魈報復心極大，尤其是月圓之夜，我實無法阻止。」青虛冷冷說道。

「哼，難道說不是你有意在月圓之夜引王警官來山陰村，方便阿蘭下手？」易士奇怒道。

青虛不語。

「山陰村七戶人家的死者和伊古都也都是阿蘭幹的吧？」易士奇追問道。

青虛尷尬地笑了笑，說道：「山魈的食性，貧道事先並不知道，況且也不能肯定一定是牠。」

「道長，投案吧，為了那些無辜死去的人。」易士奇悵然道。

青虛面色一變，嘿嘿笑道：「為師今日即將羽化，升天後你代貧道再去投案不遲，到時候恐怕徒兒還捨不得去報官呢。」

易士奇愣住了，半晌說不出話來。

第五十八章　蟬蛻

青虛伸出手來：「徒兒，快將鄭隱骨碗給我。」

易士奇知道自己無法抗拒，只得不情願地掏出骨碗。

青虛捧過骨碗，目光中充滿了驚喜與渴望，只聽得他喃喃說道：「天助我也……徒兒暫且站到一邊，待為師破關《九字源》第九層。」青虛吩咐道，然後盤腿打坐，將手中鄭隱骨碗覆扣於頭頂，雙目微睜，目觀鼻準，吐納周天。

易士奇回頭望望，大屍蟲阿蘭正虎視眈眈地盯著他。

須臾，青虛頭頂冒出一團白氣，如柱般不散，直衝上石廳之頂。他的面龐先是發白，然後交替轉為青色，時而黑，時而紅。約莫半個時辰左右，最後變為土黃色。

易士奇知道，青虛體內正在經歷金木水火土之五行轉化。這老道果真高深莫測，自己乃習易數之人，目睹如此精湛的道行功力，心中也禁不住抓耳撓腮起來。

此刻，青虛道長前額突然閃過一道光亮，如閃電般劃過昏暗的石廳……

青虛哈哈一笑，站起身來說道：「鄭隱骨碗果然非同凡響，其間凝聚鄭隱畢生的功力，終助我破關。好徒兒，今日為師就羽化而去，現將拜屍教《九字源》練功方法傳授於你，二十年後你也可學為師羽化成仙了。」

易士奇想了想，最後搖了搖頭，說道：「我只想做一個普普通通的人。」

「世間萬物，生老病死，諸多煩惱。且觀天下，多少參佛修道之人，夢寐以求的還不都是成仙得道，早登極樂？別傻啦，你我有此機緣適會，乃千載難逢，何必留戀紅塵呢？」青虛勸慰道。

「世間事雖不盡如人意，但亦有酸甜苦辣、喜怒哀樂。更有真誠相愛之人，儘管歲月匆匆，攜子之手，與子偕老，卻是勝過那些沒有感情、自顧極樂的仙道。在我看來，那些空中成仙得道者，無非是些行屍走肉而已。」易士奇言之鑿鑿。

「罷了，人各有志，徒兒好自為之吧！為師去也。」青虛道長長嘆一聲，轉身走向大屍蟲阿蘭，引其至石棺前。

他除去了身上衣物，吐納周天，赤裸著伸出雙臂，抱住了阿蘭，然後張開嘴巴貼住了大屍蟲的口……

易士奇默默地看著，心中一陣噁心。

阿蘭嘴巴裡湧出無數的小屍蟲，爭先恐後地鑽進青虛的口鼻之中。但見青虛赤裸的皮膚下，似有無數攢動的小頭，耳邊聽到撕扯噬咬肌肉、脂肪甚至骨骼的「喀喀」聲，其間夾雜著青虛驚悚的慘叫……

不久，聲音停止，站立著的青虛只剩下一張完整的人皮，輕飄飄地倒在石棺旁。

大屍蟲阿蘭也倒下了，青虛體內《九字源》的天然罡氣消融了屍蟲的肉體，只見阿蘭漸漸地化為一灘腥臭的污水，污水中躺著一個骨質的蛋卵……

易士奇默默地走上前去，拾起那枚山臊卵，舉起後用力地摔在石頭地上。隨著一聲清脆的聲響，蛋卵裂成了碎片，蛋黃四濺……世間僅存的最後一枚上古異蟲「山臊」卵消失了。

易士奇頭也不回地走出了山洞。

第五十九章　古怪的微笑

二十多年前的山陰村，水潭邊是鎮衛生院。

每當黃昏時，醫院都會清理出來一天的垃圾，基本上都是由護士郝美芝傾倒在雜樹林中。垃圾裡面什麼都有，其間或有一些血肉模糊的東西，從人工流產兩個月的胎兒到八九個月引產的嬰兒都有，甚至還有因超生而被溺斃的剛出世健康女嬰。隨著那些丟棄的屍體越來越多，嬰靈磁場逐漸疊加起來，怨氣越來越重，最終吸引來了一隻流浪到此的橫斷山雌性小人猿。那小人猿偶爾餓極了，就開始啃食胎兒。牠用纖細的猴爪，捧起嬰兒頭顱，隱藏於舌下的一根空心骨狀舌管刺破嬰兒鼻腔直達大腦，貪婪地吸吮著腦漿。

橫斷山人猿是中國近年來發現的稀有肉食性靈長類動物，存世數量極少。據中科院二〇〇〇年統計資料，目前只剩下一個族群，數量已不足十隻。

數年後，小人猿的體內逐漸發生了變化，除了後背上的毛和屁股上的肉墊外，其他部位的毛逐漸脫落，身體越來越接近人類。橫斷山人猿特有的吸食液體的舌管逐漸與舌頭分離，並硬化隱匿於食道中，而且慢慢具有了人的發音與習性。直到那一天，李西華的父親——醫院裡的一名醫生發現了牠。

李醫生收養了牠，以為牠是人，是一個被人遺棄且身患返祖殘疾的可憐女孩。李醫生的老婆則無法接受，三番四次地要趕女孩走，最後甚至去醫院弄來一瓶安眠藥，溶化在水裡騙女孩喝了下去。也許是那孩子命大，幸虧被哥哥及時發現，喊來父親把她救活了。這一次，李醫生盛怒之下毒打了老婆一頓，老婆則負氣離家出走，從此就再也沒有回來，她就是老蠱婆。

小人猿體內的變化仍在繼續，每逢農曆十五月圓之夜，她都坐臥不安，心神恍惚，那是她體內吸食的嬰靈磁場在萌動。尤其會在月圓夜深之時，偷偷溜回樹林中，發出痛徹心肺的哀號。也許是人猿在呼喚失散的同類，也許是那些死不瞑目的女嬰靈魂在詛咒，總之那聲音像極了嬰兒在啼哭。

醫院的七名醫生護士害怕了，他們認為一定是那些死不瞑目的嬰靈在作祟。於是不知從何時起，人們之間開始流傳起鬼嬰索命的事來，醫院裡甚至沒人敢在夜間值班了。此刻，恰好山陽鎮內有棟部隊撤走後的營房還空著，所以醫院就搬離了山陰村。以後還是有人不時地在夜深人靜的時候，聽到山陰村醫院舊址嬰兒的啼哭之聲。每到太陽落山，黃昏一到，就再也沒有人敢進山陰村了，那裡名副其實地變成了一個死村。

直到有一天，自終南山上來了個老道。

人們按照道士畫的圖紙，循北斗七星之形，建造了七棟房子，果然從那之後，就再也沒有聽到嬰兒的啼哭聲了。

在這二十年裡，小人猿體內被克制住的嬰靈，每逢農曆十五月圓之夜，便借月亮的引力萌動。但此陣的陣眼是根據黃道旋轉的，有七種不同的變化，就如同人體的穴位有子午流注的變化一樣，嬰靈們很難找到宣洩口。

那是佈陣之後的第三年，中秋節的夜半子時，烏雲密佈，山雨欲來，天氣十分悶熱。半夜時分，小人猿體內怨靈洶湧澎湃，輾轉反側，便起身到廚房灶間喝水。此刻，破軍位上煞氣流轉，留下了一個空隙，陣眼便是廚房灶間。不巧正當此時，李醫生出來小解與其相遇，悲劇就在瞬間發生了。

第二天早上，兄妹倆發現李醫生死在灶間，面露著古怪的微笑。人們認為李醫生是死於心肌梗塞，因為他原患有心臟病，之後便按正常死亡安葬了。

今年春天，青虛佈下的玄武七煞陣到期，一夜之間罡氣冰消瓦解了。

從此，每到農曆十五月圓之夜的子時，鬼嬰生物磁場便會借月圓引力變化之際，開始對記憶中的白衣人實施報復。

最後一個月圓之夜，易士奇仍未來到山陰村，李西華情緒低落，在燈下寫下了最後的那封信。

女孩於夜半時分醒來時，只見哥哥的臉上已經露出古怪的微笑，體溫還是熱的……

接下來的農曆十五月圓之夜，鬼嬰們仍繼續著殺戮，伊古都、金蠶、屍蟲、陳圓……

第六十章　尾聲

易士奇風塵僕僕地回到了深圳。

小華驚喜地撲進易士奇的懷裡，熱淚盈眶。

易士奇告訴小華，噩夢過去了，山陰村一系列殺人案真正的兇手，原來就是大屍蟲阿蘭。

婚禮很簡單，他們一同去了東門農貿市場，買回來各式各樣的海鮮，和母親一同下廚，全家人一起在大紅蠟燭下晚餐，其樂融融。

燭光下的小華嬌羞無比，易士奇心中愛意盪漾，母親也樂得合不攏嘴。

「小華媽媽真好看。」小黑的眼睛直勾勾地看著小華，推開了擺在面前的盒裝牛奶。

洞房內，新婚夫妻你恩我愛，說不盡的海誓山盟，行不完的巫山雲雨。

午夜時分，一縷皎潔的月光透過窗櫺，灑在了床上。

小華睜開了眼睛，輕輕地抬起頭來，望著酣睡的易士奇，悄悄伸出了纖細的小手……

今夜又是一個農曆十五。

全文完